神《か》苦《ぐ》楽《ら》島《じま》(上)

内田康夫

祥伝社文庫

目次

『神苦楽島（上）』
関連地図
兵庫県
神戸市
明石市
淡路IC
岩屋
石上神社
北緯34度32分
伊勢久留麻神社
神戸淡路鳴門自動車道
淡路市
五色
播磨灘
大阪湾
洲本IC
洲本市
南あわじ市
鳴門海峡
鳴門IC
土佐泊浦
鳴門市
徳島県
和歌山県
N

是《ここ》に、天《あま》つ神《かみ》諸《もろもろ》の命《みこともち》以て、伊耶那岐命《いざなぎのみこと》・伊耶那美命《いざなみのみこと》の二柱の神に詔《のりたま》はく、「是《こ》のただよへる国を修理《つくろ》ひ固《かた》め成せ」とのりたまひ、天《あめ》の沼矛《ぬほこ》を賜《たま》ひて、言依《ことよ》し賜ひき。故《かれ》、二柱の神、天《あめ》の浮橋《うきはし》に立たして、其《そ》の沼矛を指し下《おろ》して画《か》きしかば、塩《しほ》こをろこをろに画き鳴して、引き上げし時に、其の矛の末《すゑ》より垂《しただ》り落《お》ちし塩は、累《かさな》り積《つも》りて島と成りき。是《これ》、淤能碁呂島《おのごろしま》ぞ。其の島に天降《あまくだ》り坐《ま》して、天《あめ》の御柱《みはしら》を見立て、八尋殿《やひろどの》を見立てき。是《ここ》に、其の妹《いも》伊耶那美命を問ひて曰《い》ひしく、「汝《なむち》が身は、如何《いか》にか成れる」といひしに、答へて白《まを》ししく、「吾《あ》が身は、成り成りて成り合はぬ処一処《ところひとところ》在《あ》り」とまをしき。爾《しか》くして、伊耶那岐命の詔《のりたま》ひしく、「我《あ》が身は、成り成りて成り余《あま》れる処一処在り。故《かれ》、此の吾が身の成り余れる処を以《もち》て、汝《なむち》が身の成り合はぬ処を刺《さ》し塞《ふさ》ぎて、国土《くに》を生《う》み成さむと以《お》為《も》ふ。生むは、奈何《いか》に」とのりたまひしに、伊耶那美命の答へて曰《い》ひしく、「然《しか》、善《よ》し」といひき。――略――

是《ここ》に、伊耶那岐命の先づ言はく、「あなにやし、えをとめを」といひ、後に妹《いも》伊耶那美命の言ひしく、「あなにやし、えをとこを」といひき。如此《かく》言ひ竟《をは》りて御合《みあひ》して、生みし子は、淡道之穂之狭別島《あはぢのほのさわけのしま》。次に、伊予之二名島《いよのふたなのしま》を生みき。此の島は、身一つにして面《おもて》四つ有《あ》り。面ごとに名《な》有り。故《かれ》、伊予国《いよのくに》は愛比売《えひめ》と謂《い》ひ、讃岐国《さぬきのくに》は飯依比古《いひよりひこ》と謂ひ、粟国《あはのくに》は大宜都比売《おほげつひめ》と謂ひ、土左国《とさのくに》は建依別《たけよりわけ》と謂ふ。

――『古事記』より――

プロローグ

三浦延之《みうらのぶゆき》は枕に頰《ほお》づえをついた恰好《かっこう》で、薄闇の中に仄《ほの》かに浮かぶ中田悠理《なかたゆうり》の白い横顔を眺めていた。

悠理は形よく尖《とが》った鼻を天井に向けて、目を瞑《つぶ》っている。両腕を毛布の上に出し、掌《てのひら》を重ねた姿勢だ。肩甲骨《けんこうこつ》の下の窪《くぼ》みがかすかな翳《かげ》を作り、どことなく儚《はかな》げだ。毛布に隠された裸身の右足の膝《ひざ》から先が、身も心も委《ゆだ》ねきった証《あかし》のように、三浦のふくらはぎに絡《から》んでいる。

(おれはこの女を不幸にするのではないだろうか——)

これまでに幾度となく繰り返し襲ってきた不安に、三浦はまたしても怯《おび》えた。

いまは束《つか》の間《ま》の幸せを享受しているとはいえ、悠理の行く末に、とどのつまり三浦は、何もしてやれないにちがいない。それどころか、自分の意思を遂げるために、悠理の愛情を利用しつつあるのでは?——と非難されても、反論できそうにない。

三浦と悠理が知り合ったのは、池袋《いけぶくろ》のあまり流行《はや》っていない居酒屋だった。たまたま独り客同士が隣あいの席に坐《すわ》り、どちらからともなく話しかけて、たがいに淡路《あわじ》島の出身であることが分かったという、それだけのことで意気投合した。

その時、三浦は悠理がシステム総合プロダクツ＝略称ＳＳＰの社員であることを知った。この偶然も彼女に接近する要因となったことは否定できない。ＳＳＰはまさに、目下《もっか》のところ三浦が最も関心を抱いているターゲットだったのだ。

三浦が国土交通省の役人であると知って、悠理も驚いた。少しおどけて、「じゃあ、尊敬しなきゃいけないんですね」と言った。悠理は秘書室勤務で、公共事業の入札や建築関係の許可申請などに、会社が国交省との折衝《せっしょう》に苦慮しているのを、よく知っていた。

「ははは、やめてくださいよ。そういうの、僕はいちばん苦手なんだ」

実際、三浦は役所の中での上下関係や、役所対業者の、力関係にものを言わせるようなあり様に、日頃から不快感を抱いていた。

「そういうところが好きだったの」

いまのような関係になって間もなく、悠理はポロリと述懐《じゅっかい》した。悠理が三浦に心も体も許したきっかけは、そんな気まぐれのようなひと言だったのだ。三浦と悠理とは二十歳以上も年が離れている。若さばかりでなく、容姿も頭脳も魅力溢《あふ》れる悠理が、なぜ自分のようなオジンに惹《ひ》かれてくれたのか、それまで三浦は不思議でならなかった。

二人の性格に共通するのは、シガラミに拘泥《こうでい》しないという面である。世間の一般常識や社会通念に縛《しば》られない、アウトロー的な資質が、ものの考え方のどこかにあって、いつもは衣の下に隠れているのが、ふとした弾《はず》みのように噴出する。この不倫関係もその一つの表れかもしれない。妻や子を裏切っていることに、三浦にはさほどの罪の意識はなかったし、悠理も同じように振る舞っている。

二度目のデートの時、悠理は「私、怖いことがあるんです」と言った。目白《めじろ》のフォーシーズンズホテルのラウンジで、コーヒーを飲みながらの会話だ。

「石上《いわがみ》神社の鳥居をくぐっちゃいました」

同じ淡路島出身者でも、滅多《めった》に通じないような話だが、三浦にはすぐに意味が分かった。

「そうか、それを気にしてるのか。それで、何か祟《たた》りの兆候でもあるの?」

「はっきりそうだとは言えないけど、もしかしたら——という感じはあります」

「たとえば?」

「社内で何となくシカトされるようになったとか。無言電話がかかってくるとか。車に轢《ひ》かれそうになるとか……」

「穏やかじゃないな。しかし、それは祟りじゃないだろう。無言電話はともかく、会社で不当な扱いを受けるというのは人為《じんい》的なもので、他に理由があるからだと思うよ」

「そうでしょうか。私はそういうことが起きるのが、そもそも石上神社の祟りだと思い込んでるんですよね。だって、私が石上神社のタブーを冒《おか》したなんてこと、会社の人は誰も知らないはずじゃないですか。それなのにみんながシカトするなんて、やっぱりどこかから祟りか呪《のろ》いがかけられているんですよ、きっと」

悠理は憑《つ》かれたように言って、ふっと話題を変えた。

「三浦さんは陽修会《ようしゅうかい》って、知ってます？」

「えっ……ああ、知ってるけど……」

三浦は意表を衝《つ》かれた。悠理の口から陽修会の名が出るとは思っていなかった。

「そうか、淡路島では有名なんだよね」

「有名かどうか。私は東京に来てから知ったんですけど。そしたら、石上神社は陽修会の信仰の対象の一つなんですって」

「そう、確かにそうだね。それで？」

「うちの会社、会社ぐるみで陽修会の信者なんです。私も名前だけとはいえ、会員になってるくらい」

「えっ、ＳＳＰが？……なるほど、そうか、それできみは、石上神社の祟りが陽修会を通じてSSPに送られて、シカトされるとか、そんな風に考えているんだ。しかしそれは祟りじゃないよ。そんな風に思うのは、率直に言って、きみの罪の意識からくる被害妄想みたいなものだね」

「そうでしょうか」

「間違いない。あくまでも人為的なものだよ。もっとも、祟りより人間のやることのほうが恐ろしいってこともあるけどね」

「でも、実際に、陽修会に睨《にら》まれたら怖いっていうことはありますよ。三浦さんみたいに国交省の方なら知ってると思いますけど、陽修会は黒崎《くろさき》代議士を支援してますよね」

「ああ、そうらしいね。黒崎さんは道路族のボス的存在だ……あ、そうか、そこにSSPも連なるというわけか」

「そうなんです。SSPも黒崎代議士を応援してるっていうか、毎年、多額の政治献金を上げているんです」

「えっ、ほんとかなあ？　ゼネコンに限らず、企業からの献金は規制が厳しいから、事実上は無理なんじゃないかな」

「直接は無理ですけど、陽修会を通じての迂回《うかい》献金は可能でしょう？」

「そうだね。一種のマネーロンダリングにはなるだろうね。しかし、それでも露骨にやりすぎたり、金額が多過ぎて目立つとヤバイことになると思うよ」

「会社として陽修会を通してっていうだけでなく、社員を利用して、個人献金の名目でも出しているんです。ボーナスの時、そうするようにって、私も命令されました。そのために、あらかじめ支給金額を多少、上乗せしてあるんです」

「えっ、それ、本当なの？」

「本当ですよ。私なんかはボーナスだけですけど、管理職や幹部の人たちは通常の給与にも上乗せされて払っているみたい。これって違法でしょう？」

「もちろん。しかし給料に上乗せされたからって、個人献金しなければならないことはないのだから、ネコババする気ならそうすることもできるんじゃないかな」

「それはだめですよ。誰にいくら上乗せしたかってことは、会社の裏帳簿みたいなのに記録されているんです。それと、陽修会の名簿に記載された献金者リストと照合すれば、ネコババはすぐにばれちゃいますから」

「なるほど。そこまで一蓮托生《いちれんたくしょう》の仲なのか。怪《け》しからんな」

「怪しからんでしょう。私なんか、許せないと思うんだけど。でも、どうしようもない。それに、ほかの人たちはむしろ歓迎してるみたいなんですよね」

「歓迎？　どうして？」

「だって、社員はほとんどみんな陽修会の信者なんですもの。私も一応、会費は払って信者のふりをしてるけど、そういうの、好きじゃないんです」

「じゃあ、きみって、無神論者？」

「ううん、そんなことはありません。神様の存在は信じるけど、集まっていろいろやるのは嫌いなんです。陽修会の本部で修養会みたいのがあるんですけど、いちど仮病《けびょう》を使って欠席したら、後ですっごく怒られました」

「つまり、陽修会の会員であることは、社員でいるための条件みたいなものなんだ」

「そうなんです。もちろんおおっぴらには言いません。でも、入社試験の面接の時、暗に入会するように勧められました。たぶん断っていたら落ちてたでしょうね。とにかく、何でもかんでも陽修会。会社の経営方針を立てるにも、陽修会のご託宣《たくせん》を仰《あお》ぐみたいです。私が石上神社の鳥居をくぐったのは、それに反発する気持ちもあったんです」

「その時、誰かが見ていたの？」

「いいえ、見てたのは友達だけ。高校のＯＧ会の仲間が十人ばかり。もちろん陽修会には無関係の人たちですよ」

「それはどうかな」

三浦は首を傾《かし》げた。

「陽修会員だからって、名乗るとは限らないからね。隠れキリシタンみたいなのがいるんだよ。十人いれば、そのうちの一人ぐらいがそうだとしても、不思議はない」

「ほんとですか？　気味が悪い」

悠理は寒そうに肩を竦《すく》めた。

「大丈夫、僕が拝んであげるよ」

「えっ、拝むって……」

悠理は目を丸くした。

「あの、三浦さんはまさか、拝み屋さんなんですか？」

「ははは、拝み屋に『さん』はいらない。きみは拝み屋は嫌いかい？」

「ううん、好きかって訊《き》かれたら、困ってしまうけど、嫌いじゃないわ。子供の頃、モスケ踊りをする人がいて、モスケのお面は気味が悪かったけど、ひょうきんな踊りは大好きだったんです。その人は拝み屋もやってるって聞きました」

「ああ、それは市村《いちむら》さんだな、きっと」

「知ってるんですか？」

「知っているよ。彼は正真正銘、有能な拝み屋だ。ただ、彼の親父さんが過激な気性なもんだから、少しやり過ぎたことがあって、淡路島では仕事がしづらくなった。本業はもちろん、もはやモスケ踊りのお声もかからないんじゃないかな。しかし、淡路島に拝み屋が数多いといっても、陽修会に歯向かえるとしたら、彼ぐらいなものだろうね」

「じゃあ、三浦さんはその市村っていう人と拝み屋仲間なんですか?」

「いや、いまの僕はれっきとした国家公務員だよ。しかし、かつては能力があった。わけがあって、拝み屋の道は捨てたが、きみを守るくらいのことは、造作もない。相手が不条理なら、こっちも不条理で立ち向かう必要があるかもしれないがね」

三浦が少し反《そ》り気味にポーズを取って見せるのを、悠理は頼もしげに眺めた。そしてその夜、三浦は悠理を抱いた。

三浦の宣言が当たったのか、悠理に対するもろもろの脅威は緩和されたらしい。実際、三浦は彼女のために祈ってはいる。それが効果を挙げると信じるのかどうか、悠理はいまや三浦に傾倒しきって、何の疑いも持たないようだ。こうして逢瀬《おうせ》を重ね、とろけるようなひと時を、文字どおり一体となって過ごすたびに、悠理の三浦に対する愛情と信頼は深まってゆくように思えた。

しかし三浦は、いつかこの蜜月のような時の流れに、終止符を打つ日が訪れる予感に怯えていた。

「そんなに見つめちゃ、いや」

悠理は猫のように甘えた声で言った。目を瞑っているようでいて、三浦の視線を感じていたらしい。

「何を考えてるの？」

体の向きを変えて、三浦の胸に顔を埋めるように、凭《もた》れかかった。

「悠理の将来の幸せについてさ」

「そんなこと、考えなくていいんです。それよりも明日のことを心配してください。うまくできるかどうか、不安なの」

「いや、悠理ならうまくやれるよ。安心して期待している」

「失敗しても、嫌いにならないでね」

「ははは、なるもんか。むしろ、悠理に無理なことを頼んで、嫌われやしないかと心配なくらいだ。ほんとにすまないね」

「いやだなあ、そんな他人行儀は。私はあなたのために何かできることが幸せなの。それより、もしも会社にばれたら、あなたに迷惑がかかるんじゃないかしら」

「そんなことは絶対に起こらない。僕の祈りの念力が悠理を守っているからね」

「ほんとに守っていてくださいね」

「ああ、しっかり守っているよ」

三浦は左腕を悠理の脇の下に滑り込ませ、右腕を腰のくびれに回して、抱きしめた。悠理はそれに力を得たように、両手で三浦の肩を抱き、左脚を大胆に三浦の太股《ふともも》に載せてきた。若い欲情が、三浦より早く湧《わ》き上がってきたようだ。

第一章　団子《だんご》ころがし

1

観音寺《かんのんじ》の裏山で団子《だんご》ころがしがあるから、取材に行くように——と、プロデューサーの相島雅一《あいじままさかず》からケータイに電話がかかってきたのは、夜中の十一時過ぎだった。松雪真弓《まつゆきまゆみ》がまさにベッドにもぐり込んだとたんのことだ。

明朝オンエアする「市からのお知らせ」のナレーションをいれる作業に十時近くまでかかった。ようやくアパートに辿《たど》り着いて、化粧を落とし、シャワーを浴びて「さあ、寝るぞ」と掛け声を発したのに応えるように、「夢をあきらめないで」のメロディが鳴り響いた。二年先輩で総務課の滝川知子《たきがわともこ》が「あんた、いつまでそんな古い曲、使ってんの?」と呆《あき》れる選曲だが、この歌が好きなのだからしようがない。

淡路センターテレビの社員は、社長である洲本《すもと》市長を除《のぞ》くと、専務取締役・チーフプロデューサーの相島を入れて十九名。放送課七名、制作課五名、営業課二名、総務課四名で成り立っている。真弓は放送課に属しており、本職は「記者」という建前で入社したのだが、実際は取材から編集、ナレーション原稿、おまけにお茶汲《く》みまでやらされる。

「観音寺の場所は分かるよな」

相島は言った。肩書は専務取締役でプロデューサーということになっているが、ディレクターもやれば、営業もやり、時には機材担《かつ》ぎだってやらされている。要するに、上も下も、大して違わないということだ。

「前に二度、行ってるから知ってますけど。あの裏山へ行けばいいんですね？　何時からやるんですか？」

「参会者がそれぞれの家を出るのは七時頃だっていうから、真弓は六時頃に社を出て、現場でスタンバっていればええやろ」

相島はこともなげに言った。

「六時ですかァ？」

真弓は悲鳴のような声を出した。六時に社からカメラ機材を持ち出すとなると、家を五時半に出なければならない。

「あほ、正確に六時じゃなくてもいいけど、そのつもりでいろってことや」

「分かりました。で、相棒は誰ですか？」

「そんなの必要ないやろ。真弓一人で十分、間に合う。二人もスタッフを出すほどの予算なんかないいんや。カメラを回しながらインタビューすればいい。車も真弓のマイカーでいいだろう。ガソリン代だけ請求しろ」

言うだけ言うと、相島は電話を切った。

「なによ、もう！……」

真弓はケータイを畳みながらボヤいた。相手がひそかに尊敬している相島専務でなかったら、思い切り「くそったれ！」と毒づきたいところだ。

淡路センターテレビは洲本市の第三セクターで、洲本市と商工会議所、ＪＡで約七〇パーセント、残りを市内の金融機関が出資して設立したケーブルテレビ局である。一応、民間局だから広告も取るが、最大のスポンサーは洲本市。独立採算の形態ではあるけれど、市の広報セクションの傘下《さんか》にあるようなものだ。

メジャーな企業の商品ＣＭも地元企業のＣＭも流れるが、それだけで経営が成り立つほどの収入源ではない。したがって、会社もカメラのレンズも、つねに市のほうを向いていなければならない。

番組編成の中心は、市の広報の一助になるようなもので占《し》められる。市の行事や、住民税のお知らせ、健康診断のお知らせ、公民館の催《もよお》し、文化祭、市民運動会等の行事のお知らせ、商店街の催しなどなど、広報の範囲はかなり広い。

それに加えて、各市町村の祭り風景をスケッチしたり、台風等の災害時には、緊急的な取材・報道も行なう。河川の増水、崖《がけ》崩れ、交通事故など、NHKや一般の民間局では取材対象にしないような、文字通りローカルな小さな出来事も扱う。

淡路センターテレビのある洲本市は淡路島のちょうど真ん中辺り。ターゲットも洲本を中心とする島の中央部なのだが、取材範囲は島の北部から南部までをカバーしている。淡路島は気候も温暖だが、人々の暮らしも眠ったように温和で、そのくらい風呂敷を広げておかないと、放送に堪《た》えるようなネタが拾《ひろ》えないのである。

相島が言った「団子ころがし」というのは、死者を送る行事の一つで、亡くなってから三十五日目に、縁者が挙《こぞ》って団子を持参し、山の頂《いただき》から谷へ向かって団子を投げるという風習だ。最近は団子でなくおにぎりを使うケースが多いが、本来は団子だった。団子（おにぎり）は、各自三個ずつ持参するのが決まりで、また投げる時は後ろ向きに投げなければならないとされる。

淡路島ではどこでもふつうに行なわれているので、真弓は東京の大学に進むまで、てっきり、こういう行事は全国的なものかと思っていた。友人にその話をすると、ある者は大いに驚き、ある者は大笑いした。それ以来、あたかも異境からやって来た人間に対するような目で見られた。

団子ころがしにはどのような意味があるのか。いろいろな説があるらしいが、死んだ人が三途《さんず》の川を渡り、あの世に行く時、鬼が現われ、行く手を遮《さえぎ》るので、それに向かって団子を投げ、鬼が団子に気を取られているうちに無事、極楽目指して行けるようにする――というのが、家の者から聞いた話である。

松雪家では真弓の曾《そう》祖父が亡くなった時、真弓は初めてこの行事に参加した。九歳の時のことである。

洲本市の西方に先山《せんざん》という、淡路島ではひときわ高い姿のいい山があり、山頂近くの千《せん》光寺裏《こうじ》の谷が、松雪家の団子ころがしの「現場」であった。縁者たちは早朝に出発して、団子ころがしをし、その後、千光寺で僧侶による「おつとめ」に参加する。

それ以来、真弓は何度も団子ころがしに付き合ったが、いずれの場合も先山の千光寺。淡路島の団子ころがしは、七割方、ここで行なわれる。ほかの山や寺でも同じようなことが行なわれていることは知っていたが、その場所がどこなのか、行事の内容が同じなのかといった詳しいことまでは知らなかった。

東京から戻って淡路センターテレビに入社、各市町村での行事を取材するようになって、地元に関する知識が身につくにつれ、島内の五カ所で団子ころがしが行なわれていることを知った。

「観音寺」は淡路市岩屋《いわや》にある高雄山《たかおさん》観音寺のことで、真弓は相島に言ったように、以前に二度、団子ころがしの現場を見学に行ったことがあるから、地理を確かめる必要はなかった。

淡路市岩屋の総合事務所前の交差点を西へ向かって行くと、高雄山観音寺はある。相島は「観音寺の裏山」と、いとも軽々しく言ったが、観音寺を抜けて行く道は、神戸《こうべ》淡路鳴門《なると》自動車道を歩行者専用の陸橋で越える、かなりの急坂と長い石段が続く山道である。これが正規のルートなのだが、およそ二十分ほどの「登山」を強《し》いられ、重い機材を担いで行くにはいささかしんどい。

真弓は二度の経験で懲《こ》りたので、その後、地図と首っ引きで研究した結果、別ルートがあるらしいことを発見した。近くまで車で行けて、歩く距離も短そうだ。もっとも、地図は地元発行の観光地図でかなり不正確なものだから、そのうちに機会があれば予備調査をしておこうと思ったままになっていた。明日はそのルートで行ってみよう。

午前六時前にセットしておいた目覚ましにたたき起こされた。

朝食を摂《と》るどころか、化粧もそこそこに、真弓は慌《あわ》ただしくアパートを出た。

真弓の生家は西海岸の都志《つし》にある。洲本市の淡路センターテレビまでは、淡路島を横断する峠《とうげ》越えの道で四十分近くかかる。朝は早いし夜は遅いという仕事上、不便でしようがないので、入社して間もなく、会社近くのアパートを借りて、独り住まいを始めた。

東京では叔父《おじ》の家に下宿していたので、独立には家の連中は猛反対するかと思ったが、案に相違して、すんなり許しが出た。テレビの画面に真弓がレポーター役で顔を出すのを見て、「市民権」を認めたらしい。

会社に寄って、ビデオカメラと付随する機械類の入ったジュラルミンのケースをひっ担ぎ、マイカーに放り込んで出発。高速を使うとまた相島に文句を言われそうなので、国道28号をひたすら北へ走る。

淡路市岩屋――は、かつては「津名《つな》郡淡路町岩屋」だった。平成の大合併で淡路市に統合されて、岩屋にあった町役場は総合事務所になった。

岩屋は万葉《まんよう》の頃から知られた地名で、この地の西側にある「松帆《まつほ》の浦」は明石《あかし》海峡に面した景勝地として、古くから詩歌に詠《よ》まれてきた。藤原定家《ふじわらのさだいえ》の「こぬ人を松帆の浦の夕《ゆう》凪《なぎ》に焼くや藻塩《もしお》の身もこがれつつ」は百人一首に収まっている。

『古事記』や『日本書紀』でお馴染《なじ》みの、イザナギ・イザナミの「国生み」神話には、最初に生まれた二つの島は失敗作だったと書かれているが、その失敗作の一つ「淡島」はこの岩屋の沖にある。

岩屋総合事務所の交差点を左折して川に沿って行くと、神戸淡路鳴門自動車道の巨大な高架橋の下をくぐる。岩屋は小さいとはいえ、かつては淡路町の中心だったから、街はそれなりに軒を連ねている。しかし自動車道の下を西側に抜けると、人家《じんか》は途絶え、にわかに寂《さび》しくなる。

右に川、左は目の前に迫る崖のような藪《やぶ》の山である。右手の橋を渡り左折すると、左に市民墓地、右に火葬場の殺風景な建物を通り過ぎた辺《あた》りが「団子ころがし」の裏手にあたり、現場まではほんの百メートルばかりの距離——のはずであった。

ところが、そこから先、道が急に細くなった。真弓の車はワンボックスタイプの軽自動車だが、この先を行くのはいかにも心細い。いや、どう見ても車が走るようには見えない砂利道である。

真弓は車を止め、砂利道を少し歩いて行ってみた。道は右にカーブしたところで杣道《そまみち》のように森に消えている。車はもちろん、徒歩で行くのも困難なほどの急坂だ。これでは団子ころがしが行なわれる尾根の上まで上がるのはとても無理そうだ。地図上ではほんの一センチ——百メートルほどに見えるが、高さまでは計算に入れてなかった。

真弓は諦めて、車をバックさせ、火葬場の前でUターンした。朝が早いせいか、この辺り、人の姿もまったく見ない。おまけに雨まで落ちてきた。そうでなくても墓地や火葬場といった風景はあまり気分のいいものではない。さっさと逃げ出して、本来の観音寺ルートへ急ごうと思った時、ケータイが鳴った。出ると相島だった。

「どうや、順調にいってるか？」

眠そうな声でそう言った。

「すみません、順調じゃないんです」

真弓は事情を説明した。

「あほ、観光地図なんかで正確な場所が分かるはずがないだろ。確かめもせんで慣れない道を行こうなんちゅうのは、甘いってんだよ。モタモタしてると団子ころがしが終わっちまう……おい、待てよ。おまえいま、岩屋の交差点とか言うとったな。ひょっとして高雄山観音寺の辺りにいるんじゃないのか？」

「そうですよ。観音寺の裏山って言ったでしょう？　以前と同じ場所ですもの、間違えようがないですよ」

「あほか……いや、そうか、おれも悪かったが、観音寺と言ったって、高雄山じゃないんだ。開鏡山《かいきょうざん》観音寺のほうだ」

「えーっ、違うんですかァ？」

真弓は悲鳴を上げた。開鏡山観音寺のほうでも団子ころがしをやっていると聞いた記憶もあるが、行ったことはない。第一、通常「観音寺」といえば、岩屋の高雄山観音寺に決まっているではないか。前の二度の団子ころがしだって、ここでやったのに——と思ったが、上司を詰《なじ》るわけにもいかない。

「仕方ない」と相島は言った。

「確かそこの川沿いの道を行っても、開鏡山観音寺まで二十分くらいで行けるはずだ。急いで行けば間に合うかもしれん」

「はい、分かりました……けど、雨が降ってきたんですけど」

「雨か？　ああ、ほんまやな。だいぶん降ってきおったな。こりゃ、あかんな。よし、中止して帰って来いや。お疲れさん」

相島にしては諦めよく電話を切った。彼の情けない声を聞いて、ドーッと疲れが出た。

車をスタートさせて、橋の方向へ右折しかけて、前方に妙な物を発見した。

この道は十メートル先から奥行き五、六十メートルほどの細長い駐車場になっている。火葬場に来る人のための施設なのだろう。突き当たりは自動車道の高架橋の橋脚である。その手前の駐車場の奥に、人間らしきものが横たわっていた。それもひどく不自然な恰好で、完全に脱力した感じだ。

（死んでるの？——）

真弓は背筋が寒くなった。

2

その時になって、雨足が急にしげくなってきた。ワイパーの往復を速くしても、フロントガラスに打ちつける雨滴に間に合わないほどだ。外気温が低下したのか、ガラスの内側も曇って、視界がきかなくなった。

五、六十メートル前方にある人間の死体らしき物体も霞《かす》んでいる。もしもこういう状態で走行していたら、おそらく気づかないまま通り過ぎていただろう。そのほうがよかった――という気がする。

(どうしよう――)

真弓は心臓が破裂しそうなほど息苦しかった。いっそ逃げ出したい気持ちだ。逃げて、ともかく警察に駆け込むべきだ――と思いながら、とりあえずケータイを握《にぎ》った。

「どうした、まだモタモタしとるんか」

ふだんは憎らしい相島だが、声を聞くと妙に懐かしく、少し気が大きくなった。

「人が、人が死んでます!」

「死んでる？　どういうこっちゃ？」

「岩屋の高速道路下の道に、人が倒れているんです」

「倒れている？　ほんまに死んどるんか？」

「遠くて分からないけど、たぶん死んでるんじゃないかと」

「あほ、倒れているからって、死んでるとは限らないだろう。酔って寝ているのかもしれない。確かめたらええやんか」

「いやですよ。そんな恐ろしいこと、できませんよ」

「恐ろしいって……誰か近くにおらんのか」

「誰もいません。高速の西側で、人家が一軒もないところです。どうしましょう？」

「一一〇番はしたのか？」

「まだです。とりあえずボスに知らせようと思って」

「あほ、それより一一〇番のほうが先……いや、待てよ。カメラ持ってるな」

「持ってますけど」

　とたんに真弓は不吉な予感に怯えた。

「そしたら、警察が来る前に現場を撮《と》っておけ。パトカーが駆けつけるところも、撮れるだけ撮っとけ」

案《あん》の定《じょう》、相島はそう言った。

「あほ、おまえもジャーナリストの端くれやろ。千載一遇《せんざいいちぐう》のチャンスやないか。もたもたするな。速く行動しろ！」

鼓膜が破れるどころか、ケータイまで割れそうな大声が飛び出した。

真弓ははじかれたように動いた。無我夢中だったが、現場保存に配慮して、車で近づくことを避けたのと、雨でカメラが濡れるのを防ぐために傘を開くのを忘れなかったから、動揺のうちにも存外、職業意識はしっかりしているのかもしれない。

「物体」に接近しながら、カメラを回した。三十メートルばかりの距離を残して、ズームで寄ると、ファインダーの中の映像がはっきり現実を映し出した。

それは明らかに「死体」であった。腕と脚と、それに頭部がてんでんばらばらの方向に捩《ね》じれ曲がったような恰好をしている。

死体の主は男だ。上着は身につけておらず、ブルーのストライプが入ったワイシャツ姿。ネクタイはしていない。黒に近い紺色のズボンに同系色の靴下。黒い靴の片方は脱げて、二メートルほど離れた路上に落ちている。

ズームで寄りきれないので、顔のクローズアップを撮るために少し前進した。顔は仰向《あおむ》いていて、目玉が空を睨んでいる。そこまでが精一杯だった。

真弓は後ずさりしてから、向きを変えて脱兎《だっと》のごとく走った。死体がいまにも起き上がって、ゾンビのように追いかけてきそうな気がした。

車に入るとすぐ、一一〇番に電話した。生まれて初めての経験だ。真弓は舌がもつれがちだったが、先方は慣れたもので、落ち着いた口調でこっちの氏名を訊いてから、てきぱきと順序よく、現場の位置を確かめ、状況を説明させる。

「了解しました。すぐ行きますから、現場で待っていてください」

それから十分後にはパトカーのサイレンが自動車道のガードを抜けて来た。真弓は車を出て、雨に濡れるのも厭《いと》わず、「こっち、こっち」と手を振った。警察がこんなに頼もしく思えたことはなかった。

パトカーは三台、覆面パトカーらしいのが二台、それにたぶん鑑識の車らしいライトバンが一台。警察官は制服・私服とりまぜて、総勢二十一名が出動している。

「やあ、あなたが一一〇番してくれた方ですね」

私服の刑事が近づいて、「淡路署のサマタです」と名乗った。「サマタ」とはどんな字を書くのか分からなかったので、聞き違いかと思ったが、どうでもいいことなので、真弓は黙って頷《うなず》いた。

「しばらく車の中で待機していてください。すぐ戻ります」

「サマタ」はそう言い残して、ほかの刑事とともに死体のほうへ行った。制服の警察官は橋のたもとや道路の要所要所に立ち、中の何人かは手回しよく、黄色い規制線のテープを張る作業に取りかかる。現場は交通量のまるでない、行き止まりの道だから、規制も簡単だろう。

雨は相変わらず本降り状態である。制服組は合羽《かっぱ》姿だが、私服の刑事は傘をさして、死体を取り囲み、しゃがみ込んだり、覗《のぞ》き込んだりしている。

少し遅れて、黒いカバンを提《さ》げた警察医らしい中年の男が到着した。

真弓はカメラを向けてその様子を撮影しようとしたが、警察官に見とがめられ、「だめだめ」と制止された。

十五分ぐらい待たされて、「サマタ」と名乗った刑事が戻って来た。

「ここ、乗ってもいいですか?」

真弓に訊くと、返事を待たずに傘を畳んで、助手席に乗り込んだ。

「えーと、松雪さんでしたね」

手帳を広げて、言った。一一〇番の司令室から聞いているのだろう。

「下のお名前も聞かせてください」

「松雪真弓です」

字を説明するのも面倒なので、真弓は名刺を渡した。

「ああ、淡路センターテレビの方でしたか。相島さんのところですね。自分は淡路署捜査係のサマタです」

あらためて名乗り、名刺をくれた。〔淡路警察署刑事課捜査係　巡査部長　佐俣洋和《ひろかず》〕と印刷されている。いわゆる「部長刑事」だ。

「佐俣さんて、珍しいお名前ですね」

「ははは、学生の頃、サルマタって呼ぶやつがいましてね。ぶん殴《なぐ》ってやった……あ、いや、これは失礼」

相手が女性であることを思い出したのか、佐俣部長刑事は頭を掻《か》いた。悪い人間ではないらしい。

通報者が、曲がりなりにもマスコミ関係者である、淡路センターテレビの人間だと知って、佐俣は完全な素人《しろうと》相手よりはやりやすいと思ったのだろう。それに、相島と顔見知りらしく、リラックスした態度で事情聴取にかかった。

発見時の状況を訊き、それに到るまでの真弓の行動を確認した。往きには気づかなかった点に少し疑問を抱いたのか、その部分を何度も訊いた。

「往きには死体はなかったということはありませんか？」

「さあ、たぶんあったと思いますけど、川の向こう側でしたし、橋を渡ってすぐ反対方向に左折しちゃいましたから、気づかなかったのだと思います」

「しかし、左折する際には、右方向から車が来ないか、一時停止して、確かめるのじゃないですかね」

「ふつうはそうですけど、この道は行き止まりでしょう。車は来るはずないと思っていましたから、大して確かめもしなかったような気がします。それに、車なら気がつきますけど、地べたに横たわっている死体なんかは見えませんよ。だけど、ちゃんと一時停止はしましたよ」

慌てて付け加えた。そんなことで、安全運転義務違反──だなんて言われたら、たまったものじゃない。

「いやいや、それをどうこう言うつもりはありませんよ」

佐俣は苦笑した。

「そうではなくてですね、往きには死体がなくて、帰る時になって死体があったのだとするとですよ。その間に犯行があったことも推測されるわけでしてね。最初に通り掛かったのは何時頃でしたか？」

「七時少し前だと思います」

「死体を発見したのは？」

「七時二十分頃でしょうか」

「正確な時間は分かりませんか？」

「分かります」

真弓はケータイを開いて、相島に電話した発信記録を見た。

「七時二十三分になっています」

「ほう……それはちょっとおかしいですね」

佐俣は首を傾げた。

「確か松雪さんは、死体を発見してすぐ、一一〇番したと言いましたが」

「ええ、そうですけど」

「しかし、一一〇番通報が入ったのは、七時四十六分と記録されていますよ。その間、二十分以上も経過してますが」

「あっ、ああ、それは……」

ドキリとした。悪いことはできないものである。すぐにこうして破綻《はたん》する。

「じつは、その前に会社の人間――さっき佐俣さんが言われた相島に連絡したんです。そしたら、現場の状況をカメラで撮っておけと命令されまして」

「なるほど、さすがに抜け目がないですね。しかし、こういう場合は直《ただ》ちに通報してもらわなければ困るんです。万一、あの人がまだ生きていたとしたら、その時間の遅れが致命的だったかもしれんでしょう」

「そうですね、すみません。でも、実際はひと目見てすぐに、死んでるって分かりましたから」

「その判断は絶対に正しいと言えますか？　まあ、やってしまったことは仕方がないですが、次回からはそういうことのないようにお願いします」

冗談じゃない、こんなことで「次回」があってたまるものか――と思ったが、真弓は素直に「はい」と頭を下げた。

「それで、あの人、死因は何だったんですか？」

真弓はオズオズと訊いた。

「それはまだ分かりません。これから調べることになります」

「でも、病死でないことは確かでしょう。見た感じでは、殺人事件みたいですけど。殺人死体遺棄とか」

「それもこれから調べます」

「私が思うには、どこかで殺してここまで運んで来て、あそこに遺棄して行ったんじゃないですかね」

「まあ、そうかもしれませんね」

佐俣はかすかに笑顔を見せた。

「とにかく、いずれにしてもこれからの作業ですよ。松雪さんにもまた、お訊きしたいことが生じるかもしれませんが、今日のところはこれでお引き取りいただいて結構です。どうもお疲れさんでした」

まるで厄介《やっかい》者を追い払う口ぶりになった。真弓にしてみれば、もっといろ訊きたいことがあるのだが、佐俣はドアを開け車を出た。傘を開きかけた恰好で、空を見上げている。気がつくと、雨はいつの間にかほとんどやんでいた。

ようやく解放されて車を走らせ、橋を渡ったところで電話が入った。真弓は自動車道をくぐる手前で車を道路脇に寄せて止めた。ちょうど対岸の検証作業が間近で見える場所である。

電話は相島からだ。「どうなった?」と訊いている。

「たったいま、事情聴取から解放されたところです。死体発見後すぐに一一〇番しなかったから、さんざん絞《しぼ》られましたよ」

「あほ、そんなことバラしちゃったのか。黙ってりゃいいのに」

「黙ってたって、ケータイの発信記録を見れば、すぐにバレちゃうんですよ」

「なるほど、そうか。しかし、そこに気づくとはなかなか優秀なお巡りだ」

「淡路署の佐俣っていう刑事さんです。ボスのこと、知ってるみたいですけど」

「ああ、佐俣さんか、彼は優秀だよ。感じのいい男だろう」

「感じがよくたって、刑事は刑事です」

「ははは、そうカッカするな。とにかくお疲れ。早く帰って来いや。おれももう社に来ているから。詳しいことを聞かせてくれ」

電話を切って、走りだそうとしたところに、前から来た車が横に止まり、窓が開いて知った顔が笑いかけてきた。神戸新報《こうべしんぽう》淡路支局の藤田《ふじた》という男である。まだ二十七、八。真弓とそんなに歳の差はないくせに、いかにも新聞記者らしい図太さが備わっている。

真弓も仕方なく窓を開けて挨拶《あいさつ》した。

「早いっすねえ、松雪さんに抜かれるようじゃ、僕もまだまだだな」

「べつに抜いたわけじゃないですよ」

言わずもがなのことを言ってしまった。

「えっ、違うの？　だろうね、洲本からこんなに早く来られるわけないもんな。じゃあ、偶然近くに居合わせたってこと?」

「ええ、まあ」

「ふーん、それで、もう取材は終わったの? もっとも、淡《あわ》テレさんはこういうのは放送しない主義だっけ?」

「そんなことないですよ。地元で起きた事件事故は報道しますよ。うちだってれっきとしたマスメディアなんだから」

「だよね。で、殺しなの? 死体が発見されたっていう一報だったけど」

「そうみたいですよ。こんなんなって死んでましたから」

真弓は手と首をひん曲げて、死体の状況を再現して見せた。

「えっ、松雪さん、現場を見たの? だったら聞かせてくれよ。どういう……まさか、あんたが第一発見者?」

「じゃあ、急ぎますから。失礼します」

藤田の「待ってよ!」と叫ぶ声を尻目に、真弓は車をスタートさせた。

3

相島が「早く帰って来い」と言ったので、帰りは神戸淡路鳴門自動車道を利用することにした。淡路インターから洲本まで約四十キロ、三十分の距離である。

真弓の頭から、さっき見た死に顔が離れない。無機質に天空を睨んでいたあの目に込められた怨念《おんねん》が、体中にまとわりついているような気がしてならなかった。

洲本のインターを下りてから市街の西の外れ近くにある淡路センターテレビまでは、五キロほど戻ることになる。このロスが勿体《もったい》ないこともあるので、相島は一般道を行けと言うのだ。淡路島の道は走りやすいから、道路が空《す》いている時は所要時間もそれほどの大差はない。

社に帰り着くと、相島は待ち構えていたように「どうだった?」と言った。周囲にいる連中もいっせいに視線を向けてくる。

「カメラ、回したんだろうな」

「回しましたよ。死体の様子はばっちり撮ってます。だけど、警察官にカメラ向けたら、怒鳴《どな》られちゃいました」

「なんだ、それでやめたのか。怒鳴られたくらいでビビるようじゃ、おまえもまだまだだな。まあいいとするか。じゃあ、撮った分だけでも見せろ」

真弓はビデオをセットしてモニターに映し出した。手の空いているスタッフが六人、雁《がん》首《くび》を揃《そろ》えて、時ならぬ試写会になった。

われながらすごい映像だった。必死の思いでカメラを回した割には、それなりの演出もやっていた。

周辺の情景をひとわたりカメラに収め、それから焦点を「ブツ」に定めると、ゆっくり歩きだす。土砂降りの雨のカーテンを押し開けるように、しだいに死体が近づいてくる。手持ちカメラのブレが、かえって臨場感を醸《かも》し出す。

およそ三十メートルの位置まで進み、いったん立ち止まり、そこからズームでひと寄りした。頭から爪先まで、全身が入るところまでアップしたところで、いったん静止画面にして、ふたたび前進。おそらく七、八メートルほどまで接近したと思える位置から思い切りズームアップした。アングルは俯瞰《ふかん》に近く、画面一杯を顔が占めた。生気のない目玉が天空を睨んでいる、あの映像だ。

「ひゃーっ」

と、武井《たけい》良之《りようじ》が声を漏らした。武井は編集が本職だが、ご多分に洩《も》れず、人手が足りない場合はアシスタントディレクターも、時には荷物運びも営業もやる。武井は軟弱なところを売り物にしているような、少しカマっ気がある男だ。

「真弓ちゃん、そこまで寄るなんて、いい度胸《どきょう》してるじゃない」

「度胸なんかないですよ。ボスがやれって言うから、しようがなかっただけ」

撮影している時はずいぶん長く感じたが、実際の長さは僅《わず》か十分にも満たなかった。

プレビューが終わると、しばらくのあいだ沈黙が流れた。

「これ、まさか放送には使えませんよね」

真弓は訊いた。

「まあな」

相島は浮かない顔で頷いた。「あほっ、分かりきったことを訊くな」と怒鳴られるかと思ったのが拍子抜けした。

「この人、どこの誰かしらね？」

武井が言った。

誰もが首を振る中で、相島が「どこかで見たような顔だな」と呟《つぶや》いた。

「えーっ、知ってる人ですか？」

真弓が驚くと、「いや」と慌てて首を横に振った。

「そうじゃないが、なんとなくな。まあ、どこにでもあるような顔だ」

「この顔がですか？　そうですかねえ」

もう一度、プレイバックして、顔のクローズアップのところでストップした。瘦《や》せ型で頰骨の尖った顔は、ずいぶん特徴的だ。どこにでもある顔とはいいがたい。

「もういい。気色悪いから、消せや」

相島はそっぽを向いた。怖いもの知らずのような男にしては珍しい。

「この後、どうします？　淡路署のほう、フォローしますか？」

放送課の中では最年長で、制作部長の山元博史《やまもとひろし》が言った。山元はかつて、大阪のテレビ局で報道記者だったのを、ヘッドハンティングした、淡路センターテレビでは最も実務に精通した存在だ。

「そうやな。一応、電話であたりをつけてみるか。殺しなのか、事故なのか、自殺なのか、まだ分かっていないんだろ？」

相島は真弓に訊いた。

「事故ってことはないですよ。あの場所は車も通らないし、事故を起こしようがないところです。自殺だとすると、高速から飛び下りたとしか考えられませんよね。それより、そうだ、高速から投げ捨てられたと思ったほうがいいんじゃないですかね」

真弓は言いながら、あの場所の風景を思い浮かべた。あの時点では考えもしなかったことだが、確かに、上を通る神戸淡路鳴門自動車道から飛び下りるか投げ捨てるかすれば、あの位置に落下するかもしれない。

「そう考えると、あの手足がてんでんばらばらみたいなポーズも説明つくじゃないですか。警察に教えてやりましょうか」

「あほ、警察がそのくらいのことに気づかないはずがないだろ」

相島は一蹴《いっしゅう》した。

「それもそうですね」

真弓も逆らうほどの確信があるわけでもなかった。

「それじゃ山元部長、淡路署に電話で問い合わせて、差し障《さわ》りのないように事実関係だけを昼のニュースで放送したらどうやろ。真弓の撮ってきたやつの中で、風景だけは使えるのとちがうかな。現場の位置は地図で見せればいいし」

「死体もロングの絵だったら使えるんじゃないですかね。いや、ある程度、寄った絵もいけるんとちがいますか」

山元が主張したが、相島は言下《げんか》に首を横に振った。

「そんなのを使ったら、市の広報が文句を言ってくるに決まってるがな。淡テレはそんな事件報道のためにあるんじゃないってな」

そうなのだ。神戸新報の藤田記者が言っていたとおり、淡路センターテレビのスローガンは「明るい未来を開く」で、万事がこの趣旨に則《のっと》ったものでなければならないとされている。事件報道すべてを否定はしないが、陰惨《いんさん》なものはもちろん、市民に不快感を与えるおそれのあるものはなるべく差し控えるようにというのが基本方針だ。まして死体なんかを放映したら、市長はひっくり返るにちがいない。

「惜しいなあ。真弓がせっかくいい絵を撮ってきたのになあ。いっそ大阪のSテレ辺りに売りますか」

山元はしきりに残念がる。Sテレというのは山元の古巣のテレビ局で、この手のネタなら結構、高く売れそうだ。真弓にしたって、そんな風にでも経済効果が上がれば、苦労も報《むく》われるような気がする。

しかし相島はそれには乗らなかった。

「あほ言うな。うちはパパラッチじゃないんだからな」

汚らわしい物を払い除《の》けるように手を振って、部屋を出て行った。

それでもその後、山元は淡路署に電話をかけて、「事件」の状況を訊いているのだが、広報の担当者からは思わしい回答は引き出せなかったようだ。

「現段階で判明しているのは、午前七時半頃に淡路市岩屋で死体が発見されたこと、発見時で死後十数時間を経《へ》ていること、死因等は解剖《かいぼう》結果を待たなければならないこと、それと身元不明であることなどです」

用意された原稿を丸読みしているような返事だったという。

「現場の上が高速道路ですが、そこから死体を放り投げたのじゃないですか」

山元はさらに切り込んだが、「そういったことについては、まだ発表できません」と、にべもなく断られた。

「まあ、確かにボスの言うとおり、淡テレの放送コードには相応《ふさわ》しくない話題やね。軽く流しておくか」

山元も諦めた。昼のニュースは結局、「けさ、淡路市内で身元不明の変死体が発見されました。淡路警察署では事故・事件両面で調べを進めています」といった内容で放送することになった。

真弓は寝不足と疲れで、仮眠をとりたいくらい、頭がボーッとしていた。総務の滝川知子が「松雪さん電話よ」と告《つ》げにきたのに、しばらく気づかなかったほどだ。何度目かに名前を呼ばれて、はっとした。

電話は神戸新報の藤田からだった。

「やあ、さっきはどうも」

それほど親しい間柄ではないのだが、十年来の知己《ちき》のように振る舞うのが、この男のずうずうしいところだ。

「ちょっと聞いたけど、松雪さん、現場の映像、撮っていたみたいだね」

そう言った。警察の誰か、もしかすると佐俣部長刑事に聞いたのかもしれない。だとすると、とぼけるわけにはいかない。

「一応、撮ってきましたけど」

「それ、使わせてもらえないかな。規制が厳しくって、いい絵が撮れてないいんだ。身元不明だから、顔写真もないっていうんで、借用できればありがたい」

「そんなの、だめに決まってるでしょう」

「そうだろうけどさ、そこを何とか……おたくのボス、います？」

社外の人間なのに、相島のことを「ボス」と呼ぶのはおこがましい——と、真弓はそんなところも気に入らない。

「相島に言っても同じですよ」

「そう言わないで頼んでみてよ。もちろん使用料はお支払いしますよ。どうせおたくでは使わないんでしょう？　明るい未来を開く淡テレさんではさ」

ナメたような言いぐさだ。藤田はこっちの「弱点」をちゃんと承知している。

「使わないと決まったわけじゃないです。だけど、たかがこの程度の事件で、ずいぶん熱心ですね」

「たかがとは問題発言ですね。かりにも人命が失われたんだよ」

ふだんはもっと過激な表現をするくせに、都合のいい時だけ、教条的で杓子定規《しやくしじようぎ》なことを言うのが彼ら新聞記者の特徴だ。

「とにかく、亡くなった方の尊厳にかかわるような映像を、貸すなどという、冒瀆《ぼうとく》的なことはできません」

真弓も負けずにやり返したが、これが逆効果であった。

「ふーん、そんなに際《きわ》どい映像が撮れているんだ。もしかして、顔もバッチリ？　だったらなおのこと、使わせてもらいたいな。頼みますよ」

電話の向こうで拝んでいるような口ぶりだった。

「私に言われても困ります。一応、相島には伝えておきますけど」

そう言って、まだ何か言いかけるのを構わず、電話を切った。

それにしても、いくら新聞だって、あの悲惨な映像を紙面に使えるとは思えない。それとも、遠くに死体の横たわっている、引いた映像なら使えるのだろうか。

後で相島に会って、藤田から電話のあったことを伝えると、あっさり「放っておけ」と言うだけで、取り合わない。

「また電話がかかってきたら、どうしますか」

「その時はおれが相手するよ」

午後になると、淡路署の佐俣部長刑事が部下を伴ってやって来た。

「松雪さんが撮影したビデオを、参考までに見せてもらいたいのですがね」

という話である。

「死体を動かしたわけではないので、警察が実況見分した状態と変わった点はありませんよ。ビデオを見ても参考にはならないと思いますけど」

「いや、それでも見たいのです」

相島に相談すると、

「見るだけなら構わないだろう。おれも立ち会うよ」

応接室にやって来て、佐俣と「どうも」と挨拶を交《か》わしている。顔見知り以上に付き合いがある様子だ。

応接室の50インチのモニターに映像を映し出した。ビデオを見終えると、佐俣は「ふーっ」と吐息をついた。

「こうやって見ると、オカルト映画の一場面のようで、迫力がありますなあ」

　確かにその感想は理解できる。

「これ、ちょっとお借りできませんか」

「いや、それはだめですよ」

　真弓が答える前に、相島が言った。

「いや、本物っていうわけでなく、コピーしたものでけっこうですが」

「分かりました。ただし、うちから出したということはオフレコで願いますよ」

　武井にＤＶＤにコピーするよう頼んで、相島は「ところで、これは殺人事件ですか？」と言った。

　佐俣はチラッと部下に視線を走らせて、仕方なさそうに苦笑しながら、「まあ、その可能性が強いと見てます」と答えた。映像を借りる交換条件と判断したのだろう。

「当初は自殺・他殺の両面で調べを進めていましたがね。高速道路上に車が放置されてなかったし、そこまでわざわざ歩いて行って飛び込むとも考えられんでしょう」

「被害者の身元は？」

「いや、まだ判明してません」

「死因は何です？　まさか、転落によるものじゃないのでしょうね？」

「毒物によるもののようです。それと、転落によって生じた外傷には、生活反応が見られない。つまり殺人および死体遺棄ということです。さあ、こんなところでいいですか。断っておきますが、これはまだ未発表部分ですから、オフレコに願いますよ」

佐俣は真弓にも念を押すように軽く頭を下げると、後は黙りこくって、武井がＤＶＤを持って来たのをきっかけに立ち上がった。

「ボスはあの被害者の顔、見覚えがあるんじゃないですか？」

相島と二人だけになるのを待って、真弓は気になっていることを訊いた。

「ん？　いや、そんなことはないが、ちょっとある人物と似た感じだったもんでね」

「誰なんです、その人物って？」

「真弓の知らん人間だ。いや、おれの勘違いかもしれんしな」

相島はそう言うと、先に応接室を出て行った。背中に真弓の視線を感じているのが分かる。被害者の顔に心当たりがあるのを、隠しているような気配であった。

第二章　浅見光彦《あさみみつひこ》の災難

1

浅見光彦《あさみみつひこ》がケータイを持つと決めたのは、雑誌「旅《たび》と歴史《れきし》」の新連載が始まることが決まったためである。編集長の藤田《ふじた》が「それが条件だな」と宣言した。

「だいたい、いまどきのルポライターが、ケータイを持たないなんて、時代遅れもはなはだしいじゃないか」

そう言われれば、返す言葉もなかった。

浅見家では母親の雪江《ゆきえ》による「ケータイ禁止令」が徹底していた。理由は「携帯電話は家族の繋《つな》がりを阻害する」というものだ。一般常識はその逆のように思えるが、雪江としては携帯電話は家族一人一人を孤立させる結果を招く——と考えているらしい。

確かに、そう言われればその弊害がまったくないこともない。ケータイを持った子供たちが、それに没頭して、いつの間にか家の中にそれぞれの世界を作り出してしまう。その世界に閉じこもっているかぎり、たとえ家族といえども干渉はできないのである。

そればかりでなく、ケータイには便利さの裏返しのような弊害がいくつもつきまとう。学校では「裏サイト」なる悪《あ》しき風潮が蔓延《まんえん》して、誹謗中傷《ひぼうちゅうしょう》の書き込みをし、時には自殺者さえ出している。

ニュースでそういう事件に触れるたびに、雪江は「ほらご覧なさい」と、自分の主義の正しさを主張する。これによって、浅見家では家長で警察庁刑事局長である陽一郎《よういちろう》を除く全員が、雪江の威令に従っていた。

ただし、車での移動が頻繁《ひんぱん》な次男坊については、雪江は特例を認めていた。自動車電話ならよいというのである。自動車電話はケータイではない。あくまでも自動車という名の「個室」に限定した、据え置き型の電話として認めるというわけだ。

しかし、藤田の言をまつまでもなく、ルポライターを生業《なりわい》とする浅見にとっては、ケータイのない不便さは、いまや切実な問題であった。その最大の原因は公衆電話の激減である。かつて街のどこにでもあった公衆電話ボックスや店先の赤電話が、ほとんど姿を消してしまった。車から離れて行動している際、緊急の連絡を要する事態に陥《おちい》った場合に電話を探すのは至難の業《わざ》だ。

それでも長いこと、その不便さに耐えてきたのだが、ついに我慢の限界を超えた。

「お母さん、このたび、僕は、断固としてケータイを買うことにしました」

ある朝、リビングに誰もいなくなった時を見計らって、浅見はついに勇をふるって雪江に申し出た。

「そう、そうしなさい」

雪江はいともあっさりと頷いた。拒絶されることを予測して、次の説得策を用意していた浅見は拍子抜けした。

「えっ、いいんですか？」

「いいですとも。私はいつになったら光彦がそう言いだすのか、いらいらしていたのですよ。いまどきのルポライターが、ケータイを持たないなんて、時代遅れもいいところじゃありませんか」

それまでの「威令」はどこ吹く風、まるで藤田編集長が乗り移ったようなことをのたまう。

浅見は早速、秋葉原《あきはばら》に出掛けた。それまでなるべく目に触れないようにしていたケータイのコーナーだが、あらためて眺めると、内外のメーカーが競い合い、機種も溢れ返り、百花繚乱《ひゃっかりょうらん》のありさま。目移りがして、ことケータイに関するかぎり無知そのものの浅見は茫然自失《ぼうぜんじしつ》の体《てい》だ。

若い店員を摑《つか》まえて訊いた。

「ケータイを買いたいんだけど、どれにしたらいい？」

店員は呆れたように、客を品定めした。お年寄りや幼児ならともかく、いい歳をした男がそれかよ——という顔だ。

「ドコモがいいんじゃないでしょうか」

ショーケースの一角を指さして言った。確かにその「ドコモ」のコーナーには、魅力的なデザインで、色とりどりの機種が並んでいる。しかし、それが他社のものと比較して優れているかどうかは分からない。

「ドコモっていうのは、どこがどんな風にいいんですか？」

「まあ、ポピュラーだし、シェアが一位だし、デザインがいいのと、サービスが行き届いてるし……」

店員は言いながら、浅見に耳打ちするように、「僕が使ってますからね」と言った。それが最大の保証——というわけか。

こうして、浅見はドコモのケータイを買うことに決めた。店員はカウンターに案内して、手際よく「NTTドコモ」社との契約の書類を作ってくれた。その後、三十分ほど店内をうろついているうちに登録が完了して、いよいよ「ケータイ生活」が始まることになった。

ケータイと一緒に箱に詰められた分厚いマニュアル本には目が眩《くら》みそうだ。店員は愛想《あいそ》よく、人気キャラクターのフィギュアがついたケータイストラップをおまけにつけてくれた。

店を出て、心楽しく歩いていると、前から若い女性が危なっかしい恰好でやってくる。酒に酔っているような不安定な足取りである。斜め上を仰ぐ顔の目は虚《うつ》ろで、足元もおぼつかない。右に左によろけるから、すれ違う人々は気味悪そうに避けて行く。

浅見も立ち止まって、女性をやり過ごそうとした。にもかかわらず、まるでその浅見が吸い寄せたかのように、女性はフラフラと接近してきた。いまさら身をかわすわけにもいかず、浅見は反射的に腕を開きぎみにして、女性を受け止める仕儀になった。

そこまで辿り着いて、女性は精根《せいこん》尽き果てたらしい。浅見の腕の中でズルズルと脱力して、足元に崩れ落ちた。

「キャーッ」とすぐ脇で悲鳴が上がった。浅見が女性を襲ったと勘違いしたらしい。

周囲にたちまち人だかりができた。しかし一定の距離を置いて近づかない。以前、秋葉原で無差別殺傷事件が起きているので、それを警戒するのだろう。

その輪の真ん中で、浅見は立ちすくみ、その足元に女性が倒れ伏している。これは客観的に見ると異様な情景にちがいない。数人の「観客」が、ケータイを出してカメラのシャッターを切っている。

浅見は慌てて身を屈《かが》め、女性の肩を抱いて助け起こそうとした。

「しっかりしなさい!」

叱咤《しった》した。女性は飲み過ぎか、それとも薬物によって正気を失っているのではないかと思ったからだ。

女性は一瞬、目を開き、浅見を見て、口を動かした。聞き取れないほどのかすかな声が洩れ出た。

「えっ、何ですか?」

浅見は女性の口許《くちもと》に耳を近づけた。しかし直後、女性は完全に脱力した。ガクンと仰向いた顔は、口はだらしなく弛緩《しかん》し、目はどんよりと瞳孔《どうこう》が開いた感じだ。呼吸もなく、頸《けい》動脈《どうみゃく》に指を当ててみると、脈拍も止まっている。いわゆる心肺停止状態らしい。

浅見は周囲を見回し、「誰か、救急車を呼んでください」と叫んだ。

その目の前に、人の輪の中から警察官が二人、飛び出した。

「おまえがやったのか?」

二人はへっぴり腰で左右から警棒を突きつけて、少し年長のほうが怒鳴った。

「違いますよ。そんなことより、早く救急車を呼んでください」

若いほうの警察官がどこかと連絡を取っていたが、直後にパトカーで応援が駆けつけ、救急車のサイレンも近づいてきた。周囲は警察官に取り囲まれ、観客は少し遠い距離まで追いやられた。その中で浅見と女性だけがその場を動かずにいる。

浅見はずっと女性を腕に抱いた恰好だ。まさか放り出して逃げるわけにはいかない。救急隊員がやって来て、ようやくその姿勢を解除された。

女性からは解放されたものの、その代わり、浅見は刑事の手中に落ちた。

「僕は関係ありませんよ」

しきりに訴えたのだが、刑事はまったく聞く耳を持たない。「詳しいことは署に行ってから話せ」の一点張り。手錠こそ嵌《は》められなかったが、左右から腕を取らんばかりに挟まれて、パトカーに押し込められた。

まだ報道関係者はやって来ていないようだが、何人ものアマチュアカメラマンが、さかんにシャッターを切っている。中にはケータイのレンズをこっちに向けている人もいる。買ったばかりのケータイにそういう使用法もあることを、はからずも学ぶことになった。それはともかく、あの様子だと、マスコミに「決定的瞬間」の写真を売り込むつもりかもしれない。それが報道されて、母親の目に留まったらどうなるだろう——と想像して、浅見は頭が痛くなった。

パトカーで、そこからほど近い万世橋《まんせいばし》警察署に連行された。以前、交通博物館のあったすぐ近くだ。

取調室に連れ込まれ、デスクの前の椅子《いす》に坐らせられた。映画やテレビドラマで見る、典型的な取調べ風景の、まさに当事者になっていた。

「あんたの名前と住所、年齢、それに職業を聞かせてくれ」

連行した刑事がそのまま事情聴取を受け持つらしい。刑事は二人で、いったんどこかへ行っていた中年の刑事が戻って来るなり、横柄《おうへい》な口調で言った。

浅見は面倒臭いので、免許証を見せ、名刺を渡した。刑事は部下に「確認しろ」と命じている。若い刑事が免許証を持って出て行くと、肩書のない名刺をひっくり返して見て、

「仕事は？」と訊いた。

「フリーのルポライターです」

「ふーん、ルポライターね。グウ」

そういう職業が気に食わないのか、鼻を鳴らした。鼻を鳴らすのが似つかわしい、野ブタのような顔の男だ。

「それで、あんたが殺《や》ったんだな？」

「冗談じゃありませんよ……えっ、あの女性はやはり亡くなったんですか？」

「とぼけるんじゃない。そんなことは分かっているだろう。あんたの腕の中で死んだんだからな」

「確かに、呼吸と脈拍が止まっている様子でしたが、そうですか、結局、亡くなったんですか。可哀相《かわいそう》に……」

「いまさら可哀相もないだろう。自分で殺っておいて」

「殺ってなんかいませんたら。それより、殺った殺ったって、死因はいったい何なんですか？　病死ではないのですか？　第一、病死か不審死か、この段階ではまだ分かるはずがないでしょう」

突っ込まれて、野ブタ刑事は「グウ」と鼻を鳴らした。

「まあ、そのことはいいとして。訊くが、あんたとあの女性の関係は？」

「関係ありませんよ。あそこで初めて出会ったのですから」

「ふーん、つまり無差別に殺ったのか」

「またそれですか。いい加減にしてくれませんか」

「じゃあ訊くが、関係のない女性を、なんで抱いていたんだ？」

「助け起こすのが抱いていることになるのですか？　それとも、死にかけた人を放っておけと言うんですか?」

「グウ、訊いたことだけに答えればいい。それで、あんた、奥さんは?」

「いません」

「子供さんは?」

「嫁《よめ》さんもいないのに、子供がいるわけないでしょう」

「質問に答えればいいと言っただろう。じゃあ、家族はいないんだな」

「いますよ。母親と兄夫婦と姪《めい》と甥《おい》が」

「なんだ、そんなに大勢いるのか。家は何か商売をやってるのかね?」

「いや、兄はサラリーマンです」

「ふーん、どういう会社?」

「公務員です」

「区役所とか?」

「一応、国家公務員です」

「国家公務員か……どこの役所かね?」

「それはあれです。警察関係です」

「警察? じゃあ同業者ってことか。グウ、警察官で国家公務員といえば、警部補以上っことになるが、あんたのお兄さんだと警視以上かな。どこかの署長さん？」

　野ブタ刑事の言葉つきが変わった。

「いや、事務関係ですから」

「つまり、警察庁勤務ってこと？　それにしたって、階級はあるわけだが……えーと、警察官のランクにすると警視正ですか？」

「よく知りませんが、それよりは上だと思いますよ」

「それより上となると、警視長？」

「もう少し上です」

「もう少しって、あんた、冗談きついな。それより上は警視監しかないよ……えっ、警視監なんですか？　グウ。警察庁の警視監といえば、局長クラス……ほんとに？　えーっ、浅見刑事局長さん？……グウ」

　野ブタ刑事は息を吸い込んで絶句した。

　その時、ドアが開いて制服の二人が入ってきた。前に進む警察官の襟章《えりしょう》はまさに警視正──おそらく万世橋署の署長だろう。その後ろに控える警視は刑事課長か。

「やあ、あなたが浅見刑事局長さんの弟さんですか。えーと、浅見光彦さんでしたね。私は万世橋署の署長をしておる高橋《たかはし》です。今後ともよろしくお願いします」

署長はきちんと三十度に体を傾けてお辞儀《じぎ》をし、名刺をくれた。〔警視庁万世橋警察署署長　警視正　高橋幸男《ゆきお》〕とある。それに続いて警視も名刺を差し出し挨拶した。思ったとおり刑事課長で池俊一《いけとしかず》という。

「こちらこそ、よろしくお願いします」

浅見もしゃっちょこばってお辞儀をした。署長の背後にいた若い刑事が、恐縮しきったように進み出て、「これはお返しいたします」と免許証を返してくれた。

立場を失った野ブタ刑事は、直立不動の姿勢で固まっている。

「長谷川《はせがわ》君、浅見さんを応接室にご案内しなさい」

高橋署長が指示した。野ブタ刑事の名が長谷川であることが分かった。

長谷川の先導で応接室に入った。署長と刑事課長も付き合って、間《ま》もなく事務服の女性がコーヒーを運んできた。

「さきほどは女性を助けてくれたそうで、大変ご苦労さまでした。本来なら人命救助で表彰されるべきですが、残念ながら女性は亡くなりましてね」

署長は申し訳なさそうに言った。

「そのようですね。お気の毒です。それで、女性の死因ですが、病死だったのですか?」

「いや、それはまだはっきりしてませんが、どうやら不審死の疑いが濃厚です。それで、誠に恐縮ですが、当時の状況について浅見さんが最も事情をご存じかと思いますので、いろいろとご意見を伺《うかが》いたいのです」

「もちろん僕としても協力させていただきたいと思っています。ところで、あの女性の身元は分かったのでしょうか？」

「近くに女性のバッグが落ちていましてね。中の免許証によると、中田悠理、二十五歳、現住所は東京都文京《ぶんきょう》区、本籍地は兵庫県淡路市であることが判明しました」

「兵庫県淡路市……」

浅見はその遠い距離に思いを馳《は》せた。

2

浅見は「懇談」というかたちで、万世橋署にそれから二時間近く、留め置かれた。その間、警察は浅見の話を聞く一方、死んだ女性の身元確認や死因の特定、周辺での目撃情報や足取り調査など、事実関係の確認を進めている。

「事件」に関わった、最重要参考人が、じつは浅見陽一郎刑事局長の実弟であることが分かって、警察の対応は慇懃《いんぎん》なものになったとはいえ、最初に浅見を「連行」した長谷川という刑事の浅見に対する姿勢には、あまり変化がなかった。

改めて名刺を出して、〔万世橋警察署刑事課捜査一係　巡査部長　長谷川幸一《こういち》〕と名乗ったものの、この男、権威とか階級とかいったものに関心がないのか、むしろ反発を感じるらしい。言葉つきこそ丁寧《ていねい》だが、時折、不満そうに「グウ」と鼻を鳴らすことといい、浅見に対する姿勢はあくまでも「訊問《じんもん》」しているつもりのように、遠慮がない。

浅見にはべつに隠しておかなければならないようなことはないのだが、一つだけ、浅見自身、「事件」発生時の状況について、はっきりと認識していないことがあった。

中田悠理という、あの女性が倒れ込んできた時、助け起こす浅見の腕の中で、何かひと言、呟いたのが気にかかるのである。周囲のざわめきに消されたために、はっきり聞き取れなかったが、明らかに何か声を漏らしたことは間違いない。

（何て言ったのかな？——）

そのことが絶えず頭の中で反芻《はんすう》される。

あれは確実に、彼女がこの世で発した最後の言葉になるはずのものだった。自分を支えてくれた相手が何者か——という意識もなかっただろうけれど、ともかく、その人物に対して何かを伝えようとしたことは確かだ。つまりそれはダイイングメッセージということになる。

（何て言ったのかな？――）

浅見はその時の女性の口の形を真似《まね》てみようと試みた。

初めは苦しげに閉じられていた唇《くちびる》がポッと丸く開いて、溜《た》めていた息が漏れ出たような音が聞こえた。

（あれはたぶん「モ……」だった――）と思う。

それから女性は唇を少し細めに突き出すような形にした。歯の裏側に舌先をつけた擦過《さっか》音《おん》が聞こえた。「ス」か「フ」か。そのどちらかだった。

最後に、唇はそのままの形にして、口の奥で「ケ」と言ったようだ。

浅見が聞いた――と思ったのはこの三つの音声である。「モスケ」か「モフケ」だ。

「長谷川さん」

と浅見は記憶があいまいなまま、そのことを野ブタ刑事に話してみることにした。

憶測を交《まじ》えた浅見の話を聞いて、長谷川はむろん、興味を惹かれたようだ。

「間違いなくそう言ったんですか？」

「いや、間違いないかどうか、確信は持てないのですが、とにかくそんな風に聞こえたことだけは確かです」

「モスケかモフケねえ……モスケなら何となく人の名前みたいじゃないですか。ひょっとすると何とか茂助という男の名前かもしれない。そいつが犯人てことかな」

「犯人といっても、まだ殺人事件かどうかどころか、死因も分かってないんでしょう」

「なに、殺しに決まってますよ。自分の勘としては殺人事件です」

長谷川は自信たっぷりに宣言する。

しかし、長谷川の言うように事件性があるものかどうかは、浅見が万世橋署から解放される時点までには判明しなかった。結論が出たのは、浅見が帰宅して数時間後の夜半のことである。

浅見を「解放」するに当たっては、署長自《みずか》ら現われて、協力方を依頼した。

「今後とも、折に触れて捜査にご協力いただかなければならないと思いますが、その節はよろしくお願いします」

もっとも、警察が本気でそう考えているかどうかは分かったものではない。一応、刑事局長ドノの身内と思うから、外交辞令で言うだけで、（素人は余計な手出し口出しはしないでもらいたい——）というのが本心だろうし、ひょっとするとまだ、容疑の対象と考えているのかもしれないのだ。

「できるだけのことはいたします」

浅見はしかし、署長の言葉を額面どおりに受け取った姿勢を示して、そう答えた。頼まれたのをいいことに、大いに「協力」するつもりになっている。

夕方のテレビニュースでも秋葉原の事件のことは報じていて、もしや自分の映像が映し出されるのではないか――とヒヤヒヤものだった。事件に巻き込まれるのは浅見家ではご法度《はっと》である。もしバレたら、母親の雪江からカミナリが落ちるのだが、幸いなことに、それは杞憂《きゆう》に終わった。

とはいえ、浅見の腕には、倒れ込んできたあの瞬間の女性の感触が残っていて、当分、その記憶は消えそうにない。若い女性にあんな風に、文字通り無心に身を預けてこられた経験は、残念ながらこれが初めてだ。男子たる者、無上の光栄とすべきところだが、預けられたとたんに、相手の命が絶えてしまったのだから、なんともやりきれない。

いったい彼女に何があったのだろう？――と思う。そのことを考えだすと、一刻も早く「事件」のその後を知りたくなる。

それを知らせる長谷川からの電話は浅見のケータイにかかってきた。

それまで、浅見は自分でケータイの番号に電話してみて、確実に着信することを確かめ、幼児のように面白がっていたが、外部からの電話はこれが最初である。「初ケータイ」ともいえる記念すべき着信が長谷川からのものであった。

「ようやく検視の結果が出ました」

長谷川はいきなりそう言った。

「中田悠理の死亡原因は、毒物によるものであることがはっきりしたそうです。ただし、自殺か他殺か、あるいは事故死なのかまでは断定していません。自分なんかは、間違いなく他殺だと思うんですがねえ」

長谷川は不満そうだ。

「事故死というのは、どういうことなのでしょうか?」

浅見は訊いた。

「要するに、所持していた毒物を、誤って服用してしまった可能性があるとか言ってるんだが、そんなことは考えられんでしょう、グウ」

「毒物はどういうものですか? 見た感じでは、嘔吐《おうと》とか、吐血とか、そういう症状はなかったようですが」

「詳しいことは自分にも分かりませんがね。神経毒みたいに脳や神経を破壊して、心臓を止める働きのある毒物の疑いがあります。あの場所まで辿り着いたという点から見て、かなり遅効性の薬物か、それとも、ひょっとするとカプセルで服用したのではないかという話でした。効力を発揮するまで時間がかかったのはそのためのようです」

警察がこれまで聞き込み捜査を行なった結果からも、またその場にいた浅見の記憶からいっても、「事件」当時、周辺に中田悠理の知人や同行者がいた様子はなかったようだ。

中田悠理の東京・文京区の住所は賃貸マンションで、いわゆる1DK。独身で同居人もなく、また、近所付き合いもあまりなかったそうだ。彼女の本籍地である淡路市の住所に問い合わせたところ、そこは彼女の実家で、悠理の両親が住んでいることが分かった。電話で悠理の死を伝えると、父親は「えーっ」と悲鳴を発した。

悠理は中田誠吾《せいご》と晴美《はるみ》の次女で二十五歳。地元の高校を卒業後、東京の大学に進学。二年前に大学を卒業して、そのまま東京で就職した。東京の住所・文京区関口《せきぐち》——に住み始めたのは二年前のことで、それまでは中央線の吉祥寺《きちじようじ》にある大学近くのアパートにいた。学生時代の友人は比較的少なく、親しいボーイフレンドや恋人らしき付き合いをした男性のいる形跡もないらしい。

大学での専攻は経済学部。とくに国際金融論についてはかなり勉強していた。勤務先の「SSP」という建設関係の会社での評判はすこぶるよかった。入社試験では男性をしのいで断然トップの成績だったそうだ。入社して二年。半年前から秘書課に配属され、役員室で秘書として勤務している。抜擢《ばつてき》と言ってもいいのだが、秘書課のなかでは新人であり、お茶汲みのような雑務が中心で、同僚の話によると、そういう仕事に対して悠理は満足していない様子ではあった。

ともあれ対人関係はよく、誰とでも気さくに話した。ただし、ある一定のラインから先に踏み込んだり踏み込まれたりするのを警戒するようなところがあった。

「とにかく真面目《まじめ》で、曲がったことは大嫌いという性格でしたね。その反面、しきたりだとか、古い因習みたいなものがあると、反抗したくなるような天《あま》の邪鬼《じゃく》的なところもありました。まあ、社員として、部下としては有能だが、プライベートで付き合うのは、難しいタイプだったと思います」

中田悠理の上司である課長は、そんな風に評している。カラオケなど、時には同僚たちと飲みに行くことはあっても、どっぷり浸《つ》かるような付き合いはしていなかったようだ。男性との関係も、いまのところ、悠理に特定の人物との付き合いがあったという確証は得られていない。

長谷川が語ったこれまでの経緯から、浅見はおぼろげながら中田悠理の全体像が見えてきた。しかし、そういう女性が奇妙な死に方をするに至った必然性は、まったく感じ取れない。真面目で正義感に溢れる一方、時には世間の常識に囚《とら》われない行動に出る――とはいえ、ごくふつうの生き方をしていたと考えてよさそうに思える。いったいその彼女に、何が起きたのだろう?――と、好奇心をそそられるのだ。

身元確認のため、遺族はすでに上京してきていて、ついさきほど、万世橋署に到着。直ちに遺体の収容先である病院で、身元確認の手続きを終えたところだという。

「上京した遺族は両親と、悠理の姉の琴美《ことみ》という、これはすでに嫁に行っていて望月《もちづき》と名字が変わっていますが、その三人です。三人が三人とも、異口同音《いくどうおん》、悠理には、他人に殺されなければならないような恨《うら》みをもたれるはずはないし、自殺しなければならないような悩みもなかったと言っております」

しかし、遺族が何と言おうと、現実に中田悠理は薬物中毒によって死んだのだ。投与されたのか、自ら承知の上で服用したのかはともかく、その事実は確定している。

「ご遺族に会うことはできますか?」

「浅見さんがですか？　そうですね。本来は難しいのですが、署長も協力をお願いしたいって言ってるのだから、浅見さんの場合は特例としてオーケーでしょう。一応、上のほうに了解を取りつける段取りもあるので、明日ということになりますが」

翌日、浅見は万世橋署に出掛けて行った。昨日に引き続き事情聴取を受けていたという三人の遺族は、小応接室で身を縮めるように、悄然《しょうぜん》としていた。涙も尽きたのか、表情は灰色に乾き、目は虚ろだった。

「こちらは悠理さんが亡くなられた時に、その場で悠理さんを介抱《かいほう》した方です」

長谷川はそういう紹介の仕方をした。両親も姉も大いに感謝して、その時の悠理の様子を詳しく知りたがった。浅見はそれになるべく丁寧に応じてから、訊いた。

「最後の瞬間、悠理さんはかすかに何かをおっしゃいました。はっきりとは聞き取れなかったのですが、確か『モスケ』と言ったような気がするのですが、何かお心当たりはありませんか？」

「モスケ、ですか？」

両親は顔を見合わせた。

「あるいは『モフケ』だったかもしれませんが、たとえば、お知り合いの方にそういう名前の人はいませんか」

「モスケにしろモフケにしろ、そういう名前の知り合いはいませんわ」

父親の中田誠吾が三人を代表して言った。あらかじめ見せてもらった警察の調書によると、誠吾は五十四歳。淡路市にある観光施設で働いているという。母親の晴美は五十三歳。やはり淡路市にあるホテルにパートで勤務している。姉の望月琴美は四年前に結婚して、すでに一児の母であり、現在、六カ月の身重《みおも》でもあった。

「悠理さんが亡くなられた理由――と言いますか、殺害されることはもちろん、自殺するような原因は何もないということですが、まったくないとすると、悠理さんが亡くなるはずはありません。何か、みなさんが見落としていることが、悠理さんの身にあったと考えるのですが、いかがでしょうか」

　浅見は訊いた。

「刑事さんにもそう訊かれましたが、とくに何も思い当たることはありませんよ。悠理は子供の頃から明るくて、小さなことにこだわらず、前向きに生きているような性格でした。東京の大学へ行くというのも、われわれは反対したんやけど、どうしてもそうしたい、学費は自分で稼《かせ》ぐ言うて、後へは引きませんでした」

　誠吾はしっかりした口調で答えた。娘の死でかなり動揺しているはずだが、すでに、ある程度の気持ちの整理はできているのかもしれない。対照的に母親の晴美は、悠理の名前が出ると、またふっと涙ぐむ。

「おそらく、東京で独り暮らしをしているあいだに、何かの事情が生じたのだと思いますが、手紙や電話、あるいはメールなどに、その様子を垣間《かいま》見ることができるようなものはありませんでしたか?」

「いいや、手紙でも電話でも、そういったことを言ってたことはありません。決まって、元気だから心配するなといった内容でした。盆暮《ぼんくれ》には帰省してましたが、相変わらず陽気で明るくて、屈託《くったく》がない性格に変わりはなかったです」

「けどな、お父さん」

脇から晴美が、オズオズと口を出した。

「悠理にも何か、ひそかな悩みはあったかもしれへんやん」

「悩みやて？　何の悩みや。そんなんあるんやったら、言うてみ。悠理は何て言うとった？」

誠吾は心外そうに言った。自分の知らないような事情が、娘と女房のあいだでだけ交わされていたのが面白くないのだろう。

「はっきりとは言うてへんかったけど、私には分かりました」

「分かったって、何が分かったんや？」

「一つは、あの子には付き合《お》うとる人がいたんやないかな」

「そりゃ、二十五にもなっとんねんから、付き合うとる者がいたって、不思議はないやろ。けど、その人が誰か、おまえ知っとるんか？　悠理から聞いとったんか？」

「いいえ、聞いとりはせんけど」

「その件でしたら」と、長谷川が言った。

「警察のほうで悠理さんの交友関係を調べつつありますが、現在までのところ、付き合っている男性がいたという情報は得ておりません。もしあれば、すぐに特定できると思います」

「もしおったら、その人が犯人いうことになるんちゃいますか?」

誠吾は不安そうに言った。

「いや、そんなに簡単に決めつけてはいけませんよ。第一、いまのところ他殺と断定できているわけではないのですから」

「そんなん、決まってますやん。悠理は自殺するような子ではないですよ。誰ぞに殺されたのは間違いないです」

「まあまあ……」

長谷川が父親を宥《なだ》めている脇で、浅見は母親に訊いた。

「さっき『一つは』とおっしゃいましたが、ほかにも悠理さんは何か、悩みを抱えていたのでしょうか?」

「は?　はあ、そう言いましたっけ……」

晴美はかすかに眉《まゆ》をしかめた。うっかり口を滑らせたのを後悔しているようだ。

「どんな些細《ささい》なことでも結構ですので、おっしゃってみてください」

「こんなん、悩みになるかどうか分かりませんけど、気にはしとったみたいです」

前置きして、それからしばらく思案して、ようやく口を開いた。

「悠理は石上神社さんへ参ったことを、『あかんことをしたかなあ』言うて、悔やんどったみたいです」

「石上神社といいますと?」

「淡路にあるお宮さんです」

「そこにお参りして悔やむことがあるのでしょうか?」

「はあ、石上様へ詣《もう》でたんはええけど、じゃらけて禁制を破った言うて……」

晴美はいっそう顔をしかめた。

3

聞き慣れない言葉だった。

「じゃらけて、と言いますと?」

浅見は訊いた。

「じゃらけて言うたら、じゃらけて、でしょう」

晴美は当惑ぎみに眉をひそめた。

「そう言うても分からんよ、お母ちゃん」

脇から長女の琴美が言った。

「じゃらけて、言うのは、淡路島の方言で、ふざけて、みたいな意味です。悪ふざけというか」

「あ、分かりました。神社を冒瀆するような何か悪ふざけをしたのですね？　どんなことをしたのでしょう？」

「悪ふざけ言うても、べつに何をしたということでもないんです」

琴美は妹の名誉のためにも、その点は力説しておきたいらしい。

「ただ、石上神社さんはもともと女人禁制の決まりのあるお宮さんで、女は鳥居をくぐったらいけないことになってるんです。妹はそれはおかしい言うて、大手を振って、鳥居をくぐってお参りしたもんやから……」

「えっ、それだけのことですか」

「それだけのことって、あんた……」

何を言うか――と誠吾が目を剝《む》いた。

「あんたは知らんから、そない簡単におっしゃるけど、石上様の祟りは恐ろしいもんです。以前、石上様の森にある松の大木を売る売らないの騒ぎがあった時、売るほうに賛成した者たちが皆、大病に罹《かか》って、死にそうな目に遭《お》うたことがある。悠理が鳥居をくぐったと聞いた時は、何かよくないことが起きんかったらええがと思ったんやけど、こういうことになってしもて……」

誠吾は怖いほど真剣な顔である。晴美も琴美も神妙に頷いている。とてものこと、彼らの信じることを「迷信」だなどと一笑《いっしょう》に付《ふ》すどころではなかった。

「それはそれとして、悠理さんを死なせたのは実在の人間なのです。決して神様のせいではありません」

浅見も彼らに合わせて真面目くさった顔を保ちながら、そう言った。

結局、中田悠理の遺族からは、事件に繋がるような話は聞けなかった。住居であるマンションの周辺での聞き込みからも、悠理の部屋に男性が出入りしていた気配があったという証言は得られていない。少なくとも隣近所の人は目撃したことがないそうだ。

「要するに、地方出身の若い女性が、東京の大学を卒業して、平凡なＯＬとして、ごくふつうの生活を送っていたという状況です」

長谷川はつまらなそうな口ぶりで、結論づけた。

万世橋署から帰宅すると、お手伝いの須美子《すみこ》が「旅と歴史」の藤田編集長から電話があったことを伝えた。

「編集長さんは何だか、いつもと違って、とても丁寧な口調でお話しになって、ちょっと気味が悪いくらいでした」

「何だろう？」

浅見は首を傾げた。いまのところ原稿の遅れはないし、前借りを申し込んで断られたといった引け目もない。にもかかわらず、須美子にまで丁寧な口ぶりだったというのは、大いに警戒してかかる必要がある。またぞろ、無理難題の取材依頼をしようという魂胆《こんたん》かもしれない。

浅見は手に入れたばかりのケータイで「旅と歴史」編集部に電話した。

「やあ、浅見ちゃん」

案の定、藤田はいまにもひっくり返りそうなハイトーンな声を発した。

「早く連絡を取りたかったんだけど、浅見ちゃん、まだケータイを持ってないんだろ？」

「あ、そのことなんですが、このあいだ編集長に新連載の条件と言われたので、思い切って宗旨《しゅうし》がえをしました。いま電話してるのは、そのケータイからですよ」

「えっ、そうなの？　それはよかった。新連載もそうだが、その前に緊急に取材にとりかかってもらいたい事態が生じたんだ」

「どこか取材ですか？」

「そう、ぜひとも浅見ちゃんに取材に行ってもらわなければならない」

「はあ、いつ、どこへですか？　断っておきますが、飛行機はだめですよ」

「分かってるって。あの島には飛行場はないし、鉄道も走ってないから、車がなきゃ移動もできない」

「島ですか。いまどき飛行場がないということは、相当な小島ですね？」

「とんでもない。でっかい島だよ。しかも本邦《ほんぽう》第一の島だ」

「本邦第一とは、どういう意味です？」

「つまり、日本で最初に生まれた島という意味さ」

「それって、淡路島のことですか？」

「正解。さすがに浅見ちゃんだね、国生みの神話をちゃんと知ってる」

「そのくらい、誰だって知ってますよ。で、淡路島の何を取材すればいいんですか？」

「それはいろいろあるが、まあ、たとえば淡路人形浄瑠璃《じようるり》とかさ。それに、団子ころがしなんてのもあるらしい」

「何ですか、それ？」

「それは行ってのお楽しみだよ」

「そんな頼りない。何のあてもなしに行くんじゃ、ろくな取材もできませんよ」

「その心配は無用。向こうに行けば、ガイドしてくれる人間を用意してある。洲本に神戸新報淡路支局があって、そこに藤田という者がいるから、訪ねれば分かるようになっているんだ」

「編集長と同名ですか」

「ああ、僕の甥っこでさ。これがじつにできがいい。僕に憧れてマスコミ人を目指した、いうなれば、わが藤田一族のホープだ」

藤田はよほどその甥を溺愛《できあい》しているらしい。それにしても、本気で言っているのかどうかは分からないが、あの藤田に憧れるようでは、「ホープ」のスケールも高《たか》が知れていそうだ。

「しかし、そんな立派な人にガイド役をお願いしてもいいんですかね」

「いや、それは構わないんだ。そもそもは甥からの依頼があって……」

言いかけて、藤田は語尾を濁《にご》した。まずいことを口走った――と悔やんでいる気配が伝わってくる。そういう点、藤田は正直な男なのである。

「甥御さんからの依頼なんですか?」

「依頼っていうか、提案だね。淡路島には知られざる奇習があって、『旅と歴史』で取り上げるにはきわめてうってつけだと教えてくれたってわけだ」

「なるほど、それは分かりますね。何しろ日本の発祥の地なのだから、遺跡や伝承なんかが無尽蔵にあってもよさそうです。そのわりに淡路島っていうところについて、われわれはあまりよく知っていない。何となく通り過ぎてしまう、エアポケットのような空間なのかもしれません」

「そう、そうだろう。だから飛行場なんかも作られていない」

エアポケットから飛行場を連想したのか、藤田はここぞとばかり、語気を強めた。

「そんなわけでね浅見ちゃん、淡路島に眠っている古代文化や伝説、奇祭のたぐいをさ、掘り起こして、日本国の起源がなぜ淡路島でなければならなかったのか——といった、一大特集を組もうと思っているんだ。やってくれるよね。淡路島はいいよ。何ていっても食い物が旨《うま》い。渦潮《うずしお》でとれた鯛《たい》の刺し身なんてやつは、身がシコシコして絶品だな。それだけでもこの仕事、断る手はない。そうと決まったら、早いほうがいい。いますぐとは言わないが、明日辺りではどうかね」

がぜん、日頃のペースを取り戻して、押しつけがましくなった。

「それは、お引き受けするにやぶさかではないですが、取材費は前払いでいただけるんでしょうね？」

「そんなせこいことを……浅見ちゃんらしくないよ。取材費たって、高《たか》が知れてるじゃないの。どうせマイカーで行くんだろ」

「マイカーって言っても、ガソリン代はかかるし、高速料金もばかになりません。第一、東京から淡路島となると、丸一日がかり。ものすごく消耗しますよ」

こっちの労力も考えてくれ――と言いたくなる。

「だったら船で行けばいい。東京から徳島まで行くフェリーがあるよ。二万円かそれくらいで、眠ってるうちに浅見ちゃんとソアラ嬢を運んでくれる。そうだ、それがいい、そうしなさい。じゃあ、頼みます」

言うだけ言うと一方的に電話を切った。

藤田の身勝手はいつものことだから驚かないが、浅見はそれどころではない偶然に驚いた。秋葉原で起きた「事件」の死者・中田悠理という女性の出身地が淡路島――という、その矢先の話である。何か得体の知れぬ力で、淡路島に誘われている気がした。

そういえば、中田家の人々は「石上神社」の祟りのようなことを言っていた。祟りはともかくとして、これは何かの因縁か、運命的な繋がりがあるのかもしれない。

それにしても、藤田にも言ったことだが、浅見は淡路島について、ほとんど知識がないことを改めて思った。

以前、浅見は早良親王《さわらしんのう》の故事を取材するために一度、淡路島に渡ったことがある（『遺骨』参照）。

早良親王は桓武《かんむ》天皇の皇太子だったが、謀叛《むほん》の疑いをかけられ皇太子を廃せられ、淡路島に流された。無実の容疑だったことから、親王は食を絶ち、淡路に送られる途中の船中で憤死した。親王の死後、怨霊《おんりょう》による祟りが都を襲い、それを恐れた桓武天皇は、淡路島の山中に一寺を建立《こんりゅう》、親王の霊魂を慰《なぐさ》めた。しかし、それでも親王の怨霊は鎮《しず》まらず、そのために桓武天皇は造ったばかりの長岡《ながおか》京を放棄して、京都に遷都《せんと》することになる。

桓武天皇が建てた寺は常隆寺《じょうりゅうじ》といい、いまも淡路島にある。その時の浅見の淡路取材は常隆寺を訪ねるものだった。

取材に訪れたくせに、浅見は常隆寺以外、阪神淡路大震災の断層を見学した程度で、淡路島に関しては、タマネギの名産地であることと、作詞家の阿久悠《あくゆう》氏の出身地であることぐらいしか知らない。『古事記』に書かれているイザナギ・イザナミの「国生み伝説」は知っているが、あまりにも荒唐《こうとう》無稽《むけい》な話なので、真剣に研究したこともない。

しかし、考えてみると、なぜ淡路島が日本の始まりでなければならなかったのか、不思議な気がしないでもない。イザナギ・イザナミはまず淡路島を造り、それから四国を造ったとされる。国生みの作業も、どうせなら本州から始めればよさそうなものを、なぜちっぽけな淡路島だったのだろう。

地名辞典で調べてみると、「淡路」という名前の表記からして、いろいろあるようだ。『古事記』では「淡道」と書かれているが、『日本書紀』には「阿波旋」、『万葉集』には「粟路」、『琴歌譜《きんかふ》』には「安波知」という異表記もある。

地名の由来を探るともっと面白い。イザナギ・イザナミの性的な交わりから生まれたことから「吾恥（あはち）」となったとする説から、小さい島なので「吾恥島」と呼んだとする説、阿波《あわ》へ行く路だからという説、粟《あわ》を産するので「あわ島」と名付けるべきだったのだが、他に「阿波」や「安房《あわ》」などがあって紛らわしいので「あわつ島」と呼んだのが、後に転訛《てんか》して「あはち島」となったというのまで、さまざまだ。

粟を産したのは事実だったらしい。温暖な気候であり、瀬戸内海《せとないかい》の入口、鳴門の渦潮など、変化に富んだ海に囲まれて、粟ばかりでなく、海の幸にも恵まれていたことだろう。伊勢《いせ》と並んで、淡路もまた「御饌都国《みけつ》」と呼ばれた。万葉集では「御食《みけ》向かふ」は淡路島の枕詞《まくらことば》だったという。

調べているうちに、浅見は淡路島の魅力に惹かれるいっぽう、桃源郷《とうげんきょう》のように平和であるはずの島に、怨念だの祟りだのという概念が、いまもなお横行していることの不思議さを思わずにはいられなかった。

その島から出て東京で暮らす女性が、白昼の繁華街で奇禍《きか》に遭ったことを、父親でさえも「石上神社の祟り」などと口走ったのである。淡路島では、ごく日常的に、祟りだの怨霊だのが、人々の生活の中で息づいているのかもしれない。

それにしても、若い女性が、なぜあのような奇禍に遭わなければならない事情を負っていたのだろう？——と思うと、当事者としてばかりでなく、人間として義憤を感じないわけにいかない。まして彼女は浅見の腕の中で息絶えたのである。

最期に呟いた「モスケ」という、意味不明の言葉に込められた彼女の無念さを思うと、その死の謎《なぞ》を解きあかさなければならないという衝動に駆られる。

中田悠理の死は、長谷川も言っていたように、殺害されたものであり、しかも、通り魔による無差別殺人ではなく、計画的な犯行であったと、浅見は信じた。折も折、藤田が淡路島行きを依頼してきたことは、もしかすると天の配剤なのかもしれない。

4

浅見の淡路島行きは秋葉原の事件があった三日後、十月一日になった。その日の昼頃、万世橋署の長谷川部長刑事から電話が入り、署内に捜査本部を開設したことを聞いた。中田悠理の司法解剖も終えたそうだ。

「署長が一応、浅見さんにも相談するようにというので、電話しましたが、べつに気にしないでも結構です」

長谷川は暗に、素人探偵の介入を敬遠するような言い方をした。

「そうですか。僕もその事件に対しては大いに関心があるのですが、ちょっと急な用事ができて、淡路島に行かなければならなくなりました」

「えっ、淡路島って、浅見さん、それはまさか、中田悠理さんの事件がらみじゃないでしょうね」

「いえ、たまたま取材先が淡路島という仕事が飛び込んだだけでして、べつに今回の事件とは関係ありません」

「ほんとですかね？　何か嗅《か》ぎつけたってことじゃないんですか？　そういうことだったら、自分らにもちゃんと教えてください。われわれもいずれ、淡路島に聞き込みに行く可能性があるんだから、あまり荒らし回ったりしないよう、お願いしますよ」

「あははは……僕は何もしませんよ」

浅見は笑ったが、長谷川がそう言うところを見ると、警察はまだ淡路島へは出掛けていないらしい。そのことが不思議に思えた。この事件の根っこは淡路島にある——という感触のようなものが、漠然とだが、浅見にはあるのだ。

それは浅見だからという、特別な事情によるものかもしれない。なにしろ死の直前の被害者を、浅見はこの腕で抱きとめたのだ。できることなら、淡路島へ行く前に、事件の詳細なデータを調べておきたいくらいだ。しかし残念ながら、それにかまけているわけにはいかない。藤田はほとんど待ったなしで淡路島行きを命じているのである。

前もって調べたところ、藤田がいかにも気楽そうに言ったよりも、フェリーの航送運賃は高かった。藤田は二万円と言ったのだが、それは軽自動車の料金で、浅見のソアラは長さが五メートル近くもある。運転者の二等運賃込みで三万円を少し超えた。

ともあれ、浅見はフェリーを利用することにした。なんと言っても淡路島まで運転して行くことの労力と時間が勿体ない。眠っている間に運んでもらえるなら、それに越したことはない。起きているあいだはパソコンを叩《たた》いて原稿書きに勤《いそ》しむこともできて、経済効率が上がるというものだ。

東京から徳島へ行く「オーシャン東九《とうきゅう》フェリー」は有明《ありあけ》埠頭《ふとう》から出航する。一九時〇〇分発。翌日の一三時一〇分に徳島港に着く。乗船するには約一時間ぐらい余裕を持って港に行くのがいいことは、浅見はこれまで数回の経験から知っている。

たとえフェリーといえども、船の旅となると、胸躍《おど》るような気分である。港にそそり立つフェリーの船体は一万二千トン。全長百六十六メートル、全幅二十五メートル。クリーム色にブルーのラインの入った、なかなかスマートなものだ。

　船室は特等から二等まである。浅見はむろん最下級の二等船室に入った。ここはいわゆる大部屋で、カーペットを敷きつめたフロアにざこ寝状態で一夜を明かす。あまりムードはないが、浅見のようなビジネスオンリーの旅行者にとってはそれで十分。運航時間が夜から昼にかけてというのも、睡眠時間に合わせたようで、うまくできている。

　浅見は乗船してすぐ、レストランに行ったが、この船のレストランは現在、厨房《ちゅうぼう》が休止状態で、乗客は各自、自動販売機で食品を取り出し、レンジなどで調理する仕組みになっている。少し素っ気ないが、その分、メニューが豊富でより取り見取りだから、そのほうがいいという客も多いのだそうだ。

　それになんと言っても安い。しょうが焼き丼、チキンカレー、から揚げ炒飯《チャーハン》、完熟トマトハヤシライス、ジャージャー麵《めん》、カボチャのクリームリゾット、牛肉とまいたけのデミグラスリゾットなどがどれも二百円。日清《にっしん》の「カップヌードル」や「どん兵衛《べえ》」などにいたってはたったの百円である。

　この原価販売のような安さに感動して、浅見は思わず、チキンカレーとジャージャー麵をレンジでチンしてしまった。それをテーブルに運んだ時、三人の家族連れがレストランに入ってきた。思いがけなく、中田悠理の遺族たちである。

彼らも食事をしようとやってきたのだろうけれど、長距離フェリーの利用は初めてらしい。勝手が分からず、自動販売機の前で困惑している。

浅見は立って行って、「お手伝いしましょうか」と声をかけた。

「はあ、すみません」

悠理の父親、中田誠吾は頭を下げてから、ふと相手の顔に視線を走らせて、「あっ」と驚いた。彼の妻も娘も、ギョッとしたように体を引いた。

「その節はどうも、浅見です」

浅見は精一杯の笑顔で言ったが、彼らの動揺は収まらなかったようだ。浅見の突然の出現に驚くというより、疑惑のまなざしを向けた。たぶん、自分たちを尾行《つけ》てきたのではないか――と疑ったにちがいない。そう思われてもやむをえない登場の仕方であった。

「はあ、どうも……」

中田はあいまいな口ぶりで挨拶を返した。妻と娘も、怯えたような表情でわずかに頭を下げた。

「何を召し上がりますか?」

浅見はレストランのボーイもどきに、少しおどけて、首を傾げるようにして訊いた。

「そうやな、何にする?」

中田はようやく動揺を抑えて、家族に訊いた。妻と娘はそれぞれの希望を言い、それに従って、浅見が注文のメニューを「調理」してあげた。

三人がそれぞれの料理をテーブルに運ぶのを待って、浅見は自分の料理を手にして、そのテーブルに近づいた。

「ここ、ご一緒してもよろしいですか?」

テーブルは四人がけで、椅子が一つ空いてはいるが、招かれざる客であることは間違いない。中田はきわめて消極的ながら、仕方なさそうに「どうぞ」と言った。

「フェリーでお帰りでしたか」

浅見は訊いた。

「はあ、警察に呼ばれたり、焼き場へ行ったり、いろいろあって、少し疲れたもんで、船で帰ることにしました」

亡くなった悠理を荼毘《だび》に付してきたということか。異郷で愛する者の「野辺《のべ》の送り」をしなければならなかった気持ちを察すると、つい感情移入して、辛いものがある。

「そうでしたか。じつは僕も急に、雑誌の仕事で淡路島に行くことになりまして、車ごとこの船に乗り込みました。もしよろしければ、お宅までお送りしましょうか」

「はあ……」

中田は一応、頭を下げたが、好意を受けるかどうかは言わず、訊いた。

「浅見さんは淡路島のどちらへ行かれるのですか？」

「洲本にある、神戸新報淡路支局というところを訪ねます」

「新聞社ですか……」

中田の顔に、さらに警戒の色が浮かんだ。新聞社に東京での事件を売り込みにでも行くのではないか――と考えたようだ。そういう心理状態が正直に表情に現われる。

「はい、そこの藤田という人を訪ねて、淡路島に伝わる歴史や伝説、奇祭などを取材してくるつもりです。ご存じかどうか分かりませんが、『旅と歴史』という雑誌に掲載するのです」

浅見は名刺を差し出した。〔旅と歴史　記者〕の肩書のあるほうの名刺だ。自分を売り込む場合だけでなく、相手に信用させる必要がある時は、こっちの名刺を使う。「旅と歴史」なら、少なくとも事件性のある話題に関しては人畜無害《じんちくむがい》だ。

案の定、中田の態度が変わった。

「ああ、『旅と歴史』ですか。それなら、うちの会社でも取ってるんで、私もときどき読んでます」

そういえば、中田は観光関連の施設に勤務しているということであった。

「そうですか、それはどうも、ご愛読ありがとうございます」

「いやいや、こちらこそ、あの本はいろいろ旅関係の話が載っていて、仕事上、参考にさせてもらうことがあるんです」

急に打ち解けた感じになった。もっとも、相手は娘さんを亡くしたばかりだから、はしゃぐわけにはいかない。

「それにしても、このたびはまったく、思いもよらぬ災難に遭われて、さぞかし辛い思いをなさっておいででしょう。なんと言ってお慰めしていいのか、言葉もありません」

「はあ、ほんまにひどいことでした」

「警察は捜査本部を設置して、本格的な捜査に入ったようですから、遠からず犯人逮捕という運びになると思います」

「そうであって欲しいと思いますが、なかなか難しいのとちゃうかなあ。私ら家族の者でさえも、いったいぜんたい悠理の身に何があったのか分からんし、なんぼ警察でも、真相が何やったのか、調べがつくのは容易なことではないと思います」

それは浅見も否定できなかった。

「しかし、悠理さんの交友関係などを詰めてゆけば、どこかに手がかりがあるものです。いずれ結果が出てきますよ、きっと」

せめてもの慰めを言った。

浅見と中田は喋《しゃべ》りながら、二人の女性は黙々と、それぞれの食事を終えた。浅見は気をきかせて、アイスクリームを人数分、買って運んできた。中田家の三人は恐縮しながら、ほっとしたように食べている。浅見への警戒心が、アイスクリームのように氷解してゆくのが見て取れた。

「淡路島には団子ころがしという風習があるそうですが、中田さんはご存じですか？」

浅見は世間話のような口調で言った。実際のところ、話の接《つ》ぎ穂《ほ》を作る軽い気持ちだったのだが、相手の反応は違った。

「えっ、団子ころがしですか？」

中田誠吾は、何か不快なことを言われたように、眉をひそめた。

「ええ、団子ころがしというのが、いかにも面白そうなので、どういうものなのか、それも取材して来ようと思ってます」

「団子ころがし言うたら、あんた、三十五日の法事にやることです」

「えっ、法事ですか？」

「そうですよ。人が死んだら三十五日目に、無事にあの世に行けるよう、山のてっぺんから谷底めがけて、団子やにぎり飯を投げてやる行事です。来月になれば、うちらも悠理のためにそうしてやらないけません」

「そうだったんですか……それじゃ、ずいぶん神聖なものなのですね。気軽に取材などしてはいけませんね」

「というても、近頃のマスコミは面白半分、取材に来るみたいですけどね。この前も、淡路市の山で団子ころがしがある言うて取材しに行った女の記者さんが、とんでもない災難に遭《お》うたいう話を聞きました」

「ほうっ、何か罰《ばち》が当たったのですか？」

「まあ、その女の人に罰が当たったいうわけやないけど、団子ころがしは取材できんくて、男の人が殺された現場に行き合《お》うてしもたのです」

「えっ、それじゃ……」

思わず「ケータイを買いに行って、事件に遭った僕と同じ」と言いそうになって、浅見はかろうじて言い換えた。

「それじゃ、その女性もとばっちりで危なかったのですか？」

「いや、単に男の人の死体が転がっているところに行き合わせたので、女の人に危険はなかったんやそうですけどね。しかし、死ぬほど怖かったでしょう」

「確かに……」

その気持ちは浅見にもよく分かる。

「それで、犯人は捕まったのですか?」

「いや、なかなか」

中田は首を横に振った。今回のことで、警察に対する信頼感は相当に薄れたらしい。

「それはどういう事件だったのですか?」

「いや、私はただ、噂《うわさ》話で聞いただけで、ほんまの詳しいことは知らんけど、その男の人は、神戸淡路鳴門自動車道の橋の上から投げ捨てられとったんやないかいう話です」

「それじゃ、自殺の可能性もあるのではありませんか?」

「いや、投げ捨てられた時はすでに死んどったそうです。つまり、殺人死体遺棄いうことですな」

「ほうっ、わざわざそんな場所まで、死体を捨てに来たのですか。どうせ捨てるなら、海や山奥など、人目につかないところを選びそうなものですけどね」

「犯人にしてみれば、山に捨てたつもりやったんやないか、いう話です。夜やったら、橋の上かどうか分からんし」

「なるほど。捨てたところがたまたま橋の上だったのですか。殺されたのはどういう人物だったのですか?」

「そこまでは私は知りません。洲本の神戸新報へ行かれるんやったら、そこで訊いたらええと思いますよ」

「あ、そうですね……」

何気なくそう答えたが、次の瞬間、浅見は不吉な予感がした。

神戸新報にいる藤田の甥が、浅見を名指しで呼び寄せた背景には、その殺人事件の真相究明に介入させようという魂胆がひそんでいるのではないか——という気がしたのである。ひょっとすると、藤田自身、そのことを知りながら、浅見においしい話をちらつかせて、淡路島行きを持ちかけたのかもしれない。

「それでは今夜はこれで失礼します。明日はぜひご一緒させてください」

淡路島まで送り届ける約束を交わして、浅見は大部屋のキャビンに戻った。中田一家は一等船室に入るそうだ。一室にベッドが四つあって、かなり快適らしい。

船窓の外を見ると、三浦《みうら》半島を出はずれる辺りのようだ。漁火《いさりび》のように陸の明かりがチラチラと瞬《またた》いて旅情をそそる。しかし、「不吉な予感」を抱いた旅となると、行く手の波瀾万丈《はらんばんじょう》が思いやられて、安閑《あんかん》とした気分に浸《ひた》る気にはなれなかった。

第三章　祟《たた》りと呪《のろ》いと

1

台風シーズンだが、航海は好天に恵まれて波もなく、船は秋の陽光を浴びながら潮岬《しおのみさき》沖を回って、紀伊《きい》水道に向かう。

浅見は朝食も昼食も、タイミングよく中田一家と同じテーブルにつけた。中田誠吾はもちろんだが、妻の晴美も長女の琴美もしだいに打ち解けて、寂《さび》しげではあるけれど、かすかな笑顔を見せ、会話にも加わるようになった。

琴美の夫は高知県の土佐《とさ》港に所属するマグロ船の漁労長《ぎょろうちょう》をしているそうだ。むろん自宅は土佐にある。琴美はたまたま、淡路市の実家にお里帰りをしていた時に、妹の悲報に接した。取るものも取りあえず、両親と一緒に上京したが、夫は遠洋に出ていて駆けつけるわけにいかなかった。

「帰ってくるのはひと月も先になります」

琴美は膨《ふく》らみの目立つお腹に手を添えながら、心細そうに言った。

「ずっと気になっているのですが」

と浅見は誠吾に向けて言った。

「悠理さんが石上神社の鳥居をくぐったのが、祟《たた》りの原因になるというお話でしたが、淡路島にはそういう言い伝えは沢山あるのでしょうか？」

「ああ、ありますよ。けど、そういうのは淡路島だけやなくて、日本中、どこへ行ってもあるんとちゃいますか。京都には昔から陰陽師《おんみようじ》の話があるし、岩手県の遠野《とおの》にはいくつも怪談があるっていうやないですか。もっとも、淡路のは、早良親王さんの頃から、怨《おん》霊《りよう》やとか祟りやとか呪《のろ》いやとか、少し恐ろしい話が多いですけど」

「ほうっ、呪いですか。たとえばどんなものがあるのですか？」

「どんなん言うても、私は実際にこの目で見たわけやないけど。拝み屋いうのがおって、頼まれれば加持祈禱《かじきとう》をやるし、場合によっては、人を呪って害を与えるっていう話は聞いたことがあります」

「えっ、つまりそれを職業にしている人がいるということですか」

「そうみたいやね」

「しかし、現実にはそんなことはあり得ないでしょう」

「なんでですか？　祟りもあれば、当然、呪いもあるのとちゃいますか？　悠理のことかて、私はほんまに祟りか、もしかしたら呪いかもしれんと思ってます」

「まさか……」

浅見は呆《あき》れたが、誠吾はしごく真面目《まじめ》な顔である。

「浅見さんは東京の人だから、あほらしくて、そんなことは信じられんかもしれんけど、淡路ではようあることとです。そんならお訊きしますが、悠理が白昼、街の雑踏の中であいう死に方をしたのはおかしいと思いませんか？　警察は何かの毒物で死んだって言うけど、毒を飲まされて、どうやってあそこまで辿《たど》り着けたというんですか？」

「ですからそれは遅効性の毒物か、カプセル入りの毒ではなかったかということのようですが」

「たとえそうであったとしても、そしたら、その毒をどこでどうやって飲まされたんですか？　自分から進んで飲んだ――つまり自殺したんでないことははっきりしてます。かと言うて、他人に得体の知れん薬を与えられて飲むとも考えられん。あの子はそれほどのあほとはちゃいますから。そしたら、残るのは、悠理自身、何が何やら分からん状態で毒を飲んだいうことしか考えられへんでしょう。そういう精神状態になるということが、つまり呪われた状態というわけです」

　誠吾は熱っぽく語った。周囲に人がいるから、それほど大声ではないが、体を前に倒すようにして、真っ直《ます》ぐ浅見の目を見て喋《しゃべ》る。何となく、彼自身が何かに呪われてでもいるかのような、物に憑《つ》かれたような表情だ。

「驚きましたねえ……」

　浅見は誠吾とは逆に、背を反《そ》らせるようにして、相手から距離を置きながら、ため息まじりに言った。

「中田さんがそんな風におっしゃっているようでは、警察の捜査も混乱してしまうのではないでしょうか」

「やっぱりなあ」

　誠吾はしきりに首を振った。

「こういう話は、なんぼ説明しても、納得してもらえんやろと思ってました。警察には最初から話すつもりはなかったんやけど、浅見さんならひょっとして分かってもらえるんやないかと思ったけど、無駄でしたな」

　それっきり、ピタッと口を閉ざした。浅見は（失敗した――）と思った。腹の底から信じないまでも、相手に調子を合わせて、もう少し本音を引き出すべきであった。ふだんの取材なら、その辺にぬかりはないのだが、何しろ今回は、被害者の女性がこの腕の中で息絶えたという、とんでもない体験を伴っているから、気持ちに余裕がない。単刀直入に真実を聞き出したいという思いばかりが先に立っていた。

昼食を終えると間《ま》もなく、船は徳島港に着いた。空はよく晴れて、ところどころに絹《きぬ》のような薄雲が流れている以外は、真っ青な秋空が広がっている。少なくともここまでは、祟りも呪いもない旅であった。

浅見のソアラは徳島港から北へ、徳島市街を抜け、吉野川《よしのがわ》を渡り、鳴門市へ入って行く。

中田誠吾は差し障《さわ》りのない話には、それなりに答えるのだが、悠理の事件に関するような話題になると、必要最低限の範囲でしか口を開かない。むろん、彼の妻も娘も同じことである。

鳴門市の北のはずれ近くから、神戸淡路鳴門自動車道に入る。撫養橋《むやばし》で小さな海峡を渡り、大毛島《おおげじま》の高台を走っていると、助手席にいる誠吾が、浅見の目の前に手を伸ばすようにして、右下に見える海を指さした。

「この辺《あた》りの浜辺に、清少納言《せいしょうなごん》が流れ着いたっていう話を知ってますか？」

「は？　清少納言がですか？　いや知りませんが、そんな史実があるのですか」

「史実かどうかはともかく、ここら辺りではそういうことになってます。浅見さんのような専門家に言うのも気がひけますが、歴史の本を繙《ひもと》いても、清少納言の末路は分かってへんのとちゃいますか」

「いや、僕は専門家にはほど遠い、無学な人間ですが、確かに清少納言や紫式部《むらさきしきぶ》の晩年のことは、まったく知られていないのだそうですね」

「そうでしょう。そやから、じつはここの漁村に流れ着いたというのが事実や言うても、誰も否定できんわけです。それについてはおもろい話が伝わっとってですね……」

「お父さん、やめとき」

妻の晴美が後ろから、少しきつい声で窘《たしな》めるように言った。

「ええやないか、ほんまに伝わっとる話なんやから。『旅と歴史』いう本は、そういう民間伝承も載せる雑誌やで。そうですよね浅見さん」

「ええ、そのとおりです。何か面白い言い伝えがあるなら、ぜひ聞かせてください」

「ほうれ、言うたとおりやろ。じつはね浅見さん、清少納言を乗せた舟がこの浜辺に着いた時、漁師どもが大勢集まってきて、見たこともない都の上臈《じようろう》たちの美しさにびっくりしてもうたんですよ。そこまではよかったんやけど……」

「やめときって！　悠理が亡くなったばかりやのに。琴美もおるんよ」

晴美が叱《しか》って、琴美も「そうよお父さん。あほな話せんといてよ」と抗議した。ということは、琴美も「話」の内容を知っていることになる。

「そうか、あかんか」

娘にまで叱られては抵抗できないのか、誠吾は首をすくめて「へへへ」と、照れくさそうに笑った。

「何か具合の悪い話なんですか」

浅見は妙な気配に戸惑って、訊《き》いた。

「まあ、女たちにとっては、ちょっとえげつない話やけど、当時のこの辺りの人がたの気風を知るには、うってつけのエピソードや思うんやけどなあ。けど、まあやめておきますわ。女どもに怒られてまで、話すほどのことでもないよってね」

どういう話なのか興味はあったが、いやがるものを無理に話させることもない。いずれ神戸新報にいる藤田の甥《おい》にでも聞くことにすればいい。

それに、車はちょうど大鳴門橋に差しかかっていた。眼下に目をやると鳴門の渦潮《うずしお》が見える。青空を映した海に、豪快な渦巻きが白い牙《きば》を剝《む》いているようだ。

それもあっという間に通過して、いよいよ淡路島に入った。

この神戸淡路鳴門自動車道は本州と四国を結ぶ三本のルートの中で、最も利用度が高いと聞いているが、それでも交通量は少なく、快適なドライブであった。

「この道路ができて、淡路島の観光は恩恵を受けたのでしょうね」

浅見が言うと、誠吾は「いやいや」と首を横に振った。

「なかなかそうはいかんのですよ。展望台のあるサービスエリアは繁昌《はんじょう》しとりますが、高速道路から下りて、島内の施設を利用するお客さんは少ない。観光客を乗せたバスはほとんど、淡路島を通過して、四国へ行ってしまうのです。自動車道で儲《もう》かったんは、建設業者ばっかしやね」

「土地を持っていた、地元の地主も潤《うるお》ったのじゃありませんか?」

「それがそうでもないっていう話です。島の発展になることやから言うて、善意で土地を提供した人が多かったんとちゃいますか。それと、明石海峡をフェリーで渡ってきて、鳴門まで、下の道を走っとった頃は、途中の店とか旅館とかも、それなりに商売が成り立ったんやけど、いまはさっぱりやもんね。そやから、後になって、あてが外れたという恨《うら》み節も聞こえてきます」

なるほど、そういうことか——と納得できる。以前、愛媛県今治《いまばり》市を取材した時、かつては山陽《さんよう》の各地と四国を結ぶフェリーの一大拠点だった今治港が、「しまなみ海道」ができた結果、完全に寂れてしまって、商店街は閑古鳥《かんこどり》が鳴くありさまになったと嘆《なげ》く声を聞いた。岡山県倉敷《くらしき》市と香川県坂出《さかいで》市を結ぶ瀬戸《せと》中央自動車道ができた時も、地元坂出市の人々は歓声を上げたのだが、現実は単なる通過点になってしまって、かえって「宇高《うこう》連絡船」が通っていた時代を懐かしむ声が少なくなかったという。

文明が発達し、世の中が便利になるのとは裏腹に、そこから外れる部分が必ず生じるのも、またやむを得ないことではある。

そのことを言うと、誠吾は「そうやね」と頷《うなず》いた。

「淡路島にかぎらず、島いうのは大なり小なり、そういう悲哀を常に抱えてるんです。長いこと世の中の文明や文化の変化から置き去りにされとって、夢の架《か》け橋や自動車道みたいなもんができても、その恩恵は文字どおりの一過性やね。表面は近代化されるけど、ちょっと脇へずれたところでは、百年前とちっとも変わらん日々の営《いとな》みが繰り返されとる。そやから、古いしきたりと一緒に、祟りも呪いも残ってるんとちゃいますか。そやなくても、淡路島は神様がお造りになった、最初の国やしな」

誠吾は誇らしげに宣言した。祟りや呪いが日常のこととして存在するのも、当然のように信じているらしい。藤田編集長が「旅と歴史」で取り上げるにはうってつけ——と言っていたのも、まんざら我田引水《がでんいんすい》ではなかったということのようだ。

浅見の目的地は洲本だが、中田一家を送り届けるために、最北端の淡路インターまで行った。

この辺りの自動車道はひときわ高いルートを走り、馬の背のような尾根と切り通しと高架橋の連続だ。誠吾が話していた「団子ころがし」の日の事件というのは、その高架橋の一つから、死体を投げ捨てたものだ。

淡路インターはその橋に差しかかる前にある。ループ橋のような取り付け道路で、高低差のある一般道まで下り、国道を少し北へ向かう。中田家は岩屋という町のほぼ中心。岩屋小学校にほど近いところにあった。ごくふつうの一軒家である。娘二人がここを出て行ってからは、中田夫婦だけで暮らしているという。

「どうもありがとう。こんな時やし、ゆっくりお寄りくださいとも言えんけど、悠理の葬式が済んだ頃までご滞在やったら、ぜひとも寄ってやってください」

中田家の三人は丁寧《ていねい》に礼を述べて、浅見のほうがかえって恐縮した。別れ際にふと思いついて訊いた。

「問題の事件の、死体があったというのは、この近くなのでしょうか?」

「ああ、それやったらここから車で一分もあれば行けますよ。そやな、そしたら私がご案内しましょうか」

誠吾は気軽に引き受け、妻と娘に先に家に入っているように言い、助手席に戻った。妻の晴美は「しようがない」と不満そうな顔をして、悠理の遺骨の入った包みを抱いて、車を見送った。

町の中を流れる、掘割のような小さな川に沿う道を行くと、自動車道の巨大な橋の下をくぐる。そこから二百メートルほど行って、右折、川を渡って右折すると細長い駐車場がある。そこの突き当たりが「現場」だった。確かに、高架橋の真下である。高さは五、六十メートルはありそうだ。

「あの辺りです」

車から出ると、誠吾《まちご》はおっかなびっくり、遠くから死体のあった辺りを指さした。

「やっぱり、犯人は間違うたんでしょうな。こんな、すぐに見つかりそうなところに遺体を捨てるっちゅうのは。警察もそう判断しとるみたいですよ」

「そうでしょうね。ところで、その運の悪い第一発見者はどこの記者だったのですか?」

「洲本にある淡路センターテレビいう、ちっぽけなテレビ局の記者さんです。神戸新報淡路支局のすぐ近くやから、もし興味があるんやったら、訪ねたらええですよ」

「そうですね。そうなるかもしれません」

浅見は本当にそうする気になっていた。

2

神戸新報淡路支局は洲本市の中心、東京でいえば銀座のような商店街にあった。三階建ての建物の二階と三階を使っている。一階は軽食・喫茶の店で、藤田記者に電話すると、外出中で、大至急、帰るから、その店で待っていてくれという伝言があったそうだ。

神戸新報の建物の前が書店で、地方の町にしてはかなりの大きさだ。浅見は地元の「郷土出版」的な本があるか、覗《のぞ》いてみた。そこで『新淡國《あわこく》写眞帖』という本を発見した。

ほぼ真四角の変形サイズでオールグラビア版。表紙に赤い卵の黄身のような落日を背景にした、シラサギのシルエットの写真が使われている。何気なく手にとって、ページをめくったとたん、あまりの美しさに魅了されてしまった。

最初のページが明石海峡のイカナゴ漁で、明石海峡大橋をバックに、豪快な波しぶきを上げて操業する漁船の上に、何千というカモメが飛翔《ひしょう》している。

その後、数ページにわたって、「先山」という姿のいい山の春夏秋冬を静謐《せいひつ》な気配でカメラに収めている。

さらにその先もすべてのページが淡路島の風物で溢《あふ》れている。風景あり、人物あり、シラサギなどの生物あり、花火や神輿《みこし》など、祭りの風景あり、神社、寺、仏像、野の花、自然現象のいろいろ、人形芝居……。

そのどれもが素晴らしい出来ばえだ。写真というより絵画といったほうがあたっているほどの芸術作品ばかりであった。

(えーっ、これが淡路島なの？——)

思わず意味もなく周囲を見回した。書架に一杯、書籍が詰まっている、変哲もない書店の風景だが、これもまた淡路島の一部だと思うと、何か特別なものでもありそうな気がする。ここに来るまでも、それなりに淡路島を通過しているのだが、ほとんど高速道路を走って来たせいか、どちらかというと、索漠《さくばく》とした風景にしかお目に掛かっていないような気分である。唯一、目を楽しませてくれたのは、鳴門の渦潮ぐらいなものだった。ところがこの本には、まるで予想もしていなかった淡路島の原風景が満載されている。

この本の「著者」は野水正朔《のみずまさあき》という人で、むろん浅見には未知の名前だ。略歴を見ると、南あわじ市の人で、半世紀以上も前から淡路島の風景を撮り始めていたらしい。写真の世界では有名な人なのだろう。技術的なことばかりでなく、淡路島のことは隅から隅まで知悉《ちしつ》していて、愛着を抱いて、自《みずか》らの心象《しんしよう》風景のようにとらえていることが分かる。

浅見はためらいもなく、この本を買った。一冊四千九十五円也は懐《ふところ》にひびくが、その金額では申し訳ないほどの内容が、この本には凝縮されて納まっている。早い話、淡路島を百回取材しても、この風景すべてに出会うことはできないにちがいない。

本を抱えて、いそいそと向かいの喫茶店に入った。そういう時間帯なのか、店は閑散としていて、客は浅見一人だった。窓際の明るいテーブルにつくと、マスターにコーヒーを注文して、早速、本を開いた。

百三十ページあまりのどのページにも見入ってしまう。風景の美しさはもちろんだが、シャッターチャンスの妙に感心する。晩秋の残り柿をメジロがついばんでいる写真。シラサギがアユを飲み込む瞬間。沈む夕日の前を数千のカモメが横切る情景など、カメラを据えて、その偶然に出くわすまで、どれほどの時間とエネルギーを要したことか——と思わないではいられない。

浅見にとって何よりありがたかったのは、棚田《たなだ》の田植えや、とりいれ後の稲木《いなぎ》、タマネギ小屋といった、生活感のある風景がスケッチ風に撮られていることだ。この本一冊あれば、島を走り回らなくても、それこそ見て来たような記事を書くことができる。

（しめしめ——）

内心、ほくそ笑む思いがした。そんなこととは知らない藤田編集長は、浅見ルポライターの旺盛《おうせい》な取材力に感服するにちがいない。

その時、頭の上から「どうも、浅見さんですね」と藤田そっくりのダミ声が降ってきたから、飛び上がるほど驚いた。丸顔で、ずんぐりした体型も藤田編集長とよく似た男が立っていた。

「あっ、藤田さんですか」

と、すぐに分かった。

「どうも、藤田です。叔父《おじ》がいつもお世話になっているそうで」

せかせかした仕種《しぐさ》で向かい合う椅子《いす》に坐《すわ》ると、名刺を出した。〔神戸新報淡路支局　藤田次夫《つぐお》〕とあった。浅見よりかなり若いはずだが、押しの強さは叔父譲りなのか、妙に老成した感じを受ける。

「いえ、お世話になっているのはこっちのほうです」

浅見は言いながら、急いで写真集をバッグに仕舞った。ネタ本の存在を叔父の藤田に報告されたりしたら、元も子もない。

「早速ですが、藤田編集長から淡路島の風物を取材して来いと言われたのですが、なんでも、案内役を藤田さんが務めてくださるそうですね」

「あ、それは僕がやらせてもらいます。ただし、淡路島の風物っていうのは、たぶんに叔父の脚色ですね。いや、もちろん、そういう取材もしていただいて構いませんが、本命はそうではないのです」

「ははあ……」

浅見は苦笑した。

「本当の目的は、岩屋の事件ですか」

「えっ、知ってるんですか？」

藤田はびっくりした。

「叔父はそのことも話したんですか？　それを浅見ちゃんに言ったら、ヘソを曲げて断られるかもしれないから、内緒にしておくって言ってたんですがね」

「ヘソを曲げるって……ははは、まるで僕がひねくれ人間のように聞こえますね」

「しかし、浅見さんは恐怖のおふくろさんの手前、犯罪やら事件やらには関わりたくない主義だそうじゃないですか」

「そんなことも言ってたんですか？　悪名高い恐怖のおふくろが聞いたら、さぞかし喜ぶでしょうねえ」

「いや、それは僕が言ったんじゃないので、気を悪くしないでくださいよ。あくまでも叔父が言った言葉です。よく考えると、失礼な言い方ですよね」

よく考えなくたって、息子を目の前にして母親の悪口のような本音を言ってしまうのは、ずいぶん礼を失した話である。そういう、デリカシーに欠けるところも、叔父にそっくりだ。老成しているように見えて、その実、叔父がそうであるように、根は単純で、そんなに悪ずれしてないのかもしれない。

「編集長はその件に関しては何もおっしゃってませんよ。岩屋の事件については、僕自身が偶然、出くわしたものです。ひょんなことから、自動車道から転落したという現場も見てきました」

「へえーっ、もうそこまで行ったんですか。それじゃ話が早い。じつは僕が浅見さんの出馬をお願いしたのは、まさにその事件を調べていただきたいからなのです」

藤田は、活字にすると分からない程度に、ほとんど共通語を使って話しているが、イントネーションにはわずかに関西訛《なま》りらしきものが入る。

コーヒーが運ばれてくると、ブラックのままズルズルと音を立てて飲んだ。

「分かりました。といっても、お役に立てるかどうかは分かりませんが。とりあえず、事件の概要だけでもお聞きしましょう。そもそも、いつ発生した事件なのですか?」

「二週間前です。大雨の降った日の朝でしてね。もっとも事件が発覚したのは雨が降りだした頃だったみたいですが」

「みたい、というのは?」

「あ、つまり、第一発見者が死体を確認したちょうどその頃、雨が降りだしたってことです」

「第一発見者は女性だったそうですね」

「あ、すでに知ってましたか。そうなんです。淡路センターテレビという、ちっぽけなケーブルテレビの記者でして。それもですね、たまたま団子ころがしの取材に行ったのはいいけれど、道を間違えて、肝心の取材はできなかったんですよ。ところが、怪我《けが》の功名《こうみょう》っていうのか、もっとすごい発見をしてしまったというわけです。いや、まったくの話、もし彼女が取材ミスを犯してなければ、死体発見は何日か後になったかもしれんのです。その意味でもまったく幸運でしたねえ」

藤田は、まるでその女性の失敗を祝福しているかのように言った。

「それは事故、自殺、他殺のどれだったのですか？」

「もちろん、浅見さんに来ていただくのだから、他殺に決まってます。五、六十メートルも上からアスファルトに転落したのだから、体はグチャグチャみたいになってたけど、生活反応はなかった。つまり、死後、投棄されたことは間違いないのです」

「死後経過は？」

「十数時間ではないかということです」

「毒物による神経麻痺《まひ》が原因で、心臓が痙攣《けいれん》を起こした——つまり、心室細動《しんしつさいどう》が起きた可能性があるとも言ってました」

どことなく秋葉原の事件と似通っているのが気になる。

「死因は？」

「毒物の種類は？」

「いや、警察はそこまではオープンにしませんでしたよ」

「身元に関するデータを教えてください」

「被害者は三浦延之、四十九歳」

藤田は手帳を開いて言った。

「住所は東京都文京区春日《かすが》——」

秋葉原の被害者——中田悠理も文京区在住だった。

「東京の人だったのですか」

「現住所はですね。本籍地は兵庫県洲本市五色町《ごしきちょう》——です」

「えっ、というと、まさに地元じゃないですか」

その符合にも驚かされた。

「本籍はそうですが、父親の代に東京に移り住んでいます。それに、洲本市といっても、合併前は津名郡五色町といって、洲本とはちょうど正反対の西海岸にあるんです。ここからだと車で四十分くらいかかるんじゃないですかね。五色浜海岸という名勝で知られてはいますが、ほんとの田舎《いなか》です」

「職業は何をしていたんですか？」

「国土交通省道路局路政課係長。家族は妻と息子と娘の四人暮らしでした」

「道路局路政課というと、具体的にはどんなことをしているのでしょう？」

「さあ、道路造りの計画とか監督とかやってるんじゃないですかね。どっちみちノンキャリアだから、大きな裁量権を持っていたとは思えませんが」

「それで、警察の捜査はどの程度、進んでいるのですか？」

「ぜんぜん」

藤田はあっさり首を横に振った。

「まったく進展していないみたいです。警察には毎日顔を出していますが、新しい話は何も出てこない」

「しかし、本省の職員が殺害された事件でしょう。警察としてもいい加減な対応はしないはずだと思いますが」

「それはどうですかね。むしろ逆なんじゃないですか。役所の壁みたいなのが立ちはだかって、情報収集に手を焼いているんじゃないですかねえ。とくに本省ってところは、万事につけ秘密主義だそうですから」

「なるほど……」

それは考えられなくもない。

「たとえそうだとしても、被害者の足取りぐらいは調べがついていそうなものではありませんか。自宅を出てから死体遺棄の現場までの行動について、ある程度は辿れているのではないでしょうか」

「ああ、それはですね。事件前日の朝、文京区の自宅を車で出ていくのを、妻が見送ったのを最後に、消息が途絶えたのだそうです」

「動機についてはどうでしょう。殺害されるような、何らかの兆候はなかったのでしょうか。家族や関係者に対する事情聴取からも、何も出てきてないのですか」

「家族も同僚も上司も、要するにまったく心当たりがないということのようですよ」

「それは嘘《うそ》ですね」

「いや、嘘じゃない、ほんとです。嘘をついたってしようがないでしょう」

藤田はむきになった。浅見は苦笑した。

「藤田さんが嘘を言っているという意味ではありませんよ。警察か、そうでなければ、証言をした人たちが嘘をついているということです」

「まあ、確かに警察も洗いざらいは喋りませんけどね。それに、役所の人間はガードが固いから、当たらず障らずのことしか言わない可能性はありますね。正直なのは家族くらいなものですか。なんぼなんでも家族は嘘はつかないでしょう」

「まあ、そうでしょうね」

浅見も同調したが、必ずしも家族が嘘をつかないという保証はない。嘘でなくても、知らないか、あるいは気づいていないことだってあるだろう。それに、被害者に女性関係があったりすれば、故人の名誉のため、あるいは世間体のために伏せておくということもありそうだ。

「第一発見者に会うことはできますか」

浅見が言うと、「それですがな」と、藤田は待ってました――とばかりに関西弁で言った。

「じつは、その第一発見者の女性が、現場風景をビデオに収めているらしいんですがね。警察には見せたくせに、われわれには隠しているんですよ。それがどうも気になってならないのです」

「しかし、テレビ局だったら、ニュース番組か特番で放送に使いそうなものではありませんか。せっかくの特ダネをもったいない」

「ところがそうはいかないんです。淡路センターテレビ、略称『淡テレ』っていうのは、洲本市のお抱えテレビ局で、事件性のあるニュースなんかは一切、放送しない建前になっていましてね。いうなれば宝の持ち腐れだと思うんですけどねえ。またその担当している女性というのが、見た目は可愛らしいけど、けっこうキツくて、僕なんかが頼んでもケンもホロロですわ」

断られ方がよほどこたえたのか、藤田は情けなさそうに言った。そう聞くと、浅見はかえってその女性に興味を惹《ひ》かれる。

3

淡路センターテレビは、海岸を埋め立て造成したような、ほとんど港湾施設と言っていいような場所に建つ、三階建ての、一見倉庫風の安手なビルの二階にある。

駐車場に車を置き、何気なく見上げると、山の上に城が見えた。山を埋めつくす森の深緑に白壁が映《は》えて、じつに美しい。

「あれは洲本城です」

藤田記者が解説した。

「洲本は城下町だったんですねえ」

浅見がいまさらのように感嘆すると、藤田は大いに不満そうに「そうですよ」と口を尖《とが》らせた。

「羽柴秀吉《はしばひでよし》が、豪傑として名高い仙石秀久《せんごくひでひさ》を置いたのが始まりです」

ふるさと自慢のような口ぶりだ。

「もっとも、その後、廃城になったりまた建てたり、変遷がいくつもあって、現在のはコンクリート造りですがね。しかし、石垣はほとんど残っていたし、天守閣だって、本来の姿をほぼ正確に復元してますよ。何しろ復興した模擬《もぎ》天守の第一号がこの洲本城なんだからすごいでしょう」

「へえーっ、よく知ってますねえ」

「ははは、といっても半可通《はんかつう》ですから、僕の言うことが本当に正しいかどうか保証の限りではありませんよ」

浅見は藤田に対する認識を新たにした。城の立派さそのものに対してももちろんそうだけれど、藤田の誇らしげな言い方に驚かされた。「淡テレ」のことや第一発見者の女性のことを話す時には、何となく軽んじるような口調だったのだが、実際はけっこう、赴任地の「郷土愛」に目覚めているのではないかと思えてくる。倉庫のように見えるが、近づいて、中に入ってみると、なかなかきれいな建物だ。地方のケーブルテレビ局というのは、浅見は初めて見るのだが、藤田が「ちっぽけな」などと言っていたのから想像したより、ずいぶん立派なものだった。見学者用のモニター視聴室もあるし、各セクションごとの部屋もきれいに整っている。ただし、それぞれの部屋が、機材やら資料やらに侵食されて、しだいに手狭になってきている様子は、ひと目で見て取れた。

藤田が見知らぬ客を連れて入って来るのを見て、淡テレの社員のどの顔も、あまり歓迎ムードではなかった。夕刻近い、忙しい盛りだったせいかもしれないが、藤田が誰にも好かれていないことを想像させた。

藤田はその中から、比較的親しそうな相手を選んで「山元さん」と声をかけた。

山元はたまたま手すき状態だった不運を嘆くように、微妙な笑顔を見せて「どうも」と応じた。

「きょうは、何です?」

「ちょっとですね、東京から来た名探偵を紹介しようと思って」

浅見は呆れた。いきなりそういう「虚名」を告げられてはたまったものではない。

「藤田さん、それ、困りますよ」

袖《そで》を引っ張ったが、「まあ、いいじゃないですか」と取り合わない。

「こちら、浅見光彦さん。一応、仕事はフリーのルポライターってことになってますが、有名な私立探偵です。浅見さん、この人は唯一、キー局から招かれたテレビマン。山元さんといいます」

浅見は仕方なく、肩書のないほうの名刺を出した。

「藤田さんはこんなことを言ってますが、僕は本当に、ただのライターですので、誤解しないでください」

「いや、隠さんでもええやないですか。僕も大阪のテレビ局にいる頃、浅見さんのお名前は聞いてますよ。確か、京都で起きた難しい事件を解決しましたよね」

山元は言って、「どうぞよろしく」と名刺を出した。〔制作部長　山元博史〕とある。藤田が脇から「淡テレさんのナンバーツーです」と注釈を加えた。

山元はたまたま知っていてくれたので、最初から紳士的だったが、山元が言った言葉で、周囲にいる社員たちも浅見を見る目が変わった。「へえーっ」という驚きと、なかば警戒するような目つきである。浅見は身の縮む思いがした。

「しかし、その浅見さんが、こんなところに何で見えたんですか？」

山元は不思議そうに訊いた。

「またまた……」

藤田が山元に向けて、「おいでおいで」をするような手つきで笑った。

「とぼけないでくださいよ。岩屋の殺人事件を調べに来たに決まってるやないですか」

「ああ、あの事件のことやったら、淡路署のほうに行ってください。ここでは何も分かりませんよって」

「いや、それはもちろん署のほうにも行きますけどね。とりあえず事件の第一発見者に会ってもらおうと思って、浅見さんをお連れしたんです。きょうは、松雪さんはおらんのですか?」

藤田は、ガラス壁で仕切られた隣室を、無遠慮に覗き込むようにして、言った。

「松雪はいてますよ。さっき取材から戻って来ましたから。いまはちょっと席を外してるみたいやけど」

そう言っているところに、それらしい若い女性が部屋に入って来た。お雛《ひな》さまのような瓜実顔《うりざね》に切れ長な目をしている。やや栗色《くり》がかった短めの髪に、デニムの半袖の上着と、細めのパンツがよく似合う。

カメラ機材らしいジュラルミンケースを、両手で重そうに抱えて、藤田の顔を見るとニコリともしないで「どうも」とだけ言うと、横をすり抜けようとした。

「あ、松雪さん、ちょっと待った」

藤田が慌《あわ》てて呼び止めた。

「すみませんけど、後にしてくれませんか。これ、急ぎますので」

松雪は編集室のドアを肩で押し開けると、中に入って尻《しり》でドアを押し閉めた。

「ほらね、キツいでしょう。僕、彼女には嫌われてるんです」

藤田は周囲の耳を気にしながら、浅見の耳元で囁《ささや》いた。

浅見は物珍しそうに室内を見渡した。デスクと放送機材などが所狭しと並ぶ。隣室とはガラス壁で仕切られているだけで、そっちの様子もよく見える。規模は小さいが放送の送り出しをする装置が備えられている。その奥のほうはスタジオになっていて、ガラス窓越しに内部が見える。かなりの広さがあり、天井からはライトがぶら下がり、正面の壁面をバックに、アナウンサーのテーブルやマイクスタンドなどが置かれている。

松雪はなかなか現われなかったが、二人の客は根気よく待った。山元はまだしも愛想《あいそ》がよくて、客を部屋の一隅にある打ち合わせ用の簡素な応接セットに案内して、「待ってるあいだ、淡テレが制作・放送した作品を見とってください」と、ビデオテープをセットして、モニターに映し出してくれた。

ビデオは淡路島の祭りのいくつかを、放送用に収録したものだった。

最初のは「洲本の下内膳《しもないぜん》の火踊り」というもので、荒縄で巻いた松明《たいまつ》に火をつけ振り回す、盆の送り火である。盛光寺《せいこうじ》という寺の檀家《だんか》が中心になって行なう「奇祭」だ。クライマックスの勇壮な「火回し」は圧巻だった。

二番目のは「柴燈《さいとう》まつり」という、五色町鮎原《あいはら》というところの、やはり送り盆の行事である。柴《しば》を約百束、麦わら約五十束を、割《さ》いた竹で柱巻きにして立てたものに、昼間、太陽光からレンズで採火しておいた種火で火をつける。暗闇の中で燃え盛る炎は、この世に彷徨《さまよ》う魂魄《こんぱく》を浄土に誘《いざな》うという。前の火祭りとは一転、神秘的な祭りだ。

三番目は「ねり子祭り」。数え三歳に達した子供が晴れて氏子《うじこ》になるための儀式なのだそうだ。男親が、わが子を抱いて、われ先にと疾走する。抱かれたほうの子供は恐怖で泣き叫び、いまにも転びそうで、見ている側には、かなり危険にも思えるのだが、過去に事故の記録はなかったという。

四番目は「長林寺《ちょうりんじ》のつかいだんじり」というもので、十一面観世音菩薩《かんぜおんぼさつ》の縁日である七月十七日に行なわれる。二人の乗子を乗せただんじりを、担《かつ》ぎ手たちが縦、横、逆さ、あるいは一回転と操る。長林寺が淡路島の十八番札所になった時の住職が、生まれ故郷である東北地方の奇祭を導入したのが始まりで、室町時代が起源だそうだ。

「こういうのが、島中のあちこちで行なわれているんですよ」

藤田がまた、自慢げに解説した。かつては一つの集落、一つの鎮守様《ちんじゅ》ごとにそれぞれの祭りがあった日本の原風景が、淡路島ではいまもなお受け継がれているという。

浅見はふと、「表面は近代化されているけれど、古いしきたりと一緒に、祟りも呪いも残っている。淡路島は神様がお造りになった最初の国やし――」と言った中田誠吾の言葉を思い出した。

五番目の映像が始まりかけた時、編集室のドアが開いて、松雪が現われた。

（あら、まだいたの――）という表情を見せて、仕方なさそうに近づいた。

「何か用事ですか？」

ぶっきらぼうに訊いた。「嫌われている」という藤田の述懐《じゅっかい》は事実らしい。

「忙しいところ、申し訳ないけどさ。東京からわざわざ来てくれた名探偵をご紹介しようと思ってね。松雪さんにとっては、またとない幸運だと思うよ」

藤田は冷たい仕打ちにもめげていない。恩きせがましい言い方には、聞いている浅見のほうが冷や汗ものだ。

「名探偵って？」

松雪は浅見の顔にチラッと視線を走らせたが、疑わしそうに訊いた。

「山元さんはちゃんと知ってたけど、浅見さんという、有名な探偵さん。松雪さんもお近づきになっていたほうがいいよ。浅見さん、こちらが僕が話しておいた淡テレの名物女性、松雪真弓さん」

「名物なんて、言わんといてください」

松雪は不満そうだが、ともあれ名刺を交換した。「松雪真弓」という美しい名前だ。浅見は〔旅と歴史　記者〕の肩書のあるほうの名刺を使った。

「藤田さんの言う探偵というのは『名物』以上に曲解でして、僕は単なるフリーのルポライターにすぎません」

浅見は冗談めかして言って、

「今回、淡路島に来た目的は、『旅と歴史』という雑誌の取材です。まさにいま拝見していた奇祭や、淡路島独特の風習だとか、伝説などを取材するつもりです。ただし、それとは別に、ある殺人事件の真相を解明するという、副次的な目的もあるのです」

「ふーん、そうなんですか。けど、岩屋の事件のことでしたら、私は単なる第一発見者だっていうだけで、詳しいことは何も知りませんよ」

「しかし、現場の状況をカメラに収めたと聞きましたが」

「ええ、それはそうですが、それだって、ただ現場の様子を撮影しただけで、事件解明に役立つようなことは何もありません」

「そうですか。分かりました。その事件は警察に任せておくとしてですね。じつは、僕がいま言った『殺人事件』というのは、その岩屋の事件とは別のことなのです」

「は？……」

松雪は怪訝《けげん》そうな顔をしたが、隣の藤田も同じように浅見の顔を見た。

「別の事件というと、何のことです？」

「じつは、このあいだ、東京の秋葉原で殺人事件が発生しましてね」

「えっ、それって、あれですか？　通り魔に七人が殺されたという……」

「いや、あの事件ではありません。つい四日前に起きた事件で、たまたまケータイを買いに秋葉原へ行った僕が、その事件に関わっているのです」

浅見は、かいつまんで、その日の「災難」について話した。

「その時の被害者が淡路島の出身だったものですから、今回、取材の話が出た時、何かの因縁のような気がして、二つ返事で引き受けたのです」

「へえーっ、淡路島の人が東京で被害に遭ったというのは、初耳ですね」

さすがに、藤田は聞き捨てならん——という顔になった。

「あ、そうかもしれません。淡路島出身ですが、いまは東京在住でしたから。それに、この頃は全国どこでも殺人事件が発生して、珍しいことでもなくなりましたから、まだ伝わっていないのでしょう。しかし、ご遺族がきょう、僕と一緒のフェリーで帰って来られたので、記事になるかもしれませんよ」

「ほんとですか。それが事実ならもちろん、すぐに取材に行って、記事にしますよ。で、被害者はどこの誰です？」

「岩屋の人です。亡くなったのは中田悠理さんという、若い女性です」

「えーっ……」

今度は松雪が、悲鳴と言ってもいいようなけたたましい声を出した。

「悠理が殺されたって、ほんとに？」

これには浅見も驚いた。

「というと、松雪さんは中田悠理さんをご存じなんですか？」

「知ってますよ。高校の寮で一緒だったんですから。私より一級下でしたけど、部活も同じでした。ほんまにあの悠理が？……いったいどうして？」

「まだ警察が捜査を始めたばかりですが、ご遺族は奇妙な話をしてましたね。石上神社の祟りではないかというような」

「えっ、何ですか、それ？」

もちろん藤田は驚いたが、松雪のほうはそれとは別の驚き方をしているように見えた。

4

それまで浅見を見ていた松雪の視線が、ふっと逸《そ》れた。瞳の奥にある動揺を、覗かれたくない時にやる、無意識の動作だ。

「松雪さんは、その件で何かご存じなのではありませんか？」

浅見は目敏《めざと》く見とがめて、訊いた。

「ええ、ちょっと心当たりはあります」

松雪は仕方なさそうに頷いた。

「何があったんですか？」

「今年の夏、高校時代のテニス部のＯＧ会があったんです。ウェスティンホテル淡路に泊まって、わいわい騒いだだけなんですけど。昼間はハイキングを兼ねて石上神社に参拝しました」

「その中に中田悠理さんもいたのですね」

「そうです」

「それで、何があったのですか?」

浅見はむろん、悠理の両親から話を聞いて、悠理が石上神社で「じゃらけ」て、鳥居をくぐったことは知っているのだが、藤田に聞かせるために、できるかぎり松雪の口から語らせることにした。

「べつに……」

首を横に振りながら、瞬間、松雪はチラッと藤田に視線を走らせた。浅見の思惑に反して、新聞記者のいる前では話したくない——というこだわりがあるように思えた。

「ただ神社にお参りして、お弁当を食べて、帰りました」

「そもそも石上神社というのは、どんなお社《やしろ》なんですか?」

浅見は追及をひとまず抑えて、話題をずらした。

「よく知りませんけど、ご神体は神石という巨石です。その巨石の下に小さな祠《ほこら》があって、祭礼の時には、その前に筵《むしろ》を敷いて、信者さんたちが集まって礼拝するんです。沖縄に御嶽《うたき》っていうのがあるじゃないですか。あれみたいな感じです。そのご神体を通して、日の神を信仰するお宮だそうです」

「日の神というと、伊勢神宮の天照大神《あまてらすおおみかみ》のようなものですか?」

「そうだと思います。太陽の道の上にある、宗教的祭祀《さいし》を司《つかさど》る遺跡の一つだと聞いたことがあります」

「ほうっ、太陽の道、ですか？」

予想していなかった名称が飛び出したので、浅見は驚いた。

「ええ」

「そういえば、太陽の道の西の端は淡路島でしたか」

「一説によると山口県のほうまで伸びているそうですけど」

「太陽の道って、何ですか、それ？」

藤田が我慢ならぬ——というように、身を乗り出した。

「謎《なぞ》の北緯三十四度三十二分線上にあるということだけで、詳しくは知りません」

松雪が答えた。

「謎の北緯三十四度……って、浅見さん知ってましたか？」

「ええ、うろ覚えですけどね。確か、奈良県の箸墓《はしはか》を中心とする、東西約二百キロの直線上に、日の神を信仰する古代の祭祀遺跡が並んでいて、その線が北緯三十四度三十二分線上に一致するというところから『太陽の道』と呼ばれるようになったのだと思います。その線上に石上神社もあるのですか」

「ええ、そんなところですけど、藤田さん、それ、知らんかったんですか？」

松雪は思わず土地の訛りが出た。新聞記者ともあろう者が知らないということが、よほど意外だったにちがいない。

「うーん、その太陽の道というのは、淡路島では常識なのかな?」

藤田は悔しそうに、松雪に訊いた。

「淡路島の常識というか、日本の常識かと思っていました。けど、以前、団子ころがしが日本中にある風習かと思っていて、大学で笑われたことがありますから、もしかしたら、そんなに知られた話ではないのかもしれません。どうなんですか、浅見さん」

「そうですねえ。常識ということはないでしょう。考古学や歴史の好きな人なら、知っているという程度じゃないですか」

「それで、どういうものなのですか?　その石上神社がどうしたって言うんです?」

藤田はメモ帳を出した。

「私もうまく説明できるほどの知識はないですけど……」

松雪は躊躇《ちゅうちょ》したが、やむを得ない——と腹をくくったようだ。

「ちょっと待っていてください。いい資料を持ってます」

立って行って、自分のデスクから一冊の本を取ってきた。『日本の神々——神社と聖地』というシリーズのうちの第三巻で、摂津《せっつ》、河内《かわち》、和泉《いずみ》、淡路地方が収録されているものだ。巻末に近い六十ページほどにわたって、淡路地方の神々について書かれ、その中に「石上神社」という項目があった。

〔岩屋から西浦海岸沿いに一〇キロ余り南下し、野島梨本《のじまなしもと》より山に向かって入ると、急坂を登りつめた所に、いまもなお女人禁制の掟《おきて》を固守している石上神社の森がある。神石、荒神、稲荷《いなり》を祀《まつ》り、古くは育波《いくは》郷に属していた。

近年、伊勢久留麻《いせくるま》神社とともに、「謎の北緯三四度三二分線上（いわゆる太陽の道）」の遺跡としてクローズアップされ、そのためか当社を訪れる人が多くなった。〕

「なるほど、ここに『太陽の道』が出ていますね。この伊勢久留麻神社というのは、三重県の伊勢にあるんですか？」

浅見が訊いた。

「それが違うんです。伊勢という名前なんですけど、久留麻というのは、ここから北に行った、淡路市東浦《ひがしうら》にある集落の名前で、伊勢久留麻神社はそこにあります。元は三重県にある久留真神社を勧請《かんじよう》したのが起源だと言われています」

松雪は紙に二つの神社名を並べて書き、「伊勢久留麻」のほうを指さした。

「こっちが淡路島にあります。たぶん、久留麻が久留真と似た地名だったので、勧請したんだと思いますけど。昔はこの伊勢久留麻神社までを太陽の道って言っていて、ここに書いてあるように、石上神社もそうだとなったのは、最近の研究によるみたいです」

本にB5判の紙が折り畳んで挟み込まれている。

「これ、太陽の道に関する記述をネットで調べ出して、まとめたものです」

浅見と藤田の前にその紙を広げた。松雪の性格を表すような小さな几帳面《きちょうめん》な文字で「解説」が書かれていた。

〔太陽の道の東の端は伊勢の斎宮《さいくう》跡。西の端は淡路島伊勢の森（伊勢久留麻神社）。この二つの「伊勢」のあいだに、古代遺跡や古い由緒をもつ神社が点在している。共通点が太陽の祭祀に関係があり、磐座《いわくら》・岩石が信仰の対象となり、女性の祭祀者のイメージが感じられるとされる。

太陽神の祭祀に深いかかわりをもった古代の「聖線」、すなわちこれが「太陽の道」と名付けられたゆえんである。桜井《さくらい》市では、長谷寺《はせでら》、三輪山《みわやま》、檜原《ひばら》神社、国津《くにつ》神社、箸墓が線上に浮かぶ。古代王朝の政治的効果を狙《ねら》って策定されたと考えられるが、地図や磁石のない時代に、東西の直線を引くことができたとするなら、古代の測量技術に驚嘆する。〕

「へえっ、驚いたなあ。詳しく知らないと言ったくせに、松雪さん、けっこう勉強してるじゃないか」

藤田がいまいましそうにぼやく。それを相手にしないで、松雪は言った。

「じつは、さっき話したＯＧ会で、石上神社に行った時に、ちょっと気になることがあったので、調べてみたんです」

「気になるというと？」

浅見は訊いた。

「この続きを読んでみてください」

石上神社に関する記述の先を示した。

〔地元では訪れる人々のために「女人禁制」と刻んだ石標を鳥居横に立てたが、心ない人々が霊域に入るためめか地元・舟木《ふなき》の集落に不幸が続くとして、こんどは大きく標識を立てて「女人禁制」の理由を掲示した。〕

その「標識」の内容の前半は、太陽の道と日の神についての記述で、松雪がネットで調べたものと大差はないが、女人禁制に関する部分が付け加えられている。

磐座には日を迎える座と日を送る座があって、前者は男性で祭事を司り、後者は女性で祭事を司る。石上神社は日を迎える（朝日に向かって祭事を行なう）座であり、したがって女人禁制を定めたものだ。現代は各地で女人禁制の制度はくずれてきているが、当地ではいまもなお、里人のあいだで固く守られ、民俗学上からみても貴重な存在である――と書いてある。

「ということは、松雪さんたちのOG会が石上神社へ行ったのは、タブーを破ったことになるじゃないですか」

藤田が、自分のタブーを破られたような口ぶりで言った。

「そうなんですけど、ちょっと違うんです。石上神社に女性が参拝する時、鳥居をくぐってはいけないけど、脇の竹藪《やぶ》の中の小径《こみち》を通って、そこに祀られている稲荷社に参って、そこから石上神社の御神体を遥拝《ようはい》することは許されているんです」

「そうすると、ひょっとして、中田悠理さんは、その鳥居をくぐったりしちゃったんじゃありませんか?」

浅見はようやく、核心に触れた。

「そうなんです。その場所には私たちの仲間だけで、ほかには誰もいなかったから、面白がって、禁制を破るって言いだして……私はなんとなくいやな気がして、やめたほうがいいって止めたんですけど。結局、大手を振って鳥居をくぐって、祠の前へ行ってしまいました。ちゃんと作法どおり、二礼二拍手一礼はしたんですけどねえ……」

「なるほど。それで祟りですか。しかし、ご遺族がそう言ったということは、悠理さんはご両親に話していたんですね。だいぶ気にしていたみたいですよ」

「そうなんですね。それは知りませんでしたけど、彼女、私たち仲間には、ぜんぜん怖がっている様子はなかったですよ。女人禁制なんて、そんなの迷信だから、気にするほうがおかしいって言って、笑ってました」

「それはよくないですねえ。悠理さんという人は、日頃からそんなにきつい性格だったのでしょうか」

「ええ、確かにきつかったですね。学生の頃から、きまりだとか権威だとかいうのに反発したり、無視したりするコでした。正義感は強いんですけど、神も仏も信じないタイプでしたよ。浅見さんは信じるほうですか？　女人禁制だとか、そういうの」

「いや、僕もそのたぐいのことは信じない人間ですが、しかし、地元の人や信仰している人たちがいやがることを、あえてするのはよくありませんよ。むしろ、郷に入っては郷に従え——の道を取るべきでしょう」

「ですよねえ……でも、悠理が死んだのは、本当に祟りが関係してるんですかねえ？」

「まさか……」

浅見は苦笑したが、藤田は妙に深刻そうな顔をして言った。

「祟りかもしれませんよ。僕の田舎の福井県辺りでも、けっこうそういう祟りの話はありますからね。と言っても、神様が直接、祟るわけじゃなくて、犯人に憑依《ひょうい》して取り殺したのかもしれん」

「やめてくれませんか！」

松雪は右手を大きく横に振って、叫ぶように言った。少し遠くにいる同僚がこっちを振り返ったほどだ。

「ははは、そんなにマジに受け取らなくてもいいじゃないですか」

藤田は松雪の剣幕に驚いて、照れ笑いをした。

「伊勢久留麻神社と石上神社の場所ですが、地図はありますか」

浅見が言った。松雪が持ってきた地図で、神社の位置関係を見た。

「これで見ると、久留麻神社と石上神社は、厳密にいうと、北緯三十四度三十二分線上でピタリ、同一線上にあるわけではないですね」

地図には北緯三十四度三十分と三十六分の緯《よこ》線が引かれていて、二つの地名はそのあいだにあるのだが、久留麻の地名と石上神社のある舟木の地名は、どう見ても同じ線上にはない。「秒」単位の差ではあるが、舟木のほうが少し北にある。

「古代のことですから、そのへんはおおらかだったんじゃないでしょうか」

「それでゆくと、ここにある淡路夢舞台というのも許容範囲に入りそうですが、この淡路夢舞台というのは、何なのですか？」

「それはテーマパークみたいなもので、ＯＧ会で泊まったウェスティンホテル淡路は、そこの敷地内にあるんです」

「いま気がついたのだけれど、岩屋の事件現場はそこのすぐ北ですね。北緯三十四度三十五分辺りだけど、『おおらか』ということで言えば、そこも太陽の道の線上ということになりませんか」

「ええ、まあ、そんな感じはしますね」

「浅見さん」

と、藤田が期待感のこもった表情で言いだした。

「そのことにも何か意味があるって言いたいんですか？」

「ははは、そんなことは思っていませんが、強引に意味を持たせる気になれば、不可能な距離ではありませんね」

「その事件で殺された三浦っていう人も、もしかしたら石上神社のタブーに触れるようなことをしたんじゃないですかね」

「しかし、石上神社は女人禁制だけれど、男性は問題ないはずですよ」

「あ、そうか。それじゃあれだ、伊勢久留麻神社のほうで何かやらかしたのかな」

藤田は節操《せっそう》なく、思いつきで勝手なことを言っている。

「三浦さんは洲本市の西海岸に本籍があるんでしたね」

「そう、五色町っていうところ……あ、松雪さんの実家もあっちのほうじゃなかったですかね」

「うちは都志米山《こめやま》だから、三浦さんのところよりずっと北のほうですよ」

「ずっとと言っても、そんなに離れちゃいないでしょう。隣の集落みたいな」

「違いますよ。同じ五色町でも、三浦さんの鮎原栢野《かやの》とは三、四キロ離れてます」

「あ、その鮎原というと、さっき観たビデオの『柴燈まつり』がある所ですね」

「そうです。柴燈まつりはその鮎原栢野で行なわれるんです」

松雪は話題が逸れたことで、ほっとしたのか、嬉《うれ》しそうに言った。

第四章　牛頭天王《ごずてんのう》伝説

1

その夜の宿は藤田の社宅に泊めてもらうことになった。「何日でも泊まってください」と藤田は言うが、そんなに長くいるつもりは浅見にはなかった。

「晩飯は僕が奢《おご》ります」

藤田はそうも言った。

「その代わり、浅見さんの事件簿は独占させてもらいますよ」

「事件簿だなんて、そんなもの、書くかどうか分かりませんよ」

「何をおっしゃいますか。書いてもらわなきゃ困ります」

「参ったなあ。書くどころか、事件を解決できるかどうかさえ、まったく見えていないじゃないですか」

「大丈夫、浅見さんなら間違いなくやってのけます」

藤田が勝手にそう決めつけるのを、松雪は興味深そうに眺めていたが、二人の会話が途絶えたのを見て、遠慮がちに言った。

「あの、浅見さんが名探偵って、それは本当のことなんですか?」

「いや、それはだから、さっきも言ったとおり……」

浅見が否定しかけるのを押し退《の》けて、藤田が「ほんまですよ」と宣言した。

「おたくの山元さんだって、ちゃんと知ってますよ。嘘だと思ったら聞いてみるといいでしょう。大阪のキー局にいた頃、京都で起きた難事件を浅見さんが解決した話、知ってましたよ」

松雪はチラッと、ガラス越しに山元のほうに視線を送ったが、すぐに頷いた。

「そしたら、ほんとにほんとに、事件を解決するんですね?」

「そらそうに決まってますよ」

「藤田さんは黙っててくれませんか。私は浅見さんに訊いてるんです。どうなんですか、警察が難儀しているような事件でも、浅見さんは解決できるんですか?」

「それは難しい問題ですねえ」

浅見は頭を搔《か》いた。

「それに、そもそも松雪さんが言っているのは、どっちの事件のことですか? 岩屋の事件ですか？　秋葉原の事件ですか？」

「あっ……そうですね。両方の事件があるんでしたね。それは、さっきまでは岩屋の事件のことが気にかかって、早く解決すればいいと思ってましたけど、悠理が殺されたことを知って、そっちの犯人が捕まればいいという気もしています。いえ、ほんとの気持ちを言うと、いまはどっちかと言えば、悠理の事件のことのほうが気になりますね」

「そんな、両方の事件は無理でしょう。ねえ浅見さん」

　藤田が呆れたように言った。

「そうですね。しかし、もし両方が解決できれば、それに越したことはありません」

「ふーん……浅見さんがそう言うと、何だか実現しそうな気がしてきますねえ。ははは、これは面白くなってきたなあ。よし、前祝いに、今夜の晩飯、盛大に奢りますよ。松雪さんも一緒に来てよ」

「私はいいですよ。仕事も残ってるし」

「いや、そう言わないで。浅見さんだって、まだいろいろ聞いておきたいことがあるだろうし。仕事が終わるまで、われわれは時間を潰《つぶ》して待ってるから」

「だけど、八時頃までかかるかもしれませんよ」

「オーケーオーケー。八時でも九時でも待ってますって。じゃあ、終わる頃、僕のケータイに電話してください」

藤田は強引に口説《くど》き落として、松雪が返事を渋っているのを尻目に、浅見の腕を引っ張るように外に出た。

「どうです浅見さん、いい女でしょう」

車に戻ってドアが閉まるやいなや、藤田は開口一番、そう言った。

「じつは僕、彼女に惚《ほ》れてましてね。おっそろしく気が強いんだが、それがまたいいんです」

「ははは、しかし藤田さんの話だと、彼女は藤田さんのこと、嫌っているんだそうじゃないですか」

「そう、嫌われているのは分かってますけどね。現に彼女、ケータイの番号、教えてくれないんです。その憎《にく》たらしいところがまた、魅力なんですねえ。そういうのって、浅見さんみたいにモテる人には分からんでしょうけど」

「僕はモテませんよ」

「うそ……浅見さんがモテなければ、世の中の男は誰もモテませんよ」

「そんなことより、藤田さん、岩屋の事件の所轄署はどこなんですか？」

「えっ、所轄って、これから行くつもりですか？　八時までに帰って来られますかね？

所轄は淡路署で、岩屋のちょっと南へ下がったところにありますけど」

「大丈夫でしょう。高速を利用すれば一時間半もあれば帰って来られますよ」

「そうですかねえ。大丈夫かなあ……」

藤田は事件のことより、松雪と食事をすることのほうが気掛かりな様子だ。こっちは合コンのダシに使われる、体《てい》のいいキューピッド役か——と、浅見はくすぐったい気分で車をスタートさせた。

淡路署はちょうど外回りをしていた刑事たちが帰投するタイミングだった。藤田はすぐに刑事課に入り、浅見を一人の男に引き合わせた。三十五、六だろうか、背は浅見よりは低いが、筋肉質の引き締まった体型をしている。顔立ちはどちらかというと優しいが、刑事らしい眼光の持ち主だ。

「こちら佐俣部長さん、こちら、このあいだ話した東京の浅見さんです」

口ぶりから察すると、すでに電話で浅見のことは佐俣に伝えてあったらしい。どういう話になっているのか、佐俣はあまり気乗りのしない顔で立ち上がり、それでも名刺をくれて挨拶《あいさつ》した。浅見は肩書のないほうの名刺を使った。

「突然やって来て、すみません。ちょっとの時間でいいですから、浅見さんに話を聞かせてやってもらえませんか」

藤田は最前までの彼らしくなく、むやみに低姿勢で頼み込んでいる。

「そうですねえ。話すったって、すでにマスコミさんに発表していること以外、何もないですけどねえ」

「それでもいいんです。とにかく浅見さんの話も聞いてみてください」

「ふーん、何か妙案でもありますか」

佐俣は口の端に冷ややかな笑いを浮かべながら、訊いた。

「ええ、あるかもしれません」

浅見も笑顔で応えて、そう言った。

「ほんとですか？　どういったことで？」

「たとえば、犯人はなぜあの場所で死体を投げ捨てたか——といったことです」

「ほうっ……」

佐俣は真顔になった。藤田までが（そんなこと言って、大丈夫か？——）という顔で、心配そうに浅見を見た。

「ちょっと、あっちへ行きますか」

佐俣は手をドアの方角へ向けて、歩きだした。廊下に出て、二つめのドアを開けると、簡素な応接セットのある部屋だった。壁の額に、あまりうまくない字で「質実剛健」と書かれている。来客用というより、署員の打ち合わせに使っている部屋らしい。

「えーと、浅見さんというのは、探偵さんをやっているという風に聞いたが、名刺には何も肩書が書いてないですね」

佐俣は名刺をテーブルの上に置いて、眺めながら言った。

「ええ、藤田さんがどういう紹介の仕方をしたかは知りませんが、その探偵というのは、語弊《ごへい》がありまして、僕の本業はフリーのルポライターなのです。たまたま事件に関わったりした場合に、運よく事件の解決にヒントを出すようなこともありますが、探偵などではありません」

「何だ、そうだったんですか」

佐俣はジロリと藤田を一瞥《いちべつ》した。

「いや、佐俣さん、それは違いますよ。浅見さんはほんとに……」

「まあ、いいでしょう。それで浅見さん、さっき言った、死体遺棄の理由というのは、どういうことだと思ってるんですか？」

「現場を見て来ましたが、きわめてオープンな場所で、常識的に考えますと、犯人がどこでもいいと思っていたのでなければ、捨てる場所を間違えたのではないかということになりそうですね」

「ん？　ああ、まあそういう解釈も成り立ちますな」

佐俣はまた視線を藤田に送った。藤田は大きく頷いている。これまで捜査当局が描いていた「仮説」がまさにそうだったことを肯定しているのだ。

「と言うと、浅見さんは、ほかに理由があると言うわけですか？」

「いえ、それがたぶん、いちばん現実的な結論だと思います。実際、あと五、六十メートル先、橋を渡りきるところまで行けば、あんなオープンな場所でなく、高速道路の側壁と、崖《がけ》側のブッシュとのあいだの隙間《すきま》辺りに捨てることができたはずですから」

「そうですよね。まして遺棄したのは夜中です。暗闇の中では正確な位置は分からなかった。そういうことでしょう」

「おっしゃるとおりかもしれません。ただ、捨て場所を間違えるにしても、それではそもそも、どこに捨てるつもりだったのかが問題になります。それと、なぜそこでなければならなかったのか——です」

「それはあれでしょう。死体の発見を遅らせたいか、あるいは完全に隠蔽《いんぺい》したかったということとちがいますか」

「それが目的だとしたら、ほかにもいくらでも死体遺棄の場所があるはずです。たとえば山の中の藪を掘って埋めるとか。考えてみると、高速道路上で捨てること自体、ふつうじやないですよね」

「それはそうだが……ということは、元に戻って、要するにどこでもよかったということになりませんか」

「僕はむしろ、死体の発見を遅らせたいのではなく、なるべく早く発見してもらいたかったのではないかと思います」

「はあ？……」

　佐俣と藤田は同じような声を発して、たがいに顔を見合わせた。

「早く発見されるのが、犯人の目的だったと言うんですか？」

「ええ、それが一つですね。それには何者かに対する見せしめの効果を期待したと考えればいいでしょう。さらにもう一つは、これはちょっと笑われそうな気もしないではないのですが、何か、宗教的な意図が働いていたのかもしれません」

「宗教的と言うと？」

「馬鹿げたことだとは思いますが、たとえば祟りだとか、生贄《いけにえ》だとか、そういうことを想像させます。まあ、一種の宗教的演出というか、儀式でしょうか」

「はあ……」

　佐俣はふたたび笑いを取り戻した。

「それは大変、興味深いが、浅見さんはどこからそういう発想が出てきたんです？　この事件をだいぶん研究された結果ですか？」

「いえ、僕が事件のことを知ったのは、つい二時間ばかり前のことです」

「なんや……」

佐俣の表情は一変、呆れ顔というより、不快感を露《あらわ》にした。

「そんなんで、よくまた、そういうけったいな話を考えつくもんですなあ」

「確かに。僕自身、妙な話だと思います。ですから、あくまでも一つの仮説として聞いていただきたいのです。実際、淡テレの松雪さんからこの話を聞くまでは、思いもよらぬことですからね」

「ふーん、浅見さんは松雪さんに会ったんですか。松雪さんは第一発見者で、事情聴取にも十分、協力してもらってますが、それで、彼女は何て言ってました？」

事情聴取に聞き漏らしがあるのかと、佐俣はその点についても面白くないのだろう。

「東浦の近くに、伊勢久留麻神社と石上神社というのがあって、そこがちょうど太陽の道に当たっているのを、佐俣さんはご存じですか？」

「太陽の道？　さあ、知りませんが」

浅見は北緯三十四度三十二分が通る「太陽の道」の解説をした。

「ふーん、そういうものがあるんですか。自分らには何やら、あほらしくもありますが、まあ、いいでしょう。それでその太陽の道がどうしたというのです？」

「その前に、なぜそういう話題になったかと言いますと、東京の秋葉原で、僕が殺人事件に遭遇したことから話さないと、分かっていただけないでしょう」

浅見は中田悠理の死に立ち会うことになった経緯を話した。その悠理がたまたま松雪真弓の同窓生だったということ。石上神社のタブーを冒《おか》したこと。そこから「祟り」の話に及んだこと。

「ひょっとすると、岩屋の事件の被害者が遺棄された場所も、その『祟り』と関係があるのではないかと思ったのです」

「しかし、岩屋は東浦からずっと北に当たりますよ。その太陽の道からは、えらく外れているのとちがいますか」

「確かにそのとおりです。犯人はたぶん、正しい位置では捨てそびれたのでしょうね」

「は？　捨てそびれた……というと？」

「もしも、もしもですね。犯人が『祟り』を演出したものと仮定して……」

「ちょっと待ってください。犯人が祟りを演出するって、どういうことですか？」

「つまり、犯人が何かの信仰にのめり込んでいる人物だとしますね。たとえば太陽の道や石上神社です。そして、殺人を行なった場合、それを冒瀆《ぼうとく》した者への祟りだったかのごとく演出すれば、自分の犯罪を正当化できるし、見せしめ効果も上がるということになるのではないでしょうか」

「はあ……」

佐俣はほとんど呆れ顔だが、気を取り直したように「まあ、いいでしょう。それで、どうなるんです?」と言った。

「そういう理由から、犯人は神戸淡路鳴門自動車道を南のほうから走って来て、太陽の道辺りで死体を遺棄するつもりだったのではないかと思うのです。しかし、何らかの事情でそこを通過してしまった。たとえば、後続車のヘッドライトが見えたとかです。高速道路ですから、道路上で停まったり、ノロノロ走っていては目につきます。躊躇していれば、あっという間に、一キロや二キロ走り過ぎてしまいます。その後続車をやり過ごし、後方に車がいなくなったのを確認して停まったのが岩屋のあの場所だった。太陽の道とは、誤差の許容範囲で捨てることができたということになるのでしょう。それならば、夜間、それも深夜に死体遺棄した理由も説明できます。昼間ですと、交通量が多く、捨てるチャンスがありません。その点、夜だと交通量は少ないし、かりに他の車が走ってきたとしても、後方はるかにヘッドライトが見えるので、遺棄を中断してやり過ごせるから、目撃される危険を避けることも可能です」

佐俣はもちろん、藤田までが、あっけに取られた顔で「解説者」を眺めていた。

2

しばらくのあいだ、浅見の話の筋道を反芻《はんすう》するように沈黙してから、「なるほど……」と、佐俣部長刑事が頷いた。

「確かに、そんな風に考えることもできますが……しかしそれは仮説中の仮説ですね。とにかく、おかしな祟りだとか、宗教的な動機のあることが前提になるわけでしょう」

「僕自身、ほかに何か、妥当な理由づけがあれば、こんな説は一顧《いっこ》だにも値しないと思いますよ」

「けど、ほかに妥当な理由っていうのがないことも事実ですよね」

藤田が勢い込んで言った。

「となると、浅見さんのその説も有力なんじゃないですかねえ」

「さあ、それはどうかなあ」

佐俣は首をひねった。

「それだったら、さっき言ったみたいな、単に場所を間違った説だとか、どこでもよかった説だって、まんざら捨てたものではないでしょう」

「ええ、ただし、それだと、仮説としてもまったく発展性がありません」

浅見に言われて、佐俣は苦い顔をしながら頷いた。捜査が行き詰まっていると、認めざるを得ないのだろう。

「ところで、被害者の三浦延之という人は国土交通省の役人なのだそうですね。そっちのほうから、犯行動機が求められそうに思えるのですが、何かそれについての情報はあるのですか?」

「いや」

佐俣はあっさり首を横に振った。

「目下《もっか》のところ目ぼしい動機らしきものは把握できていません。かりにあったとしても、いまの段階で、マスコミ関係者に話すわけにはいきませんけどね」

「それは分かってますよ」

藤田は言った。

「それについては、うちだけでなく、他の社でも、本社レベルで独自に、背景やら動機やらを探っています。常識的に言って、国交省といえば、すぐに、何か道路建設にまつわる汚職がらみ、なんてことが想像されますからね。しかし、三浦さんというのはノンキャリアで、それほど大きな権限を持っているとは思えない立場みたいです。いまのところ、どこの社も続報を伝えていないということは、何も出てないのでしょう。警察も似たり寄ったりなのとちがいますか」

「まあ、そんなところですかね」

佐俣は面白くなさそうに頰《ほお》を膨らませ、立ち上がった。

「浅見さんの仮説も、折角《せっかく》だから参考にさせてもらいますよ」

「よろしくお願いします。僕のほうも、また何かありましたらお知らせします」

淡路署を出ると、七時半近くになっていた。藤田はしきりに時計と、それにケータイを気にしている。圏内かどうかを、何度もチェックしているのがおかしい。

「間に合いますかね。彼女、帰ってしまったんじゃないかな」

「仕事が終わったら電話くれることになっていたはずではなかったのですか？」

「それはそうだけど、すっぽかされるおそれもありますからね」

「ははは、自信がないんですねえ」

「浅見さんは他人事《ひとごと》だから笑っていられますけどね。僕としては真剣なんです。ある意味、千載一遇《せんざいいちぐう》のチャンスなんだから」

（やれやれ——）と浅見は苦笑した。千載一遇のチャンスの添え物にされるのは、どう考えても間尺《まじやく》に合わない。

洲本のインターを下りる時、藤田のケータイが鳴った。「きたきた」と藤田は嬉しそうにケータイを開いた。やはり松雪からの電話だった。

「いま高速を下りるところ。あと五分で着きます。その頃、淡テレの玄関の辺りで待っててください」

電話を切って、すぐに馴染《なじ》みらしい店に予約を入れている。淡テレに着くと、車を飛び出して、前の座席の背凭《せもた》れを倒し「どうぞ」と松雪を誘い入れた。まるでホテルのドアマンのようにいそいそとして、見ているといじらしくなってくる。

「ほんとにご馳走《ちそう》になっていいんですか」

松雪はありがたさ半分、警戒半分といったニュアンスの口ぶりだ。

「当たり前ですよ。今日は記念すべき日なんだから」

「記念て、何の記念？」

「ん？　ああ、それはまあ、浅見名探偵が淡路島に来てくれたという記念ですね」

そう言って、「へへへ」と意味もなく照れ笑いをした。

予約した寿司屋は、藤田の説によると「淡路島一旨《うま》い」のだそうだ。小座敷に入って、特上寿司を奮発している。よほどこの記念日が嬉しいのだろう。

寿司は確かに旨かった。浅見は車だから飲まないが、藤田と松雪はビールで乾杯している。松雪がどのくらいの酒豪か知らないが、あまりアルコールが進まないうちに、肝心な話はしておいたほうがよさそうだ。

「三浦さんの本籍地、五色町鮎原栢野でしたか。そこで行なわれる柴燈まつりというのは、何ていう神社のお祭りなんですか？」

「いえ、柴燈まつりはお寺さんのお祭りですよ。えーと、確か地蔵寺《じぞうじ》の薬師堂《やくしどう》のお祭りだったと思いますけど。ビデオで言ってませんでしたか？」

「あ、説明していましたかね。柴燈のほうにばかり目が行って、聞き漏らしたかもしれない。お寺だとすると、祟りだとか、そういうものは関係なさそうですね」

「だと思いますよ。祟りみたいなことだったら、うちの近くの牛頭天王《ごずてんのう》さんのほうが怖いと思いますけど」

「はあ、牛頭天王《ごずてんのう》の神社があるのですか」

「ええ、集落の鎮守様です」

「何ですか、その牛頭天王というのは？」

藤田が訊いた。

「よく知りませんけど、子供の頃から親たちに、流行《はや》り病《やまい》を封じてくれる神様だと聞かされていました」

「牛頭天王というのは、頭に牛の角を生やして、一見夜叉《やしゃ》のようだけれど、姿かたちは人間の恰好《かっこう》をした神様です」

浅見が知識を披露して言った。

「ほら、蘇民将来《そみんしょうらい》という名前は聞いたことがあるでしょう」

「ああ、それはうちの田舎の、福井のほうでも聞いたことがありますね」

藤田が言い、松雪も「そういえば」と頷いた。

「でも、名前を聞いただけで、どういう人なのか知りませんけど」

「人っていうより、蘇民将来は神様なんですけど、元はふつうの人でした。昔、牛頭天王が老人に身をやつして、とある村を訪れ宿を求めた時、蘇民の弟の巨丹《こたん》将来は裕福なのに、みすぼらしい年寄りを冷たく追い返したのに対して、貧しい兄の蘇民将来は温かくもてなしたんです。そこで牛頭天王は正体を現わし、『近々、この村には死の病が流行るが、おまえの一族は助けてやる』とのたまった。そのとおりに、間もなく流行り病が襲って、巨丹の家は一家が全滅。蘇民の家は助かったばかりか、繁栄した。それ以来、蘇民将来自身が疫病《えきびょう》除《よ》け、子孫繁栄の神様として崇《あが》められるようになったという話です」

「ああ、そういうことだったんですか」

　松雪が感心した。

「そういえば、牛頭天王様を怒らせると怖いという風に聞かされました。じゃあ、祟りがある神様なんですね」

「浅見さんは何でもよく知ってますねえ」

　と藤田もいたく感心している。

「いや、たまたま知っていただけです。東京品川に天王洲《てんのうず》っていうところがありますよね。その地名の元が、やはり牛頭天王なんです。品川の沖で漁師が海中から牛頭天王のお面を引き揚げたのが、地名の由来だそうで、少し調べたことがあるのです。それから、八《はち》王子《おうじ》という地名の由来も、牛頭天王が八人の王子を連れて現われたという伝説によっていると言います」

「ふーん、面白い……っていうか、やっぱり怖い話ですねえ」

　松雪は寒そうな顔をして肩をすくめた。

「神社にお参りするのは、何かいいことがありますようにと祈るんだとばかり思っていましたけど、本当は、祟らないでくださいっていう意味かもしれませんね」

「あ、それはそうなんですよ。たとえば天満宮《てんまんぐう》は菅原道真《すがわらのみちざね》を祀ってますよね。あれはもともとは、道真の祟りを鎮《しず》めるために祀ったのが、いつの間にか、学問の神様になってしまったんですから」

「じゃあ、石上神社もそうなのかしら。女性が鳥居をぐぐると祟られるって」

話がそこへ行くと、急に生々しい実感を伴ってくる。

「僕は祟りや呪いは信じませんが」

浅見は笑いながら言った。

「石上神社の御神体は大岩だそうだから、たぶん原始宗教っていうか、有史以前からの祭祀跡だと思います。しかも日の神を祀る聖地みたいな存在なのでしょうね。そういう土地には、何かしら得体の知れないパワーがあって、人を惹きつけるのかもしれません。だから、信じる人にとって、そこを冒瀆されたりするのは許し難《がた》い。神様は祟らないが、人が祟るということはありそうですね」

「人が祟るって、どういうことですか?」

「古代から現代まで続いている、宗教をめぐるいさかいや戦争なんか、みんなそれじゃないですか」

「そういえば」と藤田が言った。

「いつだったか、デンマークの新聞が風刺漫画で、ムハンマドを冒瀆したら、イスラムの人たちが『死を与えよ』みたいに抗議したことがありましたね」

「ああ、そうでしたね。僕は無信心だけど、人が信じているものを冒瀆したりするのはよくないと思いますよ。怒る人たちの気持ちも分かります」

「じゃあ、もしかして、悠理の場合も？」

松雪が言った。

「ははは、どうしてもそこへ行きますか。中田さんの場合は違うと思うけど」

「でも、石上神社のお稲荷さんでは、こういうことがあったって聞きましたよ。境内に立っている松の大木を切って売るかどうかで揉《も》めた時、賛成派の人たちが全員、原因不明の病気に罹《かか》って、生死の境を彷徨ったんですって。やっぱり祟りってあるんじゃないですかねえ」

「そんなのは、嘘っぱちに決まってるよ。どうせ、宴会で食ったキノコに中毒《あた》ったかどうかしたんでしょう」

藤田が赤い顔で言った。アルコールが回って、威勢よくなっている。

「僕は浅見さんの人間の祟り説の可能性が強いと思うな。石上神社の鳥居くぐりが原因だとしたら、中田悠理が鳥居をくぐったことを知っている人間が便乗して起こした犯行かもしれない。ね、浅見さん、どうですか？」

「だったら、私の仲間が犯人っていうことになるじゃないですか」

松雪は心外だと言わんばかりに、唇《くちびる》を尖らせた。

「いや、そうは言ってないって。原因だとしたらという仮定の話ですよ」

あっさりトーンダウンした。

「僕はそれよりも、中田さんの事件と、岩屋の事件とが繋《つな》がるような気がしてならないのですけどね」

浅見が言った。

「えっ、繋がるって、どうしてです?」

藤田が驚き、松雪も目を見開いて浅見の顔を見つめた。

「単なる勘ですけどね。しかし、同じ淡路島出身の人が、ほぼ同じ時期に殺害されたというのと、何となく祟りめいた話が背景にあったり、それに、最も気になるのは、二人とも文京区在住という点なんです。中田さんは文京区関口、三浦さんは文京区春日。割と近いんですよ」

「ふーん、そうだったんですか。だったら警察だって気がつきそうなものだけど」

「警察はそれぞれ別の所轄ですからね。二つの事件を個別に捜査しているにすぎません。同じ文京区内だということも、ぜんぜん気づいていないんじゃないですかね」

「なるほど。だったら浅見さん、教えてやったら……いや、黙っていたほうがいいかな。黙っていて、こっそり調べて、われわれの手で犯人を突き止めませんか」

「ははは、まさか、そんなことはできませんよ。僕もたったいま、それに気づいたのですが、警察だって、いずれ気がつきます。その前に教えて上げたほうが、今後、何かと便宜《べんぎ》を図ってもらうには都合がいいんです。一種の取引きではありますけどね。それに、相手はかりにも殺人犯ですよ。きわめて危険なことなのです」

浅見は精一杯、怖い顔を作ってみせた。

「しかし、二つの事件が結びつくというのは、画期的な着想じゃないですか。特ダネにしちゃいけませんかね。『淡路市岩屋の事件と東京・秋葉原の事件に繋がりが？』なんていう見出しをつけたら、センセーショナルだと思いますけどねえ」

「だめだめ、だめですよ、そういう抜け駆けは。かりに繋がりがあるとしても、このことは深く静かに捜査を進めなければならないのです。犯人側に勘づかれると、防衛策を取られるかもしれませんからね」

「と言うところをみると、浅見さんは犯人の心当たりがすでにあるみたいだけど。どうなんですか？」

「まさか……まだ始まったばかりで犯人の心当たりがあったら、それこそ警察は要《い》りませんよ。ただ分かっているのは、二つの事件とも共通して、犯人は特異な考え方——ひょっとすると狂信的といってもいいような、非情な人間の可能性があるということです。その点を警戒してかからないといけませんね」

浅見はそう言いながら、心底、恐ろしい敵を相手にしているという思いが強くなった。

3

浅見としては寿司を食えば、それで満足だったのだが、藤田はほかにもいろいろツマミを注文して、長々とアルコールを飲んだ。もっとも、チビリチビリと、口を湿らすような飲み方をしているから、実際はそれほどの量ではない。新聞記者としては、いつ何どき、事件が発生しても対応しなければならないので、セーブしているのだろう。

むしろ松雪のほうが、けっこう、いけるクチらしく、焼酎《しょうちゅう》の銘柄などにも詳しい。藤田に勧められるまま、遠慮なく杯を重ねている。そういう点では藤田との相性は悪くないのかもしれない。

「そうそう、中田悠理さんのダイイングメッセージのことを話しておきましょうかね」

松雪が酔わないうちにと、浅見は思い出して言った。

「えっ、悠理が何か、浅見さんに言い残したんですか？」

「といっても、はたしてそれがダイイングメッセージかどうか、はなはだ心もとない話なんですが」

浅見は秋葉原での事件に遭遇した時、中田悠理が最後に呟《つぶや》いた、言葉とも言えないような言葉のことを話した。

「モスケかモフケか、たぶんモスケと言ったと思うのだけど、はっきりしません。ともあれ、それが彼女の最後の言葉であったことだけは確かです」

「モスケねえ。えーと、それって、人の名前なんでしょうね？」

藤田が間の抜けた声で訊いた。

「たぶんそうでしょうね。しかし、中田さんのご両親にもその話はしたのですが、心当たりはないらしい。モスケという人物も知らないそうです」

「どこかで見たような気がしますけど」

松雪が言った。

「えっ、そういう人がいるのですか？」

浅見は意気込んで訊いた。

「そうじゃないですけど。でもどこかで見たような気がします」

松雪は遠いところを見る目になって、同じことを繰り返した。

「聞いたのではなく、見たのですか?」

「ええ、何となく、モスケという文字が網膜《もうまく》の片隅に焼きついているような感じです」

「思い出せそうですか?」

「さあ……私、記憶力悪いから」

「そう言わないで、思い出してください」

「そんなこと言われても、無理ですよ。そのうちにひょっこり思い出すかもしれませんけど。だけど、そのモスケっていうのが人の名前だとしたら、その人が犯人っていうことですよね」

「そうとは断定できないけれど、少なくともその可能性が大きいでしょうね」

「いやだ……そしたら、もしその名前に心当たりがあるとしたら、私が犯人を知っていることになるじゃないですか。そんなの、思い出したくないですよ」

松雪は酔いが醒《さ》めたような顔になって、肩を震わせた。ともあれ、それが否応《いやおう》なく彼女の宿題になってしまったことは確かだ。この先、思い出すまで、松雪の頭の中にはモスケという文字が刻み込まれるだろう。

「思い出したら、僕のケータイに連絡してください」

浅見は初めて、女性にケータイの番号を教えた。同じようなものだが、据え置きの電話の番号を交換しあうのとは異なる、どことなく秘密めいた気配がある。たったそれだけのことで、何となく世界が広がったような気分になった。

「私の番号はあとで浅見さんに電話します」

松雪は明らかに藤田に番号を聞かれることを警戒している。そこまで冷たい仕打ちを受ける藤田が気の毒になる。

「ついでに、メルアドも教えてください」

松雪が言ったが、浅見は困惑した。

「じつは、ケータイを買ったばかりで、まだメールを利用したことがないんです。パソコンではメールすることもあるんですけど、ケータイは使い方もよく分かりません」

「えっ、ほんとですか？」

松雪は驚き、藤田は喜んだ。

「へえーっ、浅見さんにも弱点があるんですね」

それから松雪と藤田、二人がかりで、懇切丁寧に、メールの使い方を教えてくれた。

店を出て、松雪を送り届けてから、浅見と藤田は神戸新報の社宅に向かった。

「社宅」といっても、ふつうのマンション風アパートを、会社が借り上げて使用しているものだった。２ＬＤＫタイプで、独り住まいには広すぎる。比較的新しい建物で、バスルームなどの設備も充実している。浅見は八畳間を使わせてもらうことになった。男の独り住まいで、本社の人間や遠方から客が来た場合以外、ふだんはまったく使っていない部屋なのだそうだ。

「すぐに風呂をいれますからね」

藤田は見かけによらず、気配りの行き届いた男だ。甲斐甲斐《かいがい》しく動いて、浅見のための布団を運んだりしている。

一段落《いちだんらく》したところで、浅見は万世橋署の長谷川部長刑事に電話してみた。考えてみると、ケータイからケータイへ電話する、これは最初の試みであった。

「や、早速、活用してますね」

長谷川は冷やかした。

「いま、淡路島からかけているのですが、ちゃんと聞こえるもんですねえ」

浅見が実感を正直に言うと、長谷川は「グフッ」と野ブタのような奇声で笑った。

「いまどき、ケータイにいちいち感心しているルポライターも珍しいですね。ところで、何か収穫はありましたか」

「ぼちぼちです。それで電話したのですが、その前に、そちらはその後、捜査に進展はあったのですか？」

「いや、何もありません。目下、被害者の元カレを追及しているのですがね」

「あ、それじゃ、そういう人物がいたことは分かったのですか。さすが警察ですね」

「グフグフッ、そのくらいのことは簡単に調べがつきますよ。しかし元カレは半年前に別の女性と結婚していて、中田さんとは後腐れはないみたいです。それ以外に、いまのところ、犯行に繋がるような人物や状況は何も出てきてません。で、浅見さんのほうはどうなんです？」

「じつは、秋葉原の事件の少し前、こっちでも殺人事件が起きてましてね。その被害者の住所が文京区春日。つまり、秋葉原で殺された中田悠理さんの住所、文京区関口の近くだということが分かりました」

「ほうっ、と浅見さんが言うからには、双方の事件に関連ありですか？」

「分かりません。いまのところは、単にそれだけのことです。一つだけ、こっちの被害者の三浦延之という人が国土交通省の役人であることと、中田さんの勤務先が建設関係の業種であるという、その程度の関連があるにはありますが」

「建設繋がりですか。そうは言っても、ずいぶん細い繋がりみたいだけど、一応、調べてはみます。どういう事件か、教えてくれませんか」

浅見は岩屋の「死体遺棄事件」について、知っているだけのことは話した。それ以上の詳細については、長谷川のほうで確認するという。

「そっちの事件のほうが面白そうですね」

長谷川は不謹慎なことを言った。

「それじゃあ、長谷川さんも淡路島に来ればいいじゃないですか」

「グフフ、そんなような展開になるとありがたいんですけどねえ」

「いや、笑い事ではなく、そうなりそうな予感がします。もっとも、裏付けになる事実があるわけじゃないですが」

「浅見さんの勘は当たりそうだから、期待してますよ。当面はこっちの事件と、そっちの事件との関連を調べてみます」

電話を切ったところに、藤田が顔を覗かせて「風呂が沸きました」と言った。

「タオルは用意しましたが、着替えとか、パジャマとかはあるんですか？」

「はい、全部持参しています。タオルだけ貸してください」

恐縮するくらい、まったくよく気のつく男だ。彼を亭主にする女性は幸せだろうな――と、バスタブに浸かりながら、浅見はおかしくて、独り笑いをした。

風呂から出ると、浅見はダイニングテーブルを借りて、パソコンを開き、今日、淡テレで見聞きした淡路島の「奇祭」の原稿を打ち込んだ。映像は改めて淡テレから借りればいいが、文章のほうは記憶が薄れないうちに書き上げておかなければならない。

しばらくして風呂から上がった藤田は、浅見の勤勉ぶりに驚嘆している。コーヒーを淹《い》れてくれたが、とても付き合いきれないと思ったらしく、「お先に寝ます」と自分の部屋に引き上げた。

パソコンを叩《たた》く音に気を遣いながら、浅見は午前一時まで仕事をした。原稿の目鼻もついたし、少し疲労感もあったので寝床に入った。とたんにケータイが鳴った。

まだこの手の状況に慣れていない浅見はギョッとした。音量を下げたり、マナーモードにしておくといった作業をしていなかった。隣室の藤田を起こしてしまったのではないか
——と気兼ねした。

慌ててケータイを耳に当て、「もしもし」と小声で言った。

「あ、もしもし、浅見さんですか?」

先方も遠慮がちな声で喋っている。驚いたことに、さっき別れたばかりの松雪だ。

「やあ、松雪さん。浅見です」

「すみません、夜中に電話して。もしかして寝てました?」

「いや、この時間なら、いつもまだ起きてますよ。僕は夜更《よふ》かしな仕事ですから」

「じゃあよかった。私はひと眠りして、夢の中でふと思いついたことがあって、目が醒めたんです。それで、どうしても浅見さんにお話ししたくて電話しました」

「ほうっ、というと、さっき僕がお願いしたことですか?」

「ええ、モスケのこと」

「何か思い出しましたか?」

「それって、お神楽《かぐら》に使うお面のことじゃないかと思うんです」

「お面?……」

「ずっと前、まだ中学生だった頃、祖父か父の蔵書を手当たり次第に手に取って、パラパラ見たことがあるんです。その中にお神楽のことを書いた本があって、いくつものお面を紹介していて、そこに『モスケ』っていう文字があったような気がします」

「ほうっ……」

まったく予想もつかない「発見」だ。浅見はとっさに、どう判断すればいいのか思いつかず、声が出なかった。

浅見が沈黙したので、「もしもし」と、松雪は不安そうに言った。

「こんなのじゃ、参考になりませんか」

「いや、非常に興味深い発見ですよ。どういうものなのか、いちど見てみたいですね。その本はまだ、ご実家のほうにはあるのでしょうか？」

「ええ、あるはずです。確かめてみます」

「それより、直接、この目で見たいですね。お宅の方にご紹介してもらえませんか」

「それだったら、私が案内しますよ。明日の朝、迎えに行きましょうか」

「いや、僕が迎えに行きます。しかし、会社のほうは大丈夫ですか？」

「問題ありません。それに、このこと自体、郷土史を探る番組作りのきっかけになるかもしれないじゃないですか。立派に大義名分が成立しますよ」

「なるほど」

翌朝九時——と約束した。

朝食の時にその話をすると、藤田は大いに関心を惹かれた様子だ。「モスケ」の手掛かりになりそうな物が見つかったことよりも、その取材で、浅見が松雪と二人、ドライブをすることが気になるらしい。

「僕も付き合えればいいんだが、社に出ないと支局長に怒鳴《どな》られるしなあ……」

時計を見て、残念がった。

4

洲本から北西へ行く県道は、神戸淡路鳴門自動車道を横切り、峠《とうげ》を越えると五色町域に入る。現在は洲本市五色町だが、洲本市と合併する前は単独で「五色町」だったところだ。五色の地名は、海岸一帯にちらばる色とりどりの小石に由来していて、夏は海水浴客で賑《にぎ》わうのだそうだ。

その北の外れに近い都志米山というところに松雪真弓の実家はあった。この辺りは瀬戸内海に面した丘陵地で、田畑が広がり、灌漑《かんがい》用の沼が点在する、いかにも温暖の地――という印象だ。

松雪家は驚くほど古く、しかも大きい。真弓の解説によると、農地改革以前は大地主だった家らしい。代々、村長や町長、それに教育委員などを引き受け、真弓の父親も洲本市市議会議長を務めていたが、少し前に一時期、体調を崩して身を引き、現在は教育委員会教育長に任ぜられている。

電話で予告をしておいたそうだが、松雪家では総出で遠来の客を迎えた。祖父母、両親、兄夫婦、町内に住む叔父叔母《おば》、それに嫁《よめ》に行った姉までが顔を揃《そろ》えている。明らかに何か勘違いして、真弓が結婚相手の男性を連れて来るとでも思ったにちがいない。

真弓が事情を説明して、あてが外れたことを知ってからも、まだ諦めきれないのか、浅見の周りから離れず、茶菓《さか》を勧めたり、身の上話などを聞きたがった。

彼らの攻勢からようやく解放されて、蔵書があるという土蔵に入った。古家の土蔵というと陰気と湿気をイメージするが、簡単ながら空調設備が整っていて、物の保管は万全のようだ。古書類も大切に扱われていた。

膨大な蔵書の中から、目指す書物を捜し出すのに、真弓はずいぶん苦労した。十年近い昔の記憶が頼りだというのだから、心もとない。しかし、どうやらそれらしい書物を発見して、取り出した。

和歌森太郎《わかもりたろう》編『淡路島の民俗』

「たぶんこれだったたと思います」

大判の五百ページ近い分厚い本だ。

和歌森太郎といえば、浅見はあまり詳しくはないけれど、名前くらいは知っている。歴史民俗学の大家というイメージがある。確か、戦後の教育改革に際して、新たに社会科という科目が生まれた時、最初の「社会科」の教科書を執筆した一人だと聞いた。

この書物は和歌森太郎の監修のもとに行なわれた調査結果をまとめたもののようだ。

巻末の索引《さくいん》に「モスケ」という見出しが出ているのを発見した。

「ありましたね」

浅見は少しばかり声が震えた。

『淡路島の民俗』は序篇の「総説」から始まって第1篇「淡路島民の生業と民俗」、第2篇「淡路島民の社会関係」、第3篇「淡路島の文化（1）」、第4篇「淡路島の文化（2）」まで、全部で二十七章にわたる膨大なものだ。「モスケ」についての記述は、その中の第4篇（2）の第5章「民俗芸能の諸相」に出ていた。この章には、1、盆踊　2、風流踊　3、檀尻《だんじり》　4、神楽　5、競技——の項目があり、「モスケ」は「神楽」の項で紹介されている。

〔ほとんどの村では祭礼の時に、若連中が中心となって檀尻または獅子舞《ししまい》を奉納《ほうのう》した。（中略）獅子使い4人、モスケ・アイモスケ・サルの役があり、モスケは獅子の前でモスケのサワまたは獅子の韜巻《とうまき》という竹筒に赤い布をまいたものを持って、おもしろおかしくふるまい、獅子を踊らす。〕

こう書かれていて、その横にモスケの面の写真が掲載されている。モノクロ写真のせいもあるが、これがけっこう不気味だ。能面でいえば亡霊の顔であり、映画の「ゾンビ」を彷彿《ほうふつ》させる。

「このお面、知ってる!……」

浅見の脇から本を覗き込んでいる真弓が、悲鳴のような声を出した。肩を竦《すく》めた反動のように腕が浅見の腕に触れて、浅見は思わずドキリとした。気がついてみると、土蔵の中は密室で、空気は重く、裸電球の下以外はうっすらと暗い。それにしては二人の距離はあまりにも近すぎる。

「知ってるんですか?」

浅見は少しのけ反るようにした。

「ええ、子供の頃、見たことがあります。とても怖かった記憶があります」

真弓はむしろ顔を寄せてきて、浅見の目を見つめながら言った。ちょっと体が傾けば、そのまま唇と唇が触れそうだ。

「これ、母屋《おもや》のほうに持ち出しても構わないでしょうか」

照れ隠しに、浅見は努めて事務的な口調で、訊く必要もなさそうなことを確かめた。

「もちろん、構いませんとも」

真弓は心なしか、つまらなそうな顔になって立ち上がった。

二人は土蔵を出て、母屋の客間に移った。十六畳の広い部屋で、一方の壁に違い棚、その脇に床《とこ》の間がある。ほかの三方は襖《ふすま》と障子《しょうじ》で仕切られている。部屋の真ん中に黒檀《こくたん》の座卓がある以外、調度類は何もない。

真弓は「お茶、持って来ます」と奥へ引っ込んだ。向かった先で賑やかな談笑が聞こえていたのが止《や》んで、女性の声で「どうなん?」と訊いている。真弓が「何が?」と問い返し、「分かってるやんか」と急に声をひそめて、それから少し間を置いて、数人の笑い声が吹き上がった。その中に真弓も含まれているのかどうかは分からなかったが、いずれにしても、自分の噂《うわさ》をしていることは、浅見にも推測できる。

浅見は邪念を振り払いながら、座卓の上で『淡路島の民俗』を開いた。

「モスケ」に関する説明は、土蔵で見た以上のものは、さほど多くは書かれていないが、獅子舞についてはさらに詳しい記述がある。かつては淡路島のあちこちで行なわれていた風習らしい。集落ごと、あるいは家ごとに決まりがあったようだ。場所によっては、若者にとっての重要な行事で、長男は必ずやらなければならず、余所《よそ》から養子に来た者もやらねばならない。形式は似たようなもので、その起源は、牛の病気を祓《はら》うためであったり、イノシシなどの害獣が畑を荒らすのを防ぐ意味のほか、山に棲《す》む「怪しいもの」を祓う祈願もこめられていたという。

真弓は怒ったような顔をして戻って来た。お盆にお茶と饅頭《まんじゆう》を載せている。

「さっき、松雪さんはモスケの面を見たことがあると言いましたね。それは、どこで見たんですか？」

お茶に手を出しながら、浅見は訊いた。

「ここの鎮守様の八坂《やさか》神社。京都の八坂神社と同じです。ふつうは『天王さん』て呼んでます。昨日、話した牛頭天王さんを祀っている神社です」

「そこで獅子舞があるんですか？」

「よく知らないんですけど、毎年の例祭ごとにやってるわけでなく、何年だか何十年だかに一度、大きなお祭りがあって、その時に獅子舞が奉納されるのかもしれません。私が見たのは、たぶん中学校に入ったか入らないかぐらいの頃だったと思います。お参りして、獅子舞を見ている時に、不気味な顔の面を被り、おかしな恰好をした人が獅子の前で踊っていたのが、すごく恐ろしかったのを覚えています。あれがモスケだったんですね」

「牛頭天王は時には祟りもする、恐ろしい神でしたよね。だとすると、獅子舞は牛頭天王の祟りを鎮めるために行なわれていた可能性もありませんか」

「さあ、どうですかねえ。何なら祖父にでも訊いてみましょうか」

真弓は奥へ引っ込んで、間もなく、老人を連れて戻った。

「祖父は八坂神社の氏子総代をやっていて、詳しいんだそうです。何でも訊いてみてください」

すでに喜寿《きじゅ》は過ぎているのだろう。白髪から繋がっているような見事な白髯《はくぜん》を蓄《たくわ》え、小柄だが威厳のある老人だ。

「あんた、天王さんの獅子舞のことを聞きたいそうじゃな」

床の間を背に坐り、顔を反らし、客を下目に見るようにして、言った。

「はい、獅子舞は牛頭天王の怒りや祟りを鎮めるために行なわれるのではないかと思いまして」

「そのとおりじゃよ。真弓が見たいう獅子舞は、阪神淡路大震災の次の日に行なった。ここら辺りは大した被害もなかったが、北淡《ほくだん》のほうはえらい被害が出ておる。それで、被害が広がらんように、急いで獅子舞の衆に来てもろて、天王さんに奉納したんじゃ」

「それはつまり、震災は牛頭天王の祟りだと考えたからですか?」

「決まっとるがな。明石海峡に橋を架けるみたいな、あほなことをするから、天王さんは怒りはったんや。その証拠に、大きな被害が出たのは、あの橋の付け根辺りから、灘《なだ》の阪神高速道路にかけてじゃろ」

「はあ……」

浅見は呆れるより感心した。きわめて画期的な「新説」であった。どうやら老人は、本気でそう信じ込んでいるらしい。疑問を投げたり異論をぶつけたりしたら、抜き差しならない大議論に発展しそうだ。

「モスケというのは、どうしてあんな風に恐ろしい顔をしているのですか？」

とりあえず話題を換えた。

「恐ろしい？　そんなことないじゃろ。子供の目には恐ろしいか知れんが、剽軽《ひょうきん》な顔をしとる、思うがな。まあ、モスケにもいろいろあるけどな」

「えっ、いろいろあるのですか？」

「ああ、それぞれじゃな。面彫りの職人によっても違うやろし、一つとして同じもんはないやろ」

「この写真の面なんかは、相当、恐ろしい顔をしていますが」

「これが恐ろしいかな。わしらは見慣れとるせいか、面白う見えるけどな。いろいろある言うたが、まあ、だいたいこういう顔が多いんとちがうか」

「モスケというのは、人の名前ですか？」

「ん？　ああ、そうじゃろね。わしはちっこい頃から人の名前じゃと思うとったし、考えてみたこともなかったが。そうかて、人の名前以外、考えられへんやろ」

「この本には、長男の人や婿《むこ》入りした人は、必ず獅子舞をやらなければならないと書かれているのですが」

「ああ、それはいまから五十年も前に書かれたもんじゃろ。その頃までは確かにそういう習わしもあったが、いまは人もおらんし、どこもそんなことはせんよ。八坂神社でも滅多《めった》にやらんようになってしもた。牛頭天王さんは怒らせたら恐ろしい神様やから、祟り鎮めはせんならんがな。阪神淡路大震災の時はなんとか獅子舞の衆に集まってもろたけど、苦労したがな」

「獅子舞の衆といいますと、それを職業にしている集団があるのですか？」

「職業？　そんなもん、いま時分、職業みたいなもんになるかいな。電話帳を見たかて、そんなんは載っとらんじゃろ。昔の伝《つて》を頼って、探したんじゃ」

「なるほど。そうすると、獅子舞をやる人たちは、みなさんお年寄りになってしまったのでしょうね」

「いやいや、獅子舞は激しい踊りじゃよって、年寄りには務まらん。ええとこ五十歳までが限界じゃろな。そやからやる者がおらんようになってしまうんや」

「しかし、その時は集まったんですね？」

「ああ、人形芝居の人がたがやってくれた。ほんまもんとは少し違うとったが、まずまずじゃったな」

「人形芝居……というと、淡路人形芝居ですか」

浅見は近頃仕入れたばかりの知識で、その名ぐらいは知っていた。

「そうじゃ。その本にも出とるやろ」

老人は『淡路島の民俗』を指さした。目次を見ると、確かにそのものずばり「淡路人形芝居」という章があった。

淡路人形芝居は江戸期から大正時代にかけては「淡路四十八座」とよばれるほどの隆《りゅう》盛《せい》を見ていたが、現在は、津名郡津名町（現・淡路市）志筑《しづき》の淡路源之丞座《げんのじょうざ》しか残っていない――という意味のことが書かれている。

この本の「現在」は本が編纂《へんさん》された昭和三十九（一九六四）年以前であり、津名郡津名町は平成十七年、淡路町、東浦町、北淡町、一宮《いちのみや》町と合併して淡路市になっている。

「いまもこの一座はあるのでしょうか？」

「いや、ないんとちがうか。わしが獅子舞を頼んだのは、南あわじ市の淡路人形浄瑠璃《じょうるり》館の人じゃった。そない言うても、獅子舞と人形芝居とではぜんぜん違うもんやし、お獅子の舞いは、見よう見まねで分かっても、モスケがどういう踊りをしとったんかは、なかなか説明でけへん。とどのつまりは、そこの人が、志筑の源之丞座におった人の子だか孫だかが、代々、獅子舞やモスケの踊りを受け継いどるいうことを見つけ出して、その人にお願いすることになったいうことじゃった」

「モスケを踊った人は、まだ健在でしょうか？」

「そら元気じゃろ。そん時でも、あんたくらいの歳やったしな」

「その人の名前は分かりませんか？」

「さあ、何て言うたかな……歌舞伎役者みたいな名前やったと思う。中村《なかむら》とか市村とか言うじゃろ。そんなんやった」

見た目の狷介《けんかい》そうな印象とは裏腹に、老人はよく喋ってくれた。それはいいのだが、話の最後に、「あんた、真弓の婿さんになってくれるんと違うんか？」と言った。

「は？　はあ、残念ながら……」

浅見は頭を下げ、真弓は「あほなこと言わんといて」と、祖父を追い立てた。

試みに淡路市役所に電話で訊いてみた。その結果、確かに源之丞座というのがあったのだが、すでになくなっているという。市役所の職員は「昭和の初め頃まで」と言ったが、『淡路島の民俗』によると、もう少し後、昭和の中期頃まではあったようだ。

モスケを調べる目的から始まって、いろいろな枝葉まで、新知識が広がった。

だからといって、事件の解決に結びつくかどうかとなると、まったく見当もつかない。

そもそも、中田悠理が言った「モスケ」が、この獅子舞のモスケを指しているのかどうかも分からない。かりにそうだとして、どういう意味があると考えたらいいのか。

「悠理も私みたいに、獅子舞を見たことがあるんですかね？」

真弓は首を傾《かし》げた。彼女の祖父が言うように、獅子舞を演じることが少ないのだとしたら、見るチャンスもごく少ないだろう。そもそも、中田家のある淡路市のほうでも獅子舞が行なわれていたかどうかが問題だ。

浅見はもう一度、淡路市役所に電話した。職員は面倒がらずに調べて、「志筑の荒神社《こう》さんで、ごく稀《まれ》に獅子舞を奉納することがあるようです」と教えてくれた。「その方のお名前は？」と訊いたが、「そこまでは分かりません」と言われた。

荒神社というのは、たぶん荒神を祀っている神社なのだろう。名前のとおり荒くれの神様だ——という知識は浅見にもあったが、それ以上のことは分からない。

「百科事典で調べましょうか」

真弓はパソコンを持って来て、搭載されている百科事典を開いた。「荒神」の項目を探し当てた。思ったとおり、荒神は荒ぶる神であった。「極めて祟りやすく、畏敬《いけい》の誠を尽くさないと危害や不幸をもたらす」といった意味の記述がある。

荒神は火の神、山の神、屋敷神、氏神、村落神、さらには樹木や塚——と、さまざまな物に宿ると考えられ、また牛馬の守護神「牛荒神《うしこうじん》」の信仰もある。

「その象徴的なのが牛頭天王ですかね」

浅見はやや興奮ぎみに言った。

「ほんと、なんだか恐ろしい」

パソコンの画面を覗き込む姿勢で、また異常接近状態になった。浅見にしてみれば、このほうが恐ろしい。

記述の中に「塚や石のある森を聖域とする傾向が多い」とある。まさに中田悠理が冒した「石上神社」の聖域を思わせる。

「やっぱり、悠理の事件は荒神様か牛頭天王さんの祟りなんでしょうか?」

真弓は心細そうに言った。

「ははは、まさか。中田さんを殺したのは荒神様でなく、まぎれもない人間ですよ」

浅見はそうは言ったが、その背景に荒神信仰のような一種の「思い込み」があった可能性もある。その人間の顔を想像した時、なぜか「モスケ」の面と重なって思えた。

第五章　『モスケ』の謎《なぞ》

1

調べ物に一区切りついた時、真弓の母親が呼びに来た。「お昼にしましょう」ということのようだ。そういえば、いつの間にかそんな時刻になっていた。

浅見は遠慮したのだが、真弓が「お願いします」と懇願するように言う。若い男性の客があると分かった時点で、すでにそういう段取りができていたのだろう。こうなってはもはや、断るわけにはいかない。家族のもてなしを拒絶するのは、客として最大の非礼に当たるだろう。

それにしても、その「もてなし」の内容たるや度肝《どぎも》を抜かれた。十六畳の部屋に銘々膳《めいめいぜん》がずらっと並び、それぞれに、最前、出会った一族の人々が畏《かしこ》まって坐っていた。上座には真弓の祖父が坐り、その両脇の空いている膳が浅見と真弓のものだった。どう見ても婚約の披露宴状態である。

膳の上の料理も、急拵《ごしら》えにしては結構なご馳走だ。朝のうちから駆けずり回って材料を仕込み、できる限りの献立《こんだて》に仕上げたにちがいない。おまけに膳の中央には赤飯を盛った茶碗が鎮座しているから、こっちの顔まで赤くなる。

全員の顔が揃うと、真弓の祖父がやおら威儀《いぎ》を正して口を開いた。

「本日は東京から遠路はるばる、浅見さんが真弓のところにお見えくださり、こうして一同でお迎えできたことは、まことに喜ばしいかぎりじゃ。この上は浅見家と松雪家とが幾久しいお付き合いになるよう、心よりお願いしたいものである」

祖父が頭を下げるのに合わせて、全員が深々と低頭した。浅見も反射的にお辞儀《じぎ》をしたが、これではますます婚約披露宴のような印象を与えてしまうのではないだろうか、心配になってきた。

ビールとウーロン茶で乾杯した。浅見と真弓はむろんウーロン茶だが、一族の連中が代わる代わるやってきては浅見に「お酌《しやく》」をしたがる。やはり婚約披露宴状態だ。勧められるまま飲んでいた日には、ウーロン茶で溺死《できし》しかねない。

とはいえご馳走は堪能した。昼食だというのに、膳に収まりきれないほどの山海の珍味が並んだ。とりわけ鯛《たい》の刺し身とかぶと煮は旨かった。さすがに淡路島である。

宴《うたげ》は一時間を超えた。黙っているとどこまで続くか分からないので、浅見は無粋を承知で、宴《えん》たけなわの最中に、「申し訳ありませんが」と、席を立つ意思表示をした。これには真弓も同調して、「浅見さんは、お忙しいから」と援護射撃をしてくれた。

松雪家の人々は、玄関前に勢ぞろいして浅見と真弓を見送った。車をスタートさせる瞬間、後ろに空き缶でも引きずってないか、不安になった。

「皆さん、いい方ばかりですねえ。こんなに歓待されるとは想像もしてなかった」

「ひまだから、ひと声かけると、大勢集まってくるんです。迷惑だったでしょう」

「とんでもない。久しぶりで日本的な家族の絆《きずな》を実感しましたよ。かつてはどの地方の家にも、ああいう求心力のあるコアのようなものがあって、一族をまとめていたんでしょうね。そこから飛び出して遠くへ行っても、帰る場所があるというのは、本当は何物にも換えがたい幸福のはずなんだが」

浅見は言いながら、秋葉原で死んだ中田悠理のことを思っていた。自分に死が訪れることを悟った時、どれほど家族のもとに帰りたかったことだろう。その瞬間、彼女の脳裏《のうり》には、生まれ育った淡路島の風物が走馬灯《そうまとう》のように流れたにちがいない。『新淡國写眞帖』にあった美しい自然や祭りの風景が思い浮かぶ。

（その彼女の記憶の中に、モスケの顔があったのか――）

最後に残した言葉が「モスケ」だったというのは、単なる譫言《うわごと》ではなく、そのことを伝えなければならなかった、必死の意思の表れと思うべきだ。

「モスケ」の意味するものは何なのか。人の名なのか。モスケとよく似た顔の誰かなのか。あるいは、かつて中田悠理が獅子舞を見ていたとすると、そのモスケを演じた人物のことかもしれない。

「八坂神社に寄って行きませんか?」

真弓が言った。八坂神社は牛頭天王を祀っている。浅見はすぐに「行きましょう」と応じた。

牛頭天王の祟りを封じる神社だし、京都と同じ八坂神社という名称から、立派な社殿を想像したのだが、まったく違った。畑にもならない急斜面のてっぺんに建てられた、大きな納屋のような素朴な建物だ。参道や境内と呼ぶほどのものはなく、農道のどん詰まりから三十段ばかりの急勾配《こうばい》の石段を登ったところに、小さな広場があり、その向こうに社殿が建っている。

社殿の正面に立つと間口の狭さの割に、奥行きの深いことが分かる。階《きざはし》を上がったが、奥のほうは暗く、闇の底を覗くような不気味さがある。浅見がそう言うと、真弓は「そうですかねえ?」と首を傾げた。

「子供の頃はこの庭が遊び場でしたよ。その頃は神主さんがいて、階段の上からニコニコして眺めていました」

懐かしそうに周囲を見回した。ここから眺める風景は悪くない。すぐ下に沼があって、そこから起伏のある田畑が広がる。それを囲むように素朴な民家が点々と佇《たたず》む。その先には都志の町域が眠ったように横たわり、さらにその向こうは瀬戸内海である。

「三浦延之さんもこの土地から出発して行ったんですねえ」

浅見はしみじみした口調で言った。

「中央官庁に奉職できた人なんて、そんなに多くはないでしょう」

「まあ、成功したうちに入るでしょうね。私なんか、都会の暮らしにあっさり見切りをつけて、Uターンしちゃいました。でも、成功っていえば、作詞家の阿久悠さんは、都志の駐在さんをしてた人の息子さんですよ」

真弓は誇らしげに言った。

「へえーっ、あの阿久悠氏はここの出身だったんですか」

淡路島出身ということは知っていたが、この鄙《ひな》びた風景を前にすると、とてつもなく不思議な感覚に襲われる。都会的というより、オールラウンド・プレーヤーのように、どの世界をテーマにしても、独創的で洗練された詞を迸《ほとばし》らせた大作詞家が、ここで生まれ、この空気を吸い、この道を歩いたのか……。

「それから、三洋電機《さんよう》の創業者・井植歳男《いうえとしお》さんも淡路島の出身です」

「そうですか……みんな、成功を夢見て雄飛《ゆうひ》して行くんだなあ。なのにその末路が、理不尽な死であっていい道理はない」

浅見は階の上で仁王立《におうだ》ちして、見えない相手に怒りをぶつけるように言った。真弓は驚いた顔で、そういう浅見を見つめていた。

車に戻ると、真弓は訊いた。

「浅見さんはこの後、どうするんですか？」

「あなたを淡テレに送り届けて、中田悠理さんの実家を訪ねて、それから淡路署へ行くつもりです」

「悠理の家に行くんですか。だったら私も行こうかな。お悔やみを言いたいし」

「会社のほうはいいんですか？」

「一応、訊いてみます」

ケータイで連絡した。何か用事がありそうな気配だったが、強引に了解をとりつけたようだ。意気揚々とした顔で、「大丈夫、行けます」と言った。

岩屋の中田家には「忌中《きちゅう》」の札が下がっている。両親と姉は線香の匂いの漂う家の中にひっそりとしていた。悠理の高校時代、テニス部のキャプテンだった真弓のことは三人とも覚えていて、「よう来てくれはった」と喜んだ。

型通りの焼香を済ませると、浅見はすぐに「モスケ」の話をした。悠理のダイイングメッセージである「モスケ」が、じつは獅子舞の道化役のモスケのことではないか――と言うと、三人ともキョトンとした。獅子舞のことは知ってはいるけれど、実物を見たことがないのだそうだ。当然のことながら、モスケのことも知らなかった。

「志筑の荒神社で、かつて演じていたそうなのですが」

「ああ、志筑ですか。あっちのほうは、滅多に行かんのです」

父親の誠吾は素っ気なく言う。現在は同じ淡路市同士だし、東海岸沿いの国道を行けば、そんなに遠いところではないのだが、かつての岩屋町と津名町という地域の意識には、いまだに隔《へだ》たりがあるのだろうか。

「悠理さんは行ったことがあるのですね」

「さあ、そういえば、そんなことがあったかもしれません。志筑に友達がいて、誘われたんかもしれんけど、わざわざ見に行くほどのもんでもないでしょう」

両親の記憶はあいまいだが、悠理が獅子舞を見た可能性はあるらしい。

中田家を辞去して、淡路署へ向かった。どうせ歓迎されっこないだろうと覚悟していたが、佐俣部長刑事は思ったより愛想よく迎えてくれた。

「浅見さんに話を聞いた後、東京の万世橋署の長谷川さんから電話をもろて、いろいろとお聞きしました」

そう言ったところをみると、長谷川から兄・陽一郎のことを聞いたのかもしれない。

「当方の事件と向こうの事件との関係について、長谷川さんも関心をもって調べに当たると言うてました」

国土交通省と中田悠理の勤務していた建設会社の関係を調べるなら、東京の警察のほうが万事、都合がいいにちがいない。

「こちらの事件ですが、死体を遺棄したと思われる自動車は特定できそうなのですか？　ゲートのＥＴＣだとかＮシステム（自動車ナンバー自動読取装置）に引っ掛かっていたと思うのですが」

浅見は訊いた。

「もちろん、その作業はすでに進めて、結果も出ています。事件当日の深夜に神戸淡路鳴門自動車道のゲートを通過した車両のナンバーは、すべて洗いましたが、その中に被害者の三浦延之さん所有の車がありました」

「えっ、本人の車だったのですか」

「そして、今日になって、当該車両が淡河《おうご》パーキングエリアに放置されてあるのが発見されました」

淡河パーキングエリアというのは、神戸淡路鳴門自動車道を北上して、三木《みき》ジャンクションを右折、山陽自動車道を東へ少し行ったところにある。

「犯人はそこで車を乗り捨て、共犯者の車に拾《ひろ》われて立ち去ったものと考えられます。現在、県警の鑑識が遺留品の採取に当たっておるところです」

犯行に使われたのが本人の車だったとすると、犯人の特定はかなり難しいだろう。周到に計画された犯行から見て、遺留品はもちろん指紋等を残してゆくようなヘマはしそうにない。浅見がそのことを言うと、佐俣は苦い顔をして「まあ、そうですな」と頷いた。

「三浦さんが自宅を出てからの足取りは、ある程度、分かっているのでしょうか?」

「事件前日の朝、東京文京区の自宅を車で出ています。その後の足取りは、いまのところはっきりしていませんが、車両の動きで確かなのは、その日の深夜、神戸淡路鳴門自動車道の下り線を津名一宮で下りて、すぐに上り線に乗って現場に達したということです。犯人は、下り線を走りながら場所の当たりをつけ、上り線を走って死体遺棄したのではないでしょうか」

「えっ、だとすると、それはつまり、昨日、お話ししたように、現場付近に死体を遺棄しようという目的のために、わざわざ神戸淡路鳴門自動車道を利用した可能性が強いということになりませんか」

浅見は勢い込んで言った。

「それはまだ、何とも言えませんが」

「こだわるようですが、その理由について警察は、どう考えているんですか？」

「いや、何も考えようがありませんよ。現時点で想定しているのは、犯人は土地鑑のある人物だという程度のことです」

そのくらいのことは誰でも考える。

「その時点では、すでに三浦さんは殺害されていたか、意識不明の状態にあったと考えていいのでしょうね」

「たぶん、そうでしょう」

「それよりも、『太陽の道』の件はどうでしょう。何らかの宗教的な偏執心《へんしゅうしん》による異常行動としたほうが説明できそうに思えますが、皆さんはどう言ってましたか？」

浅見は言った。

「課長と県警の警部に話しましたがね。あまりいい反応ではなかったですね。そういうのは、言ってみれば精神状態が異常だということでしょう。それが一人ならともかく、明らかに、少なくとも一人ないし二人の共犯者がいて、全員ふつうじゃないというのは、ちょっと説得力に欠けるのとちがうかと言われました」

「しかし、かつてのオウム真理教は、何十人もが一様に異常でしたよ」

「あれはカルト集団で、ごく特殊な例でしょう。いまは、そういうものの存在を示すような兆候はどこにもなさそうです」

「今回のが兆候かもしれません」

「まさか……」

佐俣部長刑事は苦笑して、邪気を払うように手を横に振った。

「ですよね」

浅見も笑って、あっさり自説を撤回した。真剣に強弁《きょうべん》するつもりはなかった。

しかし、「兆候かも」と言った瞬間、ふいに背筋がゾクッとしたことも事実だ。佐俣の言うように、一人の犯罪なら心神耗弱《こうじやく》か何かで説明がつくかもしれないが、複数——それも数人による犯罪となると、これはもう心神耗弱どころのレベルではなく、一種のカルト的な要素を想像させる。

（そんなものはないだろうな——）

ごく常識的にいえば、そう思わないでもないが、その一方で、気持ちのどこかに、そうだと面白いのだが——という、不謹慎な野次馬根性がひそんでいそうな後ろめたさも感じるのだ。

「長谷川さんが淡路島に来たいようなことを言ってましたよ」

浅見が言うと、佐俣も「自分も東京へ行くことになると思います」と言った。

「その時は浅見さん、案内してください」

「もちろんです。お待ちしてます」

「あ、あと、相島さんによろしく」

佐俣は真弓に向けて言い、挙手の礼を送って寄越《よこ》した。

車が走りだすと、真弓が妙に深刻そうに「ちょっと気になっていることがあるんですけど」と言いだした。

「ほうっ、何ですか?」

「うちのボス、相島のことです。もしかすると、ボスは三浦さんのことを知っているのかもしれません」

告解《こっかい》でもするような、重い口ぶりだった。

2

真弓がそのことを感じたのは、相島が初めて事件現場のビデオを見た時だという。その時、相島は「どこかで見たような顔だな」と呟いた。しかし、真弓がそれを確かめようとするとすぐに否定して、「どこにでもあるような顔だ」と言った。

「でも、何となく引っ掛かったんですよね。その後、被害者が三浦延之っていう人だと分かった時も、明らかに動揺した感じでした。あれは絶対、知ってるなって思いました。それなのに頑《かたく》なに隠すのはおかしいでしょう。何か理由があるんじゃないかなって」

「なるほど、それが事実なら、確かにおかしいですね」

浅見は猛烈に興味を惹かれたが、内心の動きを読まれないように、のんびりした口調を保つことにした。

「いちど、相島さんに、その辺りのことをお訊きしてみますか」

「でも、私が告げ口したってことが知れないようにしてくださいよ。でないと、私の居場所がなくなりかねません。何はともあれ、相島はボスなんですからね」

「もちろん、分かってます。ところで、相島さんは地元の方ですか？」

「ええ、洲本市で生まれ育ったはずです。大学は早稲田《わせだ》ですけど」

「洲本の進学校はどこですか?」

「それはもちろん、洲本高校ですよ。地元では『洲高』って呼んでます」

「ちょっと確かめてみましょう」

「確かめるって?」

それには答えずに、浅見は車を道路脇に寄せて、淡路署の佐俣に電話した。佐俣は「ああ、浅見さんですか」と、またか——と言いたそうな声を出した。

「さっきお訊きするのを忘れたのですが、三浦延之さんの出身校はどこでしたっけ?」

「東洋《とうよう》大学ですよ。ことしの箱根駅伝で優勝したでしょう」

「あ、そうじゃなく、高校です」

「高校ですか、高校は東京の……ちょっと待っとってくださいよ。東京の本郷《ほんごう》高校というところですな」

「本郷高校……」

本郷高校は浅見の住む北区《きた》の隣、豊島《としま》区にある古い学校である。東洋大学からもほど近い。

「確か、三浦さんは父親の代に淡路島を離れたのでしたね?」

「そうです」

「それは三浦さんがいくつの時ですか？」

「えーと、三十三年前だから、十六歳の時ですね」

これには驚いた。浅見が生まれたのが三十三年前である。浅見が「オギャー」と生まれた頃、三浦延之は淡路島を出たのだ。なんだか因縁めいたものを感じてしまう。

「十六歳というと、高校一年か二年の時ですね。その時点の高校は、ひょっとすると洲本高校ではなかったでしょうか？」

「えっ？　ほんまですか？……そこまでは調べてへんのやけど」

「お願いします。調べてください」

浅見は少なからず呆れた。そのくらいのことは、とっくに調べがついているものと思っていた。分かったら教えてください——と言ってケータイを畳んだ。

「へえーっ、三浦っていう人は、洲本高校の出身なんですか？」

真弓は驚いている。

「いや、まだどうか分かりません。ただ、相島さんが被害者の顔を見ても、『どこかで見たような』という、あいまいな記憶しかないとすると、相当な昔——たとえば三浦さんがまだ淡路島にいた頃の記憶ではないかと思ったのです。それに、三浦さんも当時、五色町に住んでいたんですから、進学を目指すなら洲本高校に入学したにちがいないと思うんですけどね」

「あ、そうか、そうですよねえ。もしそうだとすると、三浦さんは四十九歳でしたっけ。相島もそのくらいか、一つ歳上かぐらいだから、同時期に在学した可能性がありますね。だったら、相島が被害者の顔に見覚えがあるはずです。そうなんだ……あの時のあの顔はそれだったんですね」

「まだ分かりませんて」

浅見は苦笑して、車をスタートさせた。佐俣からいつ電話が入るか分からないので、洲本まで一般道を走ることにした。

東海岸沿いに南下する道は、途中、旧津名町の中心部であった志筑を通る。浅見は寄り道して、志筑の荒神社と、そこで獅子舞のモスケ役を踊るという「中村」か「市村」なる人物のことを当たってみることにした。

志筑は岩屋と同じか、それ以上の規模の街であった。志筑という地名の由来には各説があって、名産の塩辛《しおから》の名という説、月神が祀られていたからという説、この地にある静《しず》御前《ごぜん》のものと伝えられる墓にちなむという説、菅原道真が筑紫《つくし》へ向かう途中に立ち寄り、「筑紫を志す」からついたという説など、定かではない。

遡《さかのぼ》ると、イザナギ・イザナミの国生み神話で、最初に生まれた「国」の淤能碁呂《おのごろ》島はこの近くとされる。いずれにしても、奈良時代にはすでに木簡にその名が記されていたそうだから、かなり古くから開けていた土地であることは確かなようだ。いまは淡路市、それ以前は津名町、さらに昭和三十年の町村合併前までは志筑町として独立していた。

域内には前述の「静御前の墓」がある福田寺《ふくでんじ》を始め社寺が多い。石清水《いわしみず》八幡宮を勧請した志筑八幡神社、大歳《おおとし》神社、比叡《ひえ》神社、紀《ただす》神社、事比羅《ことひら》神社、戎《えびす》神社、愛宕《あたご》神社、事代主《ことしろぬし》神社、志筑別《しづきわけ》神社そして荒神社。寺には、県文化財の石造十三重塔のある引摂寺《いんじようじ》を始め、円満寺《えんまんじ》、八幡寺《やはたじ》等々がある。かつての「町」とはいえ、一つの集落にこれほど多くの神社仏閣があるのには、浅見も驚いた。このことに象徴されるように、淡路島全体を見ても、ほかの地方より飛び抜けて社寺の密度が高いのかもしれない。

志筑八幡神社や志筑神社などはとくに立派で、志筑神社には古式にのっとった籾蒔《もみまき》祭が伝わり、盛大に行なわれる。福田寺にある源　義経《みなもとのよしつね》と静御前の宝篋印塔《ほうきょういんとう》を訪れる人の数は、この地理的条件の悪さを思うと、驚くほど多いのだそうだ。その中にあって、荒神社は霞《かす》んでしまうくらい規模が小さい。さっき訪ねて来た都志米山の八坂神社といい勝負だ。

荒神社は志筑の街中にある。周辺は平坦な土地で、病院やレストラン、商店などが点在し、けっこう賑やかだ。その中に忽然《こつぜん》と小高い森があり、その頂《いただき》へ向かい、参道とも言えないような短い小径が通っている。森が開けたところに、猫の額《ひたい》ほどの庭があり、小さな祠のような社殿が建っていた。

どうやらこれが荒神社らしい。殺風景な社殿だが、浅見と真弓は十分に敬意を表して拝礼した。何しろ相手が荒神さんだから、祟られるのは怖い。

森を出ると近くに衣料品の店があった。店構えの様子から見て、かなり古くからの店らしい。お客は一人もいないが、店番のおばさんが商品の整理をしていた。浅見たちが入って行って、「こんにちは」と言うと、見かけない客に驚いたのか、珍しそうな目で見つめられた。

「ちょっとお尋ねしますが、こちらの荒神社さんでは、獅子舞があるそうですね」

「はい、お祭りの時には、たまにやることもありますよ」

「というと、年中行事ではないのですか」

「昔はそうやったけど、いまごろは人もおらんし、滅多にやれんようになりました」

「あ、獅子舞を踊る人がいないのですか」

「獅子舞も、それを見に来る人もおらんようになりましたね」

「奥さんは、モスケってご存じですか？」

「そら知ってますよ。そのモスケを舞う人がおらんから、獅子舞もできんのです。獅子の踊りくらいなら、誰でもできますけど、モスケは難しいんとちがいますか」

真弓の祖父と同じことを言う。

「モスケを舞う、中村さんか市村さんて、この辺りの人ではありませんか？」

「ああ、市村さんやね。あんた、市村さんを知ってはるんですか。けど、あの人もすっかり歳取ってしまわれた。いまはもうモスケは無理やろねえ」

「いま、おいくつぐらいですか？」

「さあ、かれこれ八十くらいとちがうやろかなあ」

「お住まいはどこですか？」

「この志筑。こっちの方向に、歩いて二十分ばかし行ったところ」

おばさんは西の方角を指さして、気掛かりそうに言った。

「あんた、訪ねて行かはるん？」

「ええ、そのつもりですが、お宅はすぐに分かりますか？」

「そりゃ、この先の、整形外科のお医者さんのとこを左に曲がった道の、どん詰まりみたいなところにある古い家やから、近くで訊かんでも分かりますけどな。けど、やめといたほうがええんとちがいますか」

「はあ、それはまた、どうして?」

「あそこのおじいさんは、ちょっと変わった人やからね」

「変わっているとは、どんな風にですか? おっかない人なのでしょうか?」

「そうやね。恐ろしい言う人が多いわね。あんまり街へも出て来《き》いへんし。人付き合いもせえへんようになったし」

「しかし、阪神淡路大震災のあと、五色町のほうで鎮めの獅子舞を奉納した時、市村さんにモスケを務めてもらったことがあると聞きましたが」

「ああ、それやったら、息子さんのほうですやろ。耕作《こうさく》さんいうて、立派な息子さんやったけど、いまはおらんのですよ」

「あ、いらっしゃらないのですか?」

「はい、親父さんと喧嘩《けんか》して、島を出て行きはったと聞いてますけど。詳しいことは知りませんけどな」

「いつ頃、どこへ行かれたのか、ご存じありませんか?」

「出て行かはったんはひと月前頃やけど、どこへ行かはったかは知らんなあ。誰も知らんのとちがいますか。役所にでも行って訊いたら分かるかもしれんけど」

市村老人本人に訊けとは言わなかったのは、よほどおっかない人物なのだろう。

浅見は礼を言って、衣料品店を出た。県道を少し行って、医院のところを左へ曲がった道のどん詰まり――だそうだから、とにかくゆっくり走ってみた。その道へ曲がると、とたんに狭くなった。しばらくは人家《じんか》が建ち並ぶが、それもじきに途絶えて、山の際《きわ》の、それこそどん詰まりのところで道は行き止まりになっている。

そこに家があった。典型的な陋屋《ろうおく》と呼んでもいいだろう。築五十年以上は経過していそうな平屋で、トタン葺《ぶ》きの屋根は錆《さ》びて、雨漏りがするのではないかと心配になる。かなり昔に塗ったと思われるペンキがほとんど剝《は》げてしまった壁とドアを前に、浅見は正直、尻込みする気分だった。むろん真弓も、さっきのおばさんの話を聞いているから、いまにも引き返したがっている。

勇をふるって、浅見はドアをノックしてみた。応答がないので、「ごめんください」と声を出しながら、さらにノックした。

耳をすましたが、建物の中で何かが動く気配は感じられなかった。

留守なのか、それとも――と、浅見は不吉な予感さえ抱いた。おばさんの話によると、滅多に外出することはないそうだが、食料品の買い出しに出掛けることぐらいはあるだろう。最悪、独居老人の孤独死――なんてこともあり得ないわけではない。

「あそこ……」

真弓が浅見に寄り添うと、右腕の袖を引っ張って、ほとんど分からないほどの小さな仕種で、右の方向を指さした。

視線を向けた先に、窓がある。ひどく薄汚れたガラス窓だ。その窓の一隅から、じっとこっちを見ている目があった。ガラスの汚れを透《す》かして、老人の顔が浮かんできた。何となくモスケの面を思わせるような、不気味な顔だ。

浅見はできるだけ人懐こい笑顔を取り繕《つくろ》って、ペコリとお辞儀を送った。とたんに顔が隠れた。ドアから現われるのかと、しばらく待ったが、ドアはついに開かなかった。こっちを確認しているくせに出てこないのは、つまり拒否していることを意味するにちがいない。「もう行きましょうよ」と、真弓はしきりに袖を引っ張って、撤退を促している。浅見自身、すでに戦意喪失といった気分であった。

諦めて、踵《きびす》を返した。車の向きを変えるのには、ひどく苦労した。

洲本へ向かう車の中では、あまり話が弾《はず》まなかった。二人とも、あの老人から受けた陰《いん》鬱《うつ》な印象の余韻《よいん》にめげていた。

佐保からの電話は淡テレに着く寸前に入った。浅見は駐車場に車を停めてから、ケータイを開いた。

「浅見さんの言うたとおりでしたよ。三浦延之は洲本高校の出身でした。と言うても一年の時に東京に引っ越したもんで、中途で、さっき言うた本郷高校に転校してますけどね。けど、浅見さん、何で洲本高校やいうことが分かったんです？」

「いや、べつに大した理由なんかありませんよ。洲本高校が名門校だと聞いたので、もしかしたらと思っただけです」

「ふーん、そうでっか。けど、うちの高校もけっこう、ええ学校やけど……」

佐俣は不満そうだが、自分の高校がどこかは言わないまま、電話を切った。

「佐俣さんも、何で分かったのか、びっくりしてたでしょう。浅見さんの名推理をちゃんと説明してやったらよかったのに」

真弓は真弓で不満げであった。

3

真弓の顔を見るとすぐ、相島は「遅かったやないか」と言った。ひとくさり文句を言うつもりだったようだが、真弓の背後に客がいるのに気づいて、（誰？——）という目で首を傾げた。

「こちら、東京から見えた浅見さん」

「ああ、あなたが浅見さん……僕は相島といいます」

言いながら浅見と名刺を交換した。相島の肩書は〔専務取締役　チーフプロデューサー〕となっている。淡路センターテレビの社長は洲本市長のはずだから、相島が淡テレの実質的なナンバーワンということだ。

「山元と松雪から話はきいております。名探偵さんやそうですな」

「いえ、探偵というのは虚名でして、実体はフリーのルポライターにすぎません。今回お邪魔したのも、淡路島の伝説などを取材するのが目的なんです」

「まあ、いいやないですか。山元もそのことを言うてました。探偵を隠してルポライターで通しておられるいうことのようで。今度の岩屋の事件について、調べてはるわけですね。それで、どないですか見通しは。何か収穫はあったんですか？」

「とんでもない。まだ淡路島にお邪魔したばかりです。来たとたんに、神戸新報の藤田さんに捕まって、いきなり事件の話を聞かされました。警察も手を焼いているような難問を突きつけられて、あっちこっちとうろうろしているところです」

「そんなことはないですよ」

真弓が脇から不満そうに言った。

「浅見さんは来てすぐ、いろいろと調べはって、事件のこともだいぶん分かってきたみたいです」

「ほうっ、それはすごい」

本気なのかお世辞《せじ》なのか、相島は微笑を浮かべた顔で感心してみせた。

「まあ、コーヒーでも飲みませんか」

応接室に案内して、真弓に「コーヒー、インスタントでないやつな」と頼んだ。

「事件のことが分かってきたとは、何が分かったんですか？」

真弓が応接室の外に去るのを目で追ってから、相島は言った。

「いや、彼女が言うほどの収穫はまだありません。ただ、警察が知らなかったことで一つ、判明したことがあります」

「何でしょう？」

「殺された三浦氏はかつて、ここの洲本高校に在籍していたということです」

「ほうっ……」

相島は目を見開き、口をすぼめて、驚いた表情を作ったが、視線は浅見からはずした。明らかに、内心の動揺を悟られたくない様子だ。しかし、隠し通すのは無理と判断したのだろう、呟くように言った。

「ひょっとすると、僕が記憶している三浦かもしれんな……いや、僕が洲高の三年の時の新入生に、三浦いうのがおったんです。下の名前までは覚えとらんかったですが……そうか、あの三浦やったんか」

「何か特別な思い出でもあるのですか？」

「思い出というか……ちょっと変わったやつで、みんなから孤立しているようなところがあったんです」

「どんな風に変わっていたのですか？」

「あほらしいような話やけど、神懸《かみが》かったというか、自分には霊感みたいなもんがあると信じてました。ほんまかどうかはともかく、確かに、勘はすぐれとったようです」

「霊感というと、たとえば、どういったことでしょうか？」

「まあ、昔のことなんで、たいがい忘れてしもうたけどね」

「たとえば、人の生き死にのことを予想するとか、ですか？」

「ほうっ……」

相島はまた口をすぼめて、今度はまともに浅見を見た。

「確か、そういうようなこともあったと思いますよ。浅見さん、あなたにも霊感があるのとちがいますか？」

「まさか……」

浅見は笑ったが、相島は真顔だ。

「いや、冗談やなく。僕もいま、そんなようなことやったかなと、ちらっと頭を過《よぎ》ったところです。それをずばり言わはったから、びっくりした。まるでこっちの頭の中を覗かれたような気がしました」

「ははは……」

浅見はあくまでもジョークとして捉えている風に装ったが、じつは自分でも少なからず驚いていた。もちろん、霊感というような上等なものではないが、相島の目の色を読み取った感覚があった。あらぬ方向を見ている相島の目の中に、ひどく深刻な、鬱屈《うっくつ》した陰りを、確かに見たと思った。それは言い換えれば「死」を連想させるものだったのだ。

浅見には、時に自分でも驚くような予知体験がある。

かつて、夜道に車を走らせていた時、前方およそ二百メートルほどの街灯の下に佇む男の姿が、ぼんやり見えた。その瞬間、浅見はその男がこの車に飛び込み自殺をする――と感じた。

歩行者が突然、道路を横断するという予測は、車を運転する者なら、誰でも、ある程度は心得ておかなければならないことだ。かりに歩行者のほうが不注意で、場合によっては信号を無視して横断したのだとしても、事故が発生すると運転者の過失責任を問われる可能性がある。目撃者がない場合には、とくに不利で、前方不注意を疑われかねない。裁判になれば、容疑を晴らすのはほとんど不可能だろう。

浅見もむろん常日頃からその点には細心の注意を払って運転するよう、努めている。突然の飛び出しや横断もあり得るものと予測はしている。しかし、その時の感覚は違った。その男は飛び込み自殺をすると、はっきり予感したのである。

(そんな馬鹿な――)という気持ちも当然、あった。だから車を停止させることはせず、ややスピードを落とし、いつでもブレーキペダルを踏める心構えをして走った。

三十メートルほどまで接近した時、男は急に走りだし、目の前の道路の真ん中に身を投げた!

浅見は急ブレーキをかけた。こんなに思い切りブレーキペダルを踏んだのは初めてだった。法定速度四十キロの道路だったが、その時は本能的に用心して、たぶん二十キロ程度に抑えて走っていたのと、路面の状態がよかったのか、車は男の五メートルほど手前で停まった。

男は死んだ気でいるのか、うつ伏せに倒れたまま、それこそ死んだように動かない。浅見のほうもさすがに動転して、しばらくは硬直していた。それから勃然《ぼつぜん》と腹が立った。

(この野郎!――)と思った。まかり間違えば、こっちが加害者になるところだったのだ。

ドアを開け、右足と上体を出した恰好で、「何をやってるんだ！」と怒鳴った。

その時、急ブレーキの音に驚いたのか、道路脇の理髪店から女性が飛び出してきた。浅見に向かって、「何かあったんですか？」と訊いた。

「そいつが飛び込み自殺をしたんです」

浅見はヘッドライトに照らされた男を指さして言った。女性は声も出なかった。浅見の言ったことが信じられなかったのかもしれない。ひょっとすると、浅見の車が男を撥《は》ね飛ばして、男が本当に死んだか、気を失っているのではないかと思った可能性もある。

しかし、男はのっそり動きだした。ばつが悪そうに背中を向けて、とぼとぼと歩きだした。腕ぐらいは擦《す》りむいたかもしれないが、怪我をしている様子も、むろんない。

浅見は追いかけて、文句の一つぐらい言うべきだった。しかし、情けないことに、その時の浅見は車から半身を出した恰好のまま、まったく動けなかった。恐ろしかったというより、あまりのことに驚いていたのである。男に飛び込み自殺をされたことにではなく、そのことを「予感」した自分に驚いた。いまのは何だったのだろう？——と、自分が恐ろしく、不気味でならなかった。

それほど強烈な体験ではないにせよ、似たような予知の例はいくつもある。いわゆるデジャビュ（既視感）のようなことも多い。いつか見た風景――というのもあるが、いつか思っていた出来事に遭遇するケースがたびたび起こった。それを予知能力というのなら、まさに予知能力なのだろう。

しかし、残念ながら、浅見は宝くじを買っても当たったためしがない。馬券を買っても外れることのほうが多い。あるいは、そういうものと予知能力は無縁なのだろうか。もっとも、予知能力でくじ運が左右できれば、世の中に億万長者が溢れてしまう。

「浅見さんは『拝み屋』というのを知ってはりますか？」

相島が深刻そうな顔で言った。

「はあ、多少の知識はあります。淡路島では『拝み屋』と呼ぶのだそうですね。それと同じかどうか、いや、たぶん微妙に違うのでしょうが、青森県恐山《おそれざん》のイタコや、沖縄のユタにも会ったことがあります」

ひとくくりにいえば「シャーマン」と呼ばれている人たちが、この世には存在する。いわゆる「イタコ」も「ユタ」も、おそらく「拝み屋」もそのシャーマン――霊能力を持った祈禱師――と定義されると浅見は思っている。占いや呪い、加持祈禱をして、人々の相談に乗り、あるいは悩み事を解決する者である。神道、仏教、修験《しゆげん》道、陰陽道など、拠《よ》って立つ宗教的な背景はさまざまだが、古くから伝わる呪術《じゆじゆつ》的、密教的な儀礼や手法を用いて、神降《かみお》ろし、憑依現象など、トランス状態になって、神の言葉を伝えたり、時には神霊や故人の霊との交信を通じて、相談者の要望に応える。

素人《しろうと》にも、占いに長《た》けた人はいる。それを職業にしている「占い師」は数多い。しかしその人たちを「シャーマン」とは呼ばない。シャーマンは前述したような特性や特殊能力を持つ者のみに限定される。

また、一般人でも中にはトランス状態に陥《おちい》ったりする人もいる。しかし、それは精神が錯乱した状態にすぎないのかもしれない。とにかく「シャーマン」というからには、それをもって職業とする者でなければならないのだ。

「そうですね、イタコもユタもシャーマンではあるかもしれんけど、拝み屋はそれとは異なる、特別な能力というか、少なくとも意思を持っておる者――と定義づけされるんやないでしょうか」

相島は前屈《かが》みに体を倒して、声をひそめるように話す。

「僕はあまり詳しいことは知らんけど、早い話、陰陽道の映画なんかで見る、人を呪い殺すいうような、いわゆる呪術的な要素が強いものやないかと思っています」

「はあ……しかし、それは迷信でしょう。そんなものは実際はあり得ませんよ」

浅見は当たり障りのない、常識的な答えで応じることにした。

「僕もそう思いますよ。しかし、拝み屋をやるような人は、それくらい思い込みがきつい人やから、迷信だなんて考えへんのです。いや、拝み屋だけでなく、相談する人も本気になって頼って行くのとちがいますか」

「なるほど……それは確かにそのとおりなのでしょうね」

「じつはですね。さっき言うた三浦の家いうのが、その拝み屋だったんですよ」

「えっ……」

その時、ドアが開いて、コーヒーの香りと一緒に真弓が入ってきた。とたんに相島は元のくだけた姿勢に戻って、「まったく、いろんなことがあるのですよ、淡路島いうところには」と笑顔を作った。

「そういえば」と、浅見もそれに調子を合わせた。

「団子ころがしなんていう風習も、まったく知りませんでした。昨日、映像を見せてもらった各地のお祭りもじつにユニークですよね。それに、淡路島に来る途中の鳴門の海岸に、清少納言が流れ着いたという話を聞きました。清少納言を乗せた船が浜辺に着いた時、その土地の漁師たちが集まってきて、都の上﨟たちの美しさに驚いたという話です」

「あ、浅見さん、その話はそこらで止めといたほうがよろしい」

相島はチラッと真弓のほうに視線を振ってから、慌てたように言った。その様子が、中田悠理の母親が見せたのと、通じるものがあるのに、浅見は驚いた。

「はあ、どうしてですか？」

「浅見さんはその話、どこまで知ってはるんですか？」

「いま話したところまでです。じつは、この話は淡路島に来る車の中で、海岸の風景が見えた時に、中田さん——東京・秋葉原の事件の被害者、中田悠理さんの親父さんが話してくれたのですが、そこまで話した時、いまの相島さんそっくりに、奥さんがストップをかけて中断しちゃったんです。何か理由があるんですか？」

「いや、それはあまり品のいい話じゃないいうことと、それに、そこは鳴門の海岸で、淡路島に伝わる話ではありませんからね。浅見さんの取材の参考にはならんですよ。どないしても知りたければ、あとで酒でも飲みながら話してあげます」

何だか妙な雰囲気だが、無理して訊き出すことでもないので、浅見はそれ以上の追及はしなかった。それに、テーブルの上のコーヒーがじつにいい色をしている。真弓も加わって、しばらくはコーヒーを楽しむことに専念した。

「浅見さん、専務に三浦さんのこと、訊きました？」

落ち着いたところで、真弓が言った。

「ええ、お聞きしましたよ。三浦さんは洲本高校の時に、相島さんの二級下の新入生だったそうです」

「やっぱり……そしたら、専務は三浦さんのこと知ってはったんじゃないですか」

「うーん、どうもそうらしい。それはいいけど、真弓よ、その専務いうのはやめてくれんか。何や気持ち悪うていかん」

「けど、お客さんの前ではボス呼ばわりはできひんでしょう」

「いや、気にしないでください。第一、僕はお客というガラではないですからね」

浅見は照れくさそうに言った。そんなことより、早く相島と二人きりになるチャンスを作って、秘密めいた話の結論を聞き出したいと気が逸《はや》る。

4

「浅見さん、今日のお宿はどこですか？」

相島が訊いた。

「とくに決めていませんが、たぶんまた神戸新報の藤田さんのところに泊めてもらうことになると思います」

「あ、それはよくないです。いろいろ気を遣《つこ》うて、休まれんでしょう。第一、藤田さんはえげつなく貪欲《どんよく》な人やから、こき使われますよ」

「はあ、そうかもしれません」

「そしたら、僕がええホテルを紹介しますから、そこにしたらいいですよ」

「それはありがたいのですが、しかし、僕のほうにもいろいろと事情もありますので」

浅見は苦笑した。高級ホテルに泊まれるほど、当方の懐は潤沢《じゅんたく》ではない。

「分かってますよ。けど、浅見さんは淡路島の歴史やら伝説ばかりでなく、観光も取材しはるんでしょう。それやったら、ホテルもぜひ紹介してやってください。ホテルのほうも、パブリシティとして、料金面でサービスしてくれるんやないですか」

「えっ、ほんとですか?」

がぜん食指《しょくし》が動くのは、われながらさもしいと思って、急いで手を振った。

「それはありがたいですが、うまく記事で紹介できるかどうか、編集長次第ですから、ボツになる可能性もあるわけでして、あてにされると困ります」

「その場合は仕方ないと諦めてもらえばええやないですか。まあ、任しといてください」

相島はそう言うと、さっさとどこかに電話している。「東京から来た、旅のルポライターさんに、お宅のことを書いてもらうよう頼んだけど、よろしいかな」と言っている。向こうも喜んだのか、どうやら「商談」はまとまったようだ。

「最高のおもてなしを、特別料金でさせてもらいますって言うてます。そしたら、案内しますから、行きましょう」

相島は席を立ち上がった。「特別料金」という抽象的な表現が気にならないこともなかったが、浅見も釣られたように立った。真弓に慌ただしく挨拶して、相島の後を追った。真弓はつまらなそうな顔で見送っている。

「いや、じつを言うと、浅見さんと二人きりで、さっきの話の続きをしたいのです」

浅見のソアラに乗るとすぐ、相島はそう言った。浅見のほうもそのことは感じていたから、相島の言うなりに応じたのである。

城の建つ山の東側を迂回《うかい》すると、洲本市街を出外れる。そこから南へ二分ばかり走ると、洲本のホテル旅館街になる。

「泊まってもらうのは、このホテルニューアワジです」

相島は左手に建つ、この辺りではひときわ高級そうなホテルを指さして言った。

「けど、もうちょっと走ってください。浅見さんに見せたい場所があるのです」

ホテルの前を通過して、海沿いの道をどんどん南下する。道の右側に、三浦半島の鄙びた集落を、さらに侘《わび》しくしたような集落が細々と続いて、その先にようやく少し纏《まと》まった町が現われた。

「ここは由良《ゆら》です。淡路島の東に突き出した部分です。十七世紀前半の一時期、蜂須賀《はちすか》氏の時代には、ここが淡路島の中心地だったこともあるのだそうです。由良と紀淡《きたん》海峡を挟んで、対岸は和歌山県です」

相島が解説した。

「ああ、曾禰好忠《そねのよしただ》の『由良の門を渡る舟人かぢを絶えゆくへも知らぬ恋のみちかな』の由良ですね」

浅見は百人一首の中の歌を言った。

「ほうっ、さすが浅見さんですねえ。よお知ってはる」

「いえ、そんなに感心されるほどのことはありません。かるた会で僕の得意札の一つだっただけです。しかし、そうですか、ここが由良なんですか。なんだか、はるけくも来《き》つるものかな——という気分ですね」

由良は奈良時代からよく知られた地名で、古くは応神《おうじん》天皇の歌にも歌われているほどだ。そういう、歌枕になっているような土地に来ると、しみじみ旅情を覚える。

道はやがて、由良漁港の船溜まりを越えてゆく橋にかかる。バイパスとして造られた、かなり高さのある長い橋だ。右手眼下には、いかにも古くからの漁師町——といったおもむきの面影を残す、侘しげだが、雰囲気のいい町が広がっている。町の背後はすぐに山。

山陰《やまかげ》の辺りにはたそがれが迫って、早くも灯《ひ》をともした家がある。

「ちょっとゆっくり走って、左のほうを見てください」

橋の真ん中で相島が言った。交通量のまったく少ない道だ。いくらゆっくり走っても後ろからせっつかれる心配はない。浅見は言われるまま、スピードを落として、視線を左に向けた。ほとんど静水域のような入江の向こうに、夕日を浴びて、細長く横たわる島がある。相島の解説どおり、島の向こう側は紀淡海峡で、はるかに紀伊半島が霞んでいる。

「あの島は成ケ島《なるがしま》といって、天橋立《あまのはしだて》を模《も》して『淡路橋立』とも呼んでいるんです。昔は淡路島本島と陸続きだったそうですが、いまは漁港に入る船の往来に便利なように、北と南に水路が開けています」

言葉が終わる頃、坂を下って橋のたもとに下りた。

「そこの空き地に入ってください」

左折して、入江に面した空き地に車を停めた。目の前を漁船が威勢よく波を蹴《け》立てて、南から北の方角へ走ってゆく。

正面に成ケ島が見える。北のはずれ近くに小さなコブのような山があるほかは、水平線の延長のように平たく、蛙《かえる》を飲み込んだ蛇《へび》が寝そべったような島である。

車のエンジンを切って、通り過ぎる漁船のエンジンと波の音が遠ざかると、のどかな静寂に包まれた。相島は黙りこくって、浅見も仕方なく沈黙を守った。

「洲本高の頃、新入生歓迎の全校マラソンで、この辺りまで来たものです」

相島が言いだした。

「僕はその時、最上級生で、折り返し点に待機していて、遅れそうになる新入生にハッパをかける役目でした。その中の一人が三浦でしてね、かなり息が上がっとったんやけど、僕の目の前まで走って来ると、急に立ち止まり、成ケ島を指さしたんです。なんや、こいつ——と思って、どついてやろかと近づいた時、突然『死んどる』と口走りよった」

「は?……」と浅見は驚いた。いきなり「死んどる」という言葉を発せられれば、誰だって驚くだろう。その時の相島もさぞかし驚いたにちがいない。

「海に死体が浮かんでいたんですか?」

「そう、僕らもそう思って、そこにいたみんなが、いっせいに海のほうを見たんやけど、何も見えんのです。先生まで加わって、どこやどこやと大騒ぎになって。おらんやないかと、みんなの非難する目が三浦に突き刺さった。そうすると、三浦は、死んどるのは成ケ島の向こう岸や言うのですよ」

相島は、島を通り越して指さす恰好を真似《まね》て見せた。

「それで僕が、三浦を突き飛ばして、何をあほなこと言うとるんや。走るのをサボる気かと怒鳴ったら、恨めしそうな目で僕を見て、すんませんと謝って、よろけるように走って行きよったんです」

「はあ……」

浅見はどう受け止めればいいのか当惑したが、話はまだ続いた。

「ところがですね、なんと、その日の夕方近くになって、沖を通りかかった漁師の船が、成ケ島の東海岸——つまり、われわれが見ていたのとは反対側に漂着している死体を発見したんです。どういうわけか、瀬戸内海から明石海峡の渦潮を潜《もぐ》って流れ出てきたゴミは、成ケ島の海岸に打ち寄せられることは分かっとるので、死体が漂着したとしても、不思議ではないことは確かです。けど、それが何で三浦に見えたのか……いや、見えるはずはないのやから、分かったと言うべきでしょうが、とにかく、ただの当てずっぽうを言うたとも思えんし、みんなびっくりしました。びっくりしただけやなく、三浦はその事実を知っとったんやないかという者もいて、それを警察が聞きつけて、三浦のところに刑事が事情聴取に行きおったんです。おまけに、その死んだ人いうのが、三浦の家のある五色町の人間だったもんやから、話はますます大事《おおごと》になってしもて。しかも、どうやら殺人事件の疑いも出てきて、警察ははっきり容疑を向けてましたよ」

「えっ、三浦さん……三浦少年を容疑者にしたのですか?」

「いや、三浦が殺《や》ったとまでは思わんかったみたいやけど、三浦の父親か祖父を疑ったことは間違いないです。死んだ人と三浦家とのあいだに小さなトラブルがあって、それなりに動機があったんやないかいう噂が流れたらしい。それでたぶん、居たたまれなくなったんやないですかね。秋口に祖父《じい》さんが亡くなって、それから間もなく三浦家は淡路島を出て行った。もともと、余所者やったこともあって、同情したり救いの手を差し伸べる者もおらんかったんや思いますよ」

「それで、真相はどうだったんですか?」

「分からずじまい。つまり迷宮入りです。ただし、その後、犯人と思われる人物は浮かび上がりましたけどね」

「ほうっ、何者ですか?」

「詳しいことは憶えてへんですが、同じ五色町の住人やなかったかと思いますよ」

「その人物が、どうして犯人らしいと分かったんですか?」

「僕はその頃、洲高を卒業して東京の大学へ行ってしまったので、噂でしか知らんのですが、三浦の死んだ祖父さんの呪いにとりつかれとった、いう話です」

「呪い、ですか……」

浅見は背筋がゾクッとした。もともと無宗教の、不信心で、迷信は信じないことにしているのだが、そのくせ幽霊が怖かったり、呪いや怨念《おんねん》に拒否反応を覚えるのだから、首尾一貫しない無神論者である。

「そうらしいんです。三浦の祖父さんはさっき言うた拝み屋やから、呪術に長けていても不思議はないんです」

相島はどこまでも真顔だ。

「実際、こういうことがあったそうです。洲本署の刑事が三浦家に行って、あたかも犯人であるかのように扱ったのに腹を立てて、祖父さんは『おまえらの海を殺してやる』と、呪いの言葉を投げた。それからしばらくして、大浜《おおはま》のバカ貝が全滅してもうたんやそうです」

「えっ？　どういうことですか？」

「大浜というのは、洲本の、さっき通って来たホテル旅館街の辺りの海岸のことですが、その前の年、大浜で大量のバカ貝が発生しましてね。県の水産課の推計では、当時の金で二億六千万円の水揚げ量にのぼるだろうと言われたんやそうです。いまなら三十億円くらいですかね。ところが、そのおよそ一年後、さあ収穫やと意気込んだら、大浜のバカ貝が一枚もいなくなっとった。原因は水温が上がったために死滅したというんですが、もっぱらの噂では、三浦の祖父さんの呪いのせいやろいうことになった。そやから、犯人が呪われたいう話も、まんざらでたらめではないかもしれんのですよ」

「それにしても、その噂にのぼった人物が犯人だと、どうして分かったのですか？」

「怪しいという噂が立った直後、自殺しよったからです」

「えっ……」

「五色浜から小舟を漕ぎ出して、鳴門の渦潮を乗り切るつもりやったらしい。しかし、それは自殺行為いうもんです。渦に呑み込まれるのは最初から分かりきっとるでしょう。三浦の祖父さんに呪われて、頭がどうかなってしもたんやないですかね」

「それで、乗り切りは失敗したのですか」

「当たり前ですやん。それから七日後に、死体が成ケ島の浜に上がったそうです」

本当かな？――と思えるほど、出来すぎた怪談話である。しかし、相島のあくまでも信じきっているような顔を見ると、笑ったり否定したりするわけにもいかない。

「三浦家はお祖父さんが亡くなって東京へ引っ越した後、拝み屋は廃業したのですか。つまり、三浦さんの父親は、拝み屋を継ぐことはしなかったんですか？」

「三浦の親父さんには拝み屋の才能はなかったんやと思いますよ。もし継ぐとしたら、あの三浦やったでしょう。隔世遺伝《かくせいいでん》いうやつです。しかし、今度の事件で、三浦が国交省に勤めとったいうことが分かりましたから、やっぱり拝み屋はやらんかったのでしょうな。

けど、岩屋の事件の被害者が、三浦いうのを知った時、僕はすぐにあの時の三浦の顔を思い浮かべました。こうやって、指を伸ばして、成ケ島の向こう側に死体がある——言うた時のあの顔です。やっぱりあいつには拝み屋の能力があったんや思います。その能力を使わんと、虚《むな》しく死んでいきよったことが、不思議でならんのです」

相島は伸ばした腕と指をそのままにして、成ケ島を眺めている。陽《ひ》は落ちて、島はくろぐろと暮れてゆく。

「なまじ、その拝み屋の能力を持っていたことが災《わざわ》いして、三浦さんは殺された——という可能性はありませんかね」

浅見は言った。相島は（は？——）という目を向けた。

「ある人物にとって、三浦さんの拝み屋としての才能が不都合だったのではないでしょうか。透視能力なのか予知能力なのかは知りませんが、もしそういう才能があれば、見なくてもいいもの、あるいは見てはならないものまで見えてしまう。そんなのは、見られる側にとっては、はなはだ迷惑なことです。まして犯罪がらみのことを覗かれたりすれば、消してしまわなければならなくなるにちがいありません」

「なるほど……それは考えられますなあ。うーん、三浦は何を見たんやろ？……浅見さんはどう思います？」

「ははは、それは分かりませんよ。むしろ、それよりも、三浦さんが見たということを、相手がどうして気づいたのかのほうに興味がありますね。相手にも拝み屋の才能でもあったのでしょうか?」

浅見は冗談のつもりで言ったのだが、相島はギクリとして、「そうや、そうかもしれへんね」と言った。

「拝み屋同士で呪いあうことが、実際にあるらしいですよ」

どこまでも真剣そのものの表情だった。

5

浅見のケータイに藤田から電話が入った。

「会議で神戸の本社に来とるんで、帰りが遅くなりそうなんです。すんません。浅見さんが心配しているんじゃないかと思って、とりあえず電話しました」

「いや、大丈夫です。今夜の宿は淡テレの相島さんの世話で、ホテルニューアワジに泊まることになりましたから」

「えっ、ほんとに? まあ、ニューアワジならいいホテルだけど……そうですか、相島さんの世話ですか」

藤田はその点が気に入らない様子だ。

「そしたら、後で僕もそっちに寄らせてもらいます。ちょっと緊急に打ち合わせしなければいかんことが発生しましたので。八時過ぎになると思いますが」

「分かりました」

藤田が来ることを伝えると、相島は「仕方ないですな」と言った。歓迎したくはない客だが、さりとて、断るわけにもいかない——ということらしい。

それを汐《しお》に車を走らせて、ホテルニューアワジへ向かった。淡路島の東側の海岸は、山の端に陽が落ちると、急速にたそがれる。橋の上から見る由良の町は軒並み、心細げな明かりを灯し、夜の装いに沈んでいる。

ホテルニューアワジは、浅見がこれまで泊まった宿の中では最高級といってよさそうだ。もっとも、浅見が泊まるのはビジネスホテルが圧倒的に多い。一泊七千円以上となると、清水《きよみず》の舞台から飛び下りるほどの覚悟を要する。相島が「サービスしてくれる」と保証しているのだが、どうしても料金が気になる。かといって露骨に、いくらまけてくれて、いくらになるのか——などとは訊きにくい。運を天に任せる気で玄関に入った。

広いロビーの向こうはラウンジで、大きなガラスの壁面の先には海が広がっている。すでに暮色が垂れ込めて、天と海の境も定かではないが、それはそれで旅愁《りょしゅう》をそそる。

　案内されたのは純和風の部屋で、一人で泊まるにはもったいないほど広い。浅見がそう言うと、相島は笑った。

「このホテルはどの部屋もこれと同じか、これ以上ですよ」

　食事は七時から、と頼んであるそうだ。

「松雪も付き合うように言うて、呼んでおきました。迷惑やないでしょうね」

「迷惑だなんて、とんでもない。松雪さんにはいろいろお世話になって、お礼をしなきゃならないと思っているのです」

「なに、あいつは東京のお客さんを案内できて、喜んどるんです。周りにいるのは、いつも僕みたいなおじん面《づら》ばかりで、滅入《めい》ってますからね。そやそや、浅見さんは嫁さん、いてはるんですか？」

「いえ、残念ながら」

「うーん、それは危険やねえ。ネコに鰹節《かつおぶし》みたいなもんやな」

「どっちがネコですか？」

「は？　ははは、それはもちろん、決まっとるやないですか」

　相島は笑ったが、どっちがネコなのかは明言しないまま、とぼけた。

仲居がお食事前にお風呂をと勧めたが、浅見はいつも寝る前にバスを使う習慣だ。それに、相島もいるし、真弓も来るとあっては、風呂に入るわけにはいかない。

その真弓は七時ジャストにやって来た。まさに食事の支度《したく》が整うところだった。相島は「おお、ネコが来たネコが来た」と言った。それでどっちがネコでどっちが鰹節かの結論が出た。男として喜ぶべきかどうかは問題だが、反論はできない。

「ネコがどうかしたんですか？」

真弓は男どもが二人で、何か悪い噂をしていたと察知したのか、きつい目で訊いた。

「いや、真弓はネコのように俊敏だという話をしとったとこや」

「ほんとですか？」

訊かれて、浅見は「そうです」と答えた。笑わないようにするのに、苦労した。ネコのように俊敏と言われた真弓のほうは、むしろ満足げで、それ以上の追及はしなかった。

松雪家での昼食も豪勢だったが、さすがにホテルの夕食には敵《かな》わない。次々に供される料理は、素材は松雪家と似たものを使っているのだが、何よりも見た目が圧倒的に美しく、味も洗練されたものだ。

昨夜も藤田に奢ってもらったし、毎日こんなご馳走を食ってると、人間、だめになるんじゃないかな——と、秘かに思った。

相島と浅見が軽くビールを飲んだが、車で来た真弓はウーロン茶にしている。

「あれからどこへ行ったんですか？」

真弓が訊いた。相島にではなく浅見に向けて質問したのは、相島に訊いても、はぐらかされるのがオチだからだろうか。

「由良に案内していただきました」

「へえー、あんなところに、ですか？」

真弓が言うのに、相島が「あんなところはないやろ」とクレームをつけた。

「由良は淡路島らしさが最も残っとるとこや。な、浅見さん、そうでしたやろ」

「確かに。風情《ふぜい》があって、いいところです。時間があれば、町の中を歩いてみたかったんですけどね」

「浅見さんも見かけによらず、古風な人なんですねえ」

真弓は物足りなさそうな顔である。

「由良港の沖に成ケ島という島があるんですけど、見て来ました？」

「ええ、成ケ島も見ました。夕もやがかかっていたけど、なかなかいい景色でした」

浅見は簡単な感想を述べるにとどめた。それ以上の「解説」はしないように、という相島の気配を感じたのだ。しかし真弓は何も気づいた様子はない。

「成ケ島は不思議なところで、瀬戸内海から流れ出たゴミが、どういうわけか成ケ島に流れ着くんです。明石海峡から出てきても、鳴門海峡から出てきても、成ケ島に流れ着いてしまうんですよね。私はまだ見たことはないですけど、ときどき死体も流れ着くって、専務、それほんとですか?」

ドキリとさせるような質問だ。相島は表情も変えずに、首を横に振った。

「知らんよ、そんなこと。それより真弓、めし食ってんのに死体の話なんかするな。浅見さん、すんませんなあ、マナーを知らんもんやから」

「マナーくらい、知ってますよ」

真弓は口を尖らせたが、すぐに気を取り直したように言った。

「専務は志筑の荒神社って知ってます?」

「ああ、知っとるけど」

「昔、荒神社で獅子舞があったということも知ってました?」

「ああ、知っとるよ。昔と言ったって、そんな大昔ではない。割と最近までやっとったんとちゃうか。それがどないしたんよ?」

「今日、浅見さんと荒神社に寄って来たんですけど、近くに獅子舞のモスケ踊りを務めていた、市村さんという人の家があって、そこを訪ねてみたんです」

「市村……」

相島の表情がかすかな動揺を見せたように、浅見には思えた。

「知ってました？」

「ん？　ああ、モスケを踊らせたら天下一品だったという、じいさんがおるはずやが」

「あっ、専務はモスケって、知ってはったんですか？」

真弓が言った。

「当たり前やろ。モスケくらい、物知らずのおれかて知っとる。なんや、真弓は知らんかったんか？　おまえは愛島精神が欠如しとるな。少しは淡路島の文化を守ろういう気にはならんのかい」

相島が居丈高《いたけだか》なポーズを作るのは、最前の動揺を糊塗《こと》するためのように見える。

「モスケくらい知ってますよ。それで今日、浅見さんを案内してきたんですから」

「ふーん、そうやったんか。それで、モスケがどないしたん？」

「どないしたっていうか……その話は浅見さんからしてもらったほうがいいわね」

真弓にふられて、浅見は秋葉原の事件のことを話した。中田悠理の変死に遭遇して、それが淡路島に来るきっかけの一つになった。その時、中田悠理が洩《も》らしたダイイングメッセージが「モスケ」だった――。

「ほうっ、ほんまにモスケと言うたんですか?」

今度は正直に驚いている。

「ええ、僕にはそう聞こえました。どういう意味なのか、彼女が何を言いたかったのか、いまだに分かりませんが」

「それで志筑の市村家を訪ねたんです。何か分かるかもしれないと思って」

真弓がフォローした。

「なるほど、そういうことか……しかし、収穫はなかったやろ。あそこのじいさんは、人付き合いの悪い、けったいな人やいう話や。僕は直接は聞いたことはないが、自分は荒神様のお使いやとか言うとるそうやから」

「そう、すごく変わってるっていうか、恐ろしかったわ。ねえ、浅見さん」

「そうですね。ちょっと驚きました」

浅見は市村家を訪れた際の顚末《てんまつ》を話した。幽気が立ち込めていそうな家の中から、じっとこっちの様子を窺《うかが》っていた老人の話だ。家の中に人がいるのを分かっていながら、そのまま尻尾《しっぽ》を巻いて退散したのは、我ながらだらしがない。

「そうでしょう。やっぱり会ってくれんかったでしょう。いや、そうやろね。市村のじいさんは、ある時期から、えろう狷介になってしもうたんやそうです。息子でもおれば、まだしも展開は変わっとったんやろけど」

　相島は残念そうに言った。

「あ、相島さんは市村さんの息子さんがいなくなったこと、知ってるんですか？」

「えっ、ああ、そう聞いてますけど……いや、いつ、どこへ行ったかとか、詳しいことは知りません」

　なぜか、明らかに狼狽《ろうばい》ぎみだ。市村家の内情に詳しいことを、知られたくなかったように思える。

「息子さんは、島を出てしまったそうです。近くの店のおばさんの話によると、親父さんと喧嘩したみたいですね」

「ふーん、そうでっか、あの耕作が親父さんと喧嘩するとは、ちょっと信じられへんが、島を出て行きよったんですか」

　相島は開き直ったように、市村のファーストネームを言った。いまさら隠してもしようがない――と思ったのだろう。

「そうそう、耕作さんて言いましたね。相島さんはその人を知ってるんですか」

「はあ、洲本高校で一緒でした。同窓会で何度か会《お》うたことがあるが……しかし、親子喧嘩って、何があったんかな？　あいつはガキの頃から働き者やったし、親父さんのモスケ踊りも継承して、けっこう、孝行息子やったはずやけど。そうは言うても、ちょっと一本気なところがあるから。何ぞ意地を張って、引っ込みがつかなくなったんかもしれん。島を出たのはいつ頃のことやろ？」

「ひと月ほど前のことだそうです」

「ふーん、そうでっか。それは知らんかったです」

「仕事は何をしていたんですか？　獅子舞のモスケだけで生活できるとは思えませんが」

「ははは、まさか……詳しいことは知らんけど、建設関係の仕事に従事してたんとちゃいますか。淡路島は高速道路やとか、明石海峡大橋やとか、公共事業が盛んな時期が続いとったし」

「建設関係ですか……」

またか──と思った。死んだ中田悠理といい三浦延之といい、いずれも建設関係の人間であった、何となく、淡路島では建設関連の仕事に携《たずさ》わる人が多いような印象を受ける。その浅見の気持ちは、以心伝心、相島も察知したらしい。

「いや、淡路島では建設業は重要な産業の一つですよ。淡路島は気候温暖の地やから、農業と畜産はうまくいっとる。タマネギは日本一旨いし、畜産もまずまず。肥育素牛《ひいくもとうし》を中心に三万頭ちかい牛を飼ってます。それに水産業は近海物だけでもそこそこ頑張っとる。観光資源にも恵まれとるし、暮らしやすいところです。しかし、農水産業従事者以外の二次産業となると、三洋電機のほかは、これといった大企業は入ってない。雇用の場が少ないので、公共事業中心の土木建設事業に頼るところが大きいんです」

「明石海峡大橋や神戸淡路鳴門自動車道が完成してしまっては、その公共事業も一段落ということなのでしょうね」

「まあ、そういうことですね。それ以降、島を出て行く人も多くなったが、耕作が島を出た本当の原因はそれやったんかもしれん。親父さんと喧嘩しただけでは、そこまでやるとは思えへんものね」

「阪神淡路大震災の時、松雪さんのお祖父さんが音頭《おんど》を取って、牛頭天王の祟りを鎮めるための獅子舞が奉納されたのだそうです。その時にモスケ役を務めたのが、たぶん耕作さんだと思うのですが」

「ああ、そうかもしれん。その頃はもう、市村のじいさんはモスケは務まらんかったでしょうからな。それより浅見さん、さっき言われた中田悠理さんのダイイングメッセージのモスケと、市村耕作のモスケと、何か関係でもある思うてますのか?」

「いや、それは分かりません。むしろ、淡路島のことに詳しい相島さんに、そのことをお訊きしたいと思っていました。どうなのでしょう。中田さんの言った『モスケ』が市村さんを指しているとしたら、どういう理由があると思いますか?」

「いや、私かてそんな理由みたいなもん、分かりませんよ。もしあるとすれば……」

言いかけて、相島は口を閉ざした。明らかに何か言うつもりだったのを、躊躇《ためら》った印象だ。浅見も真弓も、その続きを待った。相島は仕方なさそうに口を開いた。

「じつは、市村の家は、単にモスケを生業《なりわい》にしとったわけでなく、代々、拝み屋を受け継いどるいう話を聞いたことがあります。それもかなりクラスが上の、つまり力のある拝み屋らしい。実際……」

またしても相島は言いよどんだ。市村家が拝み屋として力のあることを見せつける、何らかの実例を言いかけたようだ。

だがその時、仲居の声が「お客様がお見えですけど」と言って、襖が開いた。藤田が暢《のん》気《き》そうな顔で部屋に入った。

「お邪魔してもよろしいですか」

「どうぞどうぞ、食事は済みました。藤田さんは夕食は?」

浅見が訊いた。藤田は遠慮なく、浅見の隣に坐り込んで、仲居にウーロン茶を注文している。彼もまた車らしい。

「僕は神戸でラーメンを食って来ました。それより、浅見さんに報告したいことがあるのですが」

「はあ、何でしょう？」

「それはまあ、後にしましょう」

藤田は勿体《もったい》をつけるように言った。

「そしたら、われわれはこれで失礼します。私は明日の朝、早い用事があるよって。松雪よ、悪いが、車で送ってや」

相島が腰を浮かせ、真弓もつられて席を立った。

「なんだ、もう行ってしまうんですか」

藤田は憮然《ぶぜん》とした顔になった。相島はともかく、真弓までが去ってしまうことに、思案が及んでいなかったらしい。

淡テレの二人がいなくなって、少し白けた雰囲気が漂った。

「それで、藤田さん、話とは何ですか？」

「三浦延之氏の事件に関することです。あの事件のからみで、警視庁の特別捜査本部が動きだしそうだという情報があるのです。あれはどうやら、行きずりの強盗や、単なる通り一遍の怨恨《えんこん》なんかではないという見方のようです」

「特捜部が動くというと、中央のどこかがからんでいるということですか」

浅見が訊いた。

「そうみたいですね。まだ詳しいことは分かりませんが、特捜が動くというのは、何か、告発でもあったんじゃないでしょうか。いよいよ面白くなってきました」

藤田は武者震いなのか、まるで寒けがするように、体を揺すった。

第六章　告発者

1

藤田が引き揚げたのは午後十時近かった。浅見は風呂に入って、体を冷ましながらテレビのニュースを見た。相変わらず、金融不安の話題と、政界のごたごたに時間を割いている。そのあと、コンビニ強盗や、神戸で起きたタクシー強盗などの事件を報じたところで、テレビを消した。

朝から動き回って、疲れているはずだが、習い性となっているから、一応、パソコンに向かう。そうしないと、一日の決着がつかない気分なのである。

祭りのことや、獅子舞《ししまい》のこと、それに遠来の客をもてなす旧家の風習など、今日、仕込んだばかりのあれこれを記録しておく。由良港沖の成ケ島に、ゴミや、時には死体まで流れ着くという話は、地元の人にとっては迷惑だろうから除くとして、ほかの話題はそのまま使えそうだ。それでも、実際に入稿する時にはいくらか誇張したりして、読み物の体裁を整えることになる。

日付が明日に変わろうとする頃、ケータイが鳴った。まだ慣れないので、あらぬ方角からけたたましい着メロが鳴りだすと、ドキリとする。

電話の相手は兄の陽一郎だった。

「光彦がケータイを持ったとは、母さんに聞くまで知らなかったよ。母さんの本音はいまだに、あまり賛成ではないらしいが、きみみたいな仕事では、あれば便利だろう」

「そうですよ。いまどきのルポライターがケータイも持たないとはと、会う連中がみんな笑ってました。しかし、まだあまり活用するところまではいってません。電話をもらったのは、兄さんで五人目です」

「ははは……」

陽一郎は笑って、急に抑えた声で「いま淡路島にいるのだそうだな」と言った。

「それも母さんから聞いたんですか」

「ああ、そうだ。で、淡路島で何をしているんだい?」

「もっぱら淡路島の民俗について取材しています。祭りだとか、伝統芸能だとか、淡路人形浄瑠璃《じょうるり》とか」

「それだけじゃないだろう。いや、隠さなくてもいい。どうせ光彦のことだ、行った先で事件に遭遇すれば、知らん顔をしないだろうからな。どうだ、三浦延之の事件に関わっているんじゃないのか？」

「ええ、じつはそうです。しかしそれは偶然のことで、それ以前に、秋葉原で起きた女性の変死事件のからみで、淡路島へ来る羽目になってました」

「それも聞いたよ」

「えっ、その件については母さんは知らないはずだけど」

「当たり前だ。そうじゃなくて、万世橋署から警視庁を通じてご注進があったのだ。あっちこっちで勇名を馳《は》せるのも、ほどほどにしろよ」

「いや、それもあれですよ……」

「弁解しなくても分かってる。そのことはいいのだが、三浦の事件については、あまり荒らされると迷惑する」

「荒らしたりはしませんよ。それより兄さん、特捜が動きだすそうですね」

「おい、光彦、その情報はどこから入手したんだ？」

刑事局長の声ががぜん、険《けわ》しくなった。

「情報源は明かせないけど、某報道関係者とだけ言っておきます。しかし、ということはまだオープンにはしてないのですか」

「するはずがないだろう。テレビも新聞も、まだどこも報じていないはずだ。某報道関係者なる人物が誰か知らないが、あて推量で言っているのでないとすると、警察内部の何者かがリークしたことになるな。その者は男か女か？」

「男ですが」

「きみと私の関係を知っているのか」

「もちろん知ってるでしょうね」

「だったら警戒しろ。カマをかけて、情報を引き出そうという腹かもしれない」

「そんな腹芸のできる男ではないと思いますが」

浅見は、見るからに軽佻《けいちょう》浮薄《ふはく》な印象の藤田の顔を思い浮かべながら、言った。

「とにかく油断はするな」

「分かりました。ところで兄さん。これはまだ警察も摑《つか》んでいないことだと思うけど、三浦氏の祖父は、拝み屋を生業《なりわい》としていたのだそうですよ」

「拝み屋？　それはイタコやユタのようなものか」

「いや、それとは少し違うようです。イタコもユタも、死霊や生霊や神霊を呼び寄せて、託宣《たくせん》を行なう、いわゆる口寄せだけですが、拝み屋は呪詛《じゅそ》もするらしい」

「呪詛？　呪《のろ》いか」

「ええ。四国や淡路島では、いまでもかなりの数、拝み屋が存在するそうです」

「なるほど……そういうことだったのか」

電話の向こうから、得心した——という気配が伝わってきた。

「思い当たるものが何かあるのですか？」

「うん、多少な……捜査員が三浦家の家宅捜索を行なった際、彼の部屋で妙な物を見たと言っていたようだ。私は直接、聞いたわけではないが、どうやら紙で作った形代《かたしろ》のような物らしい。それが神棚に重ねて置いてあったということだ。何にするものなのかは分からなかったそうだが、いまのきみの話を聞いて、納得できた」

「ということは、三浦氏自身も拝み屋の能力を持っていたということになりますか」

「あるいはね」

「その神棚ですが、祭神は何でした？」

「さあね、そこまでは聞いてないよ。必要なら確認してみる」

「ぜひお願いします。たぶん荒神さんか牛頭天王だと思うんだけど」

「牛頭天王か、珍しい神様だな」

陽一郎は少し笑いを含んだ口調で言って、「じゃあな」と電話を切りかけた。

「あ、兄さん、ちょっと待って」

浅見は慌《あわ》てて呼び止めた。

「特捜が動くというからには、何か事件の背景にはそれらしい事実が浮かんでいるということなのでしょうね。たとえば国交省や企業が関係しているとか」

「それを言うわけにはいかないが、まあ、当たらずといえども——というところかな」

「だったら、関連を調べるべきだと思うのだけど。秋葉原で死んだ女性が勤務していた建設会社と、三浦氏の関係について」

「ふーん、何かあるのか？」

「いや、これこそまったくのあて推量です。根拠は建設繋《つな》がりというだけです」

「ふん、光彦特有の第六感というやつか」

笑って言ったが、すぐ真面目《まじめ》な声で「いいだろう」と電話を切った。兄が想像以上に自分を信じていてくれることを感じる。

藤田がもたらした「情報」が、じつは重大なものであったことに、浅見は驚いた。軽佻浮薄人間の藤田は、どうやらその重大さに気づいていないらしい。彼の情報源はたぶん神戸新報の本社なのだろうけれど、神戸新報がどういうルートで掴んだものかはともかく、藤田のような軽い男に重大情報を伝えてしまうのは、会社のシステム自体に問題がありそうだ。

ふだんより早く床《とこ》に就いたのだが、よほど疲れていたのだろう、すぐに眠りに落ちて、翌朝八時に、仲居が声をかけるまで、目が覚めなかった。

届けてくれた地元紙の「神戸新報」を開いて、すぐに記事を探したが、「特捜動く」といった内容の記事は見当たらない。特ダネになりそうなものだが、掲載しないということは、記事を差し止めているのか、あるいは、藤田の「情報」がガセなのか——。

やはり兄の言うとおり、カマをかけて、情報通であるはずの浅見から、裏付けを引き出す狙《ねら》いかもしれない。

珍しく朝風呂を使い、朝食も、浅見家では正月の雑煮《ぞうに》以外、ほとんどあり得ない、憧れの和食をたっぷり取り、爽快《そうかい》な気分で、午前十時きっかりにチェックアウトした。フロントで示された計算書を見ると、予想よりはるかに安い。相島がどういう交渉をしたのか知らないが、淡テレの接待費で落としたのだろうか。ともあれ胸を撫《な》で下ろした。

まっすぐ神戸新報淡路支局へ行く。藤田はあれから飲んだのか、眠そうな顔でデスクにいた。そういう顔は、叔父《おじ》の「旅と歴史」編集長とよく似ている。

「新聞、記事は出ていませんでしたね」

神戸新報の紙面を開いて、言うと、慌てぎみに周囲を見回して、「コーヒー、行きませんか」と浅見の腕を取った。同僚や支局長に聞かれると具合が悪いらしい。

喫茶店に入って、コーヒーを注文すると、早速、「だめですよ、浅見さん」とクレームをつけた。

「あの件は内緒にしておいてください」

「えっ、社内でも内緒なんですか?」

「そうですよ。まだ誰も知らないんだから」

「といっても、本社から聞いて来たのではないのですか?」

「違いますよ! かりに本社の人間が知っていたとしても、支局のぺーぺーなんかに教えてくれるもんですか」

藤田は口を尖《とが》らせた。

「えっ、違うって……じゃあ、どこで仕入れたんですか? それより、本当の話なんですか? ガセじゃないでしょうね」

「本当かどうか、僕は本当だと思っているけど、確実なところは分かりませんよ。むしろ正確な情報は、浅見さんのほうが知ってるのとちがいますか? どうなんです?」

反対に訊《き》いてくる。やはりそこを探りたかったということか。

「知りませんよ、そんなこと。知ってるはずがないでしょう」

「ほんとですかねえ。お兄さんから情報が入手できるんじゃないんですか?」

「とんでもない。兄は兄、僕は僕です。しかし藤田さん、その話はどの程度信憑《しんぴょう》性があるんですか？　ネタの出所はいったい、どこなんですか？　まさか僕をかつぐつもりじゃないでしょうね」

「かつぐなんて、この僕がそんな、浅見さんを騙《だま》したりするように見えますか？」

藤田は息巻くが、そう見えないこともないから困る。浅見を淡路島に呼び寄せたのも、叔父、甥《おい》そろって騙したようなものだ。

「だったら、情報源を教えてくれたっていいじゃないですか」

「いや、それだけはだめだめ。彼とはそういう約束になっているんです」

「彼？……ということは、男性であることは確かなんですね？」

「あ、いけね……そうなんですけど。これは信義の問題です。そうでなければ、とっくに本社の会議で喋《しゃべ》ってますよ。大スクープなのかもしれないんですから。しかし、もし喋れば、根掘り葉掘りニュースソースを問いただされるでしょう。だから黙っていたのです。もっとも彼は、その時が来れば分かるとも言ってましたけどね」

要するに、いずれ警察が本格的に動きだせば、マスコミでも報じられるだろう——ということを言っているにちがいない。

「なるほど、分かりましたよ」

浅見は言った。

「は？　分かったって、何がです？」

「ニュースソースが誰なのかが、です」

「ははは、嘘《うそ》でしょう。いくら浅見さんでも、これぱかりは分かるはずがない」

「もちろん、個人名は分かりませんが、誰なのかぐらいは分かります。それは、告発者本人でしょう」

「えっ……」

それまで小声で喋っていた藤田が、大声で驚いて、絶句した。喫茶店のマスターがこっちを見た。催促でもされたかと思ったのかもしれない。慌てたようにコーヒーを運んで来た。

マスターが去って、コーヒーをひと啜《すす》りするあいだ、沈黙が流れた。

「どうして分かったんです？」

「そりゃ、分かりますよ」

「そうかなあ。どうも浅見さんの思考回路がどうなっているのか、さっぱり摑めませんねえ。絶対に分かるはずがないのに」

「だって、この段階で、特捜が動きだすかどうかを察知できる人物と言ったら、警察内部にリークする者がいなければ、告発者本人以外、考えられないでしょう」

「うーん……まあ、そう言われてみると、確かにそのとおりですけどね」

藤田はさかんに首をひねる。

「そんなことより藤田さん。あなたがその人物とコンタクトがあるということのほうが、驚きですよ。一億二千万人いる日本人の中から、あなたが選ばれたということが」

「そんな大げさな話とちがうけど……」

「告発者が藤田さんだけに語ったというのは、大変な信用ですよ。ひょっとすると、遺言《ゆいごん》かもしれないのですから」

「えっ、遺言？　やめてくださいよ、そんな不吉なことを言うのは。彼はいたって元気なんですから」

「しかし、三浦延之氏も元気だったのじゃありませんか」

「えーっ、どういう意味です？」

「三浦氏が殺された理由は、彼が何らかの告発情報を摑んでいたためと考えられます。死ぬ前に、三浦氏はその情報を遺言のように残した。それを受けた人物が、告発者になる危険性があれば、犯人側はその人物を放置できないでしょう」

「というと、次に狙われるのは彼で、その次にはこの僕が、ですか？　冗談でしょう」

「いや、冗談でなく、そのおそれは十分、あります。もっとも、その人物と藤田さんがコンタクトを取った事実を、誰にも知られていなければ問題ないですけどね」

「それは、あれです……」

藤田は天井に目を向けて、逃げ道を探すように目玉をグルグルさせていたが、やがてほっとした笑顔を見せた。

「大丈夫。そのおそれはないですね。誰にも知られてないはずだ」

「それはよかった。しかし油断はなりませんよ。消す前に拷問《ごうもん》にかけてでも訊き出そうとするでしょうから」

「いやなことを言わないでくれませんか。そうなる前に警察が動きますよ」

「だといいですね」

浅見はなるべく同情的な表情を作りながら、藤田が「落ちる」のを待った。

2

「確かに」と、藤田は諦めた顔で言った。

「浅見さんの言うとおり、彼は僕に伝える前に警察に手紙を送ったと言ってました。それも、兵庫県警なんかでなく、警視庁宛だったそうです。だから、浅見さんがその件をキャッチしているとしたら、警察庁のお兄さんから聞いたとしか考えられなかったんですがねえ。もういちど訊きますけど、そうじゃないんですか？」

「違います」

浅見はきっぱりと断言した。ここは微塵《みじん》も疑われるような気配を見せてはならない。

「それより、問題は、いったい誰が何を告発したのかということです。それを聞かせてもらわないと、話は進みません。藤田さんだって、僕を呼びつけたのは、最初からそのつもりだったんでしょう？」

「うーん……」

藤田は苦しそうに首を振った。

「そうなんですよ。そもそもはそのつもりだったんですよ。けど、浅見さんから、秋葉原で中田悠理が殺されたっていう話を聞いたりしてるうちに、だんだん恐ろしくなった。これ以上、この件には関わらないほうがいいんじゃないかと思えてきたんです。浅見さんまで引っ張り込むのは、ヤバいんじゃないかってね」

「ここまで来て躊躇《ためら》うのは許せませんよ。藤田さんが手を引くのは止めませんが、僕は断じて追及します」

毅然《きぜん》として、鬼のように藤田を睨《にら》みつけてやった。

「第一、そうしなければ、藤田さんに情報を伝えた人の立場がないでしょう。まして、日頃から正義を標榜《ひょうぼう》すべき、社会の木鐸《ぼくたく》である立場の一員として、こんなことで怯《ひる》んでいてどうするんですか」

「分かりました」

藤田は頭を下げた。

「浅見さんの言うとおりですよ。僕も最初はそのつもりだったんだから、いまさら後戻りできないとは思っているんです。いや、単にスクープを狙うとか、そういうスケベ根性から浅見さんを呼んだのとちがいますよ。こんなことを言うのは照れくさいですが、社会正義を行なうのだと思っていたことは事実です。けど、相当に危険ですよね」

「ははは、大丈夫ですって。日本はこれでも世界に冠たる法治国家ですよ。野放図に無法が罷《まか》り通っていいはずがない。とは言うものの、危険は危険です。現に殺人事件が起きているんですからね。十分、気をつけなければなりませんが」

「なんだ、浅見さんも一応、危険は感じているんですか」

「そりゃそうですよ。僕だって臆病《おくびょう》にかけては人後《じんご》に落ちません」

「ははは、妙な自慢ですね。しかしそれにしても、浅見さんみたいに真正面から社会正義を語る人は、近頃、珍しいですよ。われわれ新聞社の仲間連中だって、何でもかんでも皮《ひ》相《そう》的に捉《とら》えて喋りますからね。いやあ、久しぶりにいい話を聞いたなあ。やっぱり浅見さんは素晴らしい人です」

「やめてくださいよ」

面と向かって、手放しで褒《ほ》められて、浅見は赤くなった。

「ただの単純な時代遅れにすぎないのかもしれないんですから」

「いや、そんなことはない、絶対に……」

「まあまあ、その話は置いといて。どうですか、そろそろ告発者の正体と、告発の内容について話してくれませんか」

「告発者は……」

藤田は前のめりに顔を近づけて、これ以上はできないほどの小声で言った。

「市村という男です」

「市村？……」

浅見は驚いた。

「あれ？　浅見さん、知ってるんですか？」

「いや、その人かどうかは知りませんが、昨日、松雪さんと一緒に市村という人を訪ねて来たところです。志筑の荒神社でモスケ踊りをしていたという、市村家のご老人のところです」

「それですよ……驚いたなあ。僕が言ってるのは、その老人の息子です」

「耕作さんですか」

「えっ、そう、耕作さん。そこまで知ってるんですか。参ったなあ。しかしまた、どうしてそんなことを……もしかして……」

その先を何か言いかけて、やめた。浅見刑事局長のことをぶり返す気だったのかもしれない。

「偶然にすぎませんよ」

浅見は言った。なるべくなら相島のことは伏せておきたい。

「僕たちは、モスケのことを訊くために市村家を訪ねたんです。松雪さんのお祖父さんの話によると、阪神淡路大震災の後、五色の八坂神社で獅子舞を奉納《ほうのう》した時、モスケを踊ったのが、どうやら市村さんの息子さんらしいと分かって、一応、どういう人か見てみたかっただけです」

「ふーん……やはり、東京で中田悠理さんが殺された時に言った『モスケ』は、市村耕作さんのことだというわけですか」

「それより藤田さん、告発者が市村氏だというのは、本当ですか」

「本当ですよ。嘘を言っても意味がないでしょう」

藤田は口を尖らせた。

「すみません。確認したかっただけです。あっ、そうか、そうだったのか……」

浅見はふと思いつくことがあって、視線を遠くへ向けた。藤田はその表情を窺《うかが》って、気掛かりそうに訊いた。

「何かあったんですか？」

「ええ、いま気がついたのですが、もしそうだとすると、相島さんもそのこと――市村さんが告発したことを知っているのではありませんか？」

「えっ、どうして……僕はそんなことは言ってない……だけど、浅見さんはどうしてそう思うんです？」

「勘です。昨日、僕たち――つまり僕と松雪さんが市村家を訪ねた話を相島さんにしたのですが、その時の彼の様子がおかしかった。相島さんは、市村耕作さんとは最近、まったく接点がないような口ぶりでしたが、あれは嘘だったと思います。どことなく動揺しているように見えましたからね。いまふっとそのことを思い出して、考え合わせると、動揺したり、嘘を言わなければならなかった理由はたぶん、告発がらみのことで市村さんから相談を受けたとか、話すのは具合の悪いことがあったからだと思ったのです。それに……」

浅見はニヤリと笑って、藤田を見てから言った。

「昨日、藤田さんがホテルにやって来て、いきなり特捜の話をしようとして、やめたじゃないですか。松雪さんはいいけれど、相島さんがいては具合が悪いというのは、何か裏があるからだと思いました。しかし、松雪さんまで帰ってしまったのは誤算だったのでしょうね」

「へへへ、当たりです。浅見さんは何でもお見通しだなあ」

藤田は否定しないで、鼻の下を伸ばしている。

「それにしても驚いたなあ。驚きました。そのとおりですよ。市村耕作さんは、僕に話す前に、相島さんにその話をしたそうです。しかし、そんなことを勘だけで言い当てるなんて、浅見さんはやっぱり、ただ者じゃないですねえ」

「勘だけではないのです。相島さんは三浦延之氏と洲本高校で同窓だったし、市村氏とはたぶん仲のいい同級生だった。そして昨夜のあの不自然な態度……とくれば、誰だってその程度の仮説は思いつきますよ」

「そうですかねえ、思いつきますかねえ？　僕なんかは金輪際《こんりんざい》、だめですね」

「それはともかく、市村氏が、淡路島の人間でもない藤田さんに、その重大な事実を伝えたのは、どういう事情からなのですか？」

「もちろん市村さんは、何を置いても相島さんに相談を持ちかけたんですよ。しかし相島さんが動かないから、次善の策として僕に頼んだのでしょうね。いや、僕にというのではなく、僕を通じて、浅見光彦名探偵を動かそうとしたのですよ」

「あははは……」

浅見は突然、少しだらしなく笑った。喫茶店のマスターが、こっちを見ている。

「何がおかしいんです？」

藤田が不服そうに眉《まゆ》をひそめた。

「いや、本当は怒るべきなのでしょうけど、笑ってしまうくらい、呆《あき》れているんです。まったく藤田さんという人は、僕より若いくせに、まるで海千山千《うみせんやません》のように老獪《ろうかい》ですね」

「えっ？　どういう意味です？」

「一昨日の晩、モスケの話をした時、モスケのことなど、まったく知らないような顔をして調子を合わせていたじゃないですか。知らないどころか、当の『モスケ』から頼まれて、僕を引きずり出したとは……呆れますよ。おとぼけもいい加減にしてください」

浅見は顔は笑っているが、なかば本気で怒っていた。

「すみません」

藤田はテーブルに両手をついて、蛙《かえる》のような恰好《かっこう》で謝った。

「何も悪気があって、浅見さんを騙していたわけじゃないのです。市村さんから、自分の存在は内緒にしてくれるように頼まれていたものだから、心ならずも嘘をついてました。しかしこれからは正直なことを話します。じつは、市村さんとは以前、獅子舞の取材で会ったことがあって、その時に、僕の叔父が浅見光彦さんと知り合いだという話をしたんです。彼も浅見さんの活躍する小説を沢山、読んでいて、大いに話が盛り上がったんです。まず、そういう前提があっての話だということを理解してください。そしてこのたび、ぜひ浅見さんに頼んでみて欲しいと……」

「分かりましたよ。事情が分かればいいのです。それで、どうなったんですか」

「そもそものことから話しましょうか。三浦氏が殺された事件があって間もなく、市村さんから電話してきて、相談がある、内密な話なので、誰にも知らせないで欲しい、ということでした。それで、神戸で落ち合って、話を聞きました」

藤田は、いっそう声をひそめた。

「三浦氏の事件の背景には、政治家やゼネコンが絡んでいるというのです」

「なるほど……」

浅見は頷《うなず》いて、右手を小さく挙げて、藤田を制した。ここから先はより具体的な、生々しい話になりそうだ。マスターの耳を気にしながらの会話はまだるっこしい。

「少し、ドライブしませんか」

「あ、ああ、そうですね」

藤田もすぐに浅見の意図を了解した。伝票にサインして、喫茶店を出た。いまにも降りだしそうな空模様だが、ドライブを楽しむのが目的ではない。

ソアラに乗ると、浅見は昨日の由良港を目指した。成ケ島を眺めるあの場所なら、のんびり話ができる。

「二つ疑問があります。まず一つは、相島さんが市村氏の話に、動こうとしなかったのはなぜか。なぜですかね?」

車を走らせながら、浅見は訊いた。

「それは、市村さんにも分からないと言ってましたね。さっき浅見さんが言い当てたように、相島さんは市村さんと洲本高校で同級生だったたし、『淡路島を守る会』という、郷土の自然保護を訴えるグループの幹部クラスですからね、そういう意味で、頼りがいがあると信じていたみたいです。ところが、相談してから、何の音沙汰《おとさた》もないのだそうです。警察の捜査が進展した様子もない。これは相島さんは何も動いてないな——と思うほかはなかったようです。しかし、常識的に考えれば、相島さんとしても、下手《へた》に動きようがなかったんじゃないですか。僕だって、おいそれと行動できませんよ。せいぜい浅見さんを引っ張り出してお願いする程度です。だって、話を聞いたからって、何をどうすればいいのか分からないでしょう」

「確かに、そうですね。そこで二つめの疑問ですが、市村氏ご本人が警察に足を運ばないのはなぜですかね。何も相島さんや藤田さんに頼むような、回りくどいことをしないで、犯罪の事実を知っているなら、自分で警察なりマスコミなりに駆け込めばよさそうなものじゃありませんか。現に告発文を送ったりはしているのだし」

「そのことは僕も疑問に思って、市村さんに訊きましたよ。どうやら、彼にはそうできない理由があるみたいですね。つまりその、後ろ暗いところがあるというか、一種の警察アレルギーというか……」

「というと、市村氏自身がその犯罪に関与しているということですか?」

「いや、そうでなく、ほかの事件です」

「ほかの事件……」

車は由良の高い橋を渡って、昨日の場所に落ち着いた。正面に成ケ島を望む空き地だ。そのことに気づいたとたん、藤田は「えっ」と悲鳴のような声を上げた。

「どうかしたんですか?」

浅見も驚いて、藤田の顔を見た。

「どうかしたって……浅見さん、あなた、人が悪すぎますよ。参ったなあ、何でも知ってるくせに、知らないふりをして」

「知っているって、何のことを言ってるんですか？」

「またまた……えーっ、ほんとに知らないんですか？　成ケ島に死体が上がったっていう事件のことを」

「いや、その話なら相島さんから聞きましたよ」

「ほーら、やっぱり知ってるんじゃないですか」

「ええ、高校時代、例の三浦さんが成ケ島に死体が流れついているのを予見して、みんなを驚かせたというのと、もう一つ、その事件の犯人と思われる人物が死んで、やはり同じような場所で死体が上がったということでしたが」

「へえーっ、そんな話があるんですか」

「はあ？　というと、藤田さんの話は、それとはべつのことですか」

「違う話ですよ。そんな大昔の話じゃないです。もっとも、似たような事件で、だから浅見さんが知っていて、この場所にやって来たのかと思ったんだけど」

「どういう事件ですか？」

「さっき浅見さんが言った阪神淡路大震災の少し後、鳴門の観潮船から転落して行方不明になった人が、この成ケ島に漂着したんです。もちろん死体となってですがね。僕はもちろん知らなかったけど、社のマイクロフィルムで当時の記事を検索したら、ちゃんと出ていましたよ」

「それは単なる事故ではなかったということですか？　つまり、『事故』には市村氏が関与していたのですか？」

「と、市村さんは言ってます」

「しかし、事件性があるのなら、警察が捜査をしたでしょう」

「捜査しても分からないことがあるのだそうです。市村さんは『呪いの力』と言ってましたけど」

藤田は恐ろしげに肩を竦《すく》めた。

3

浅見は（また呪いかよ――）と、いささか辟易《へきえき》する思いだった。淡路島に来てからというもの、呪いだとか拝み屋だとか、オカルトっぽい話題を何度も聞いた。

しかし、彼らの言うことを信じないというわけではない。浅見自身、超常現象的な体験をしているから、もしかすると、生まれつきそういう能力が備わった人間がいるかもしれないという程度の理解はある。

とはいえ、何でもかんでも非科学的な説明で語られると、ほんとかなあ——と眉唾《まゆつば》ものに思えてくる。

「呪いの力というと、市村氏は具体的に何をどのように行なったんですか？」

浅見は訊いた。

「呪文とか、そういう詳しいことは話しませんでしたけど、ただひたすら呪うんだそうですよ。紙で作った形代っていうのがあって、それを来る日も来る日も、何枚も、竹の針で突き刺して、呪い続けるのだそうです」

藤田はあっけらかんとした喋り方をしているが、背筋が寒くなるような話だ。いずれはその市村なる人物と会わなければならなくなるだろうが、その時、どういう顔をして挨拶《あいさつ》すればいいものか。

「それで、呪った相手というのは、どういう人物で、呪う動機は何だったんですか？」

「相手は阪神淡路大震災の復旧工事に参画した土建業者の一人です。崩壊した道路の盛土に使うために、大量の土を納入したんですが、その土を採取する際に、たまたま市村家のステバカの土を掘ってしまったんだそうです」

「は？　ステバカって、何ですか？」

「あ、浅見さんは知らないんですか？　そうですか、東京のほうには、もしかするとそういう風習はないんですかね。『ステバカ』とはこの土地の言い方で、『ステザンマイ』とか『ステボチ』『ウメバカ』『センゾ』『アンチン』という言い方もあるそうです。正しくは『埋め墓』と言ったほうが分かり易《やす》いでしょうか。いまは全部、火葬になっていますが、まあ、土葬が一般的だった時代のなごりみたいなもんです」

「つまり、お墓のことですよね」

「そうですが、お墓にも二通りありまして、実際に遺体を埋めた場所が『ステバカ』、あるいは『埋め墓』。それに対して、墓石の建っているところを『参り墓』と呼んで区別しているんです。『参り墓』にも、『ダント』『ヒキバカ』『ラントウ』という呼び方があります。両墓制といって、淡路島に限らず、ほかの地方でも似たような風習があったんじゃないですかね。僕の福井県でも、そんなような話を聞いたことがあります」

さすがは新聞記者だけあって、詳しく調べたものだ。

「しかし、どうしてお墓を別にするんですかね？」

浅見は訊いた。

「まあ、土地が狭いというのが、いちばんの理由でしょう。それから、土葬した土地に墓を建てても、じきに崩れたり倒れたりしてしまうからだという説もあります」

「それじゃ、埋葬した遺体は、文字どおり棄《す》ててしまうわけですか」

「棄てると言うと語弊《ごへい》がありますが。一定期間、七日間とか、四十九日とかステバカにお参りして、その先は参り墓に行くというのがふつうです。ステバカのほうはいずれは土に返して、またその上に別の遺体を埋めるということもあったみたいですよ。そんなもんだから、知らないと、墓の土地か、ただの土か、見分けがつかないこともあるのでしょう」

「なるほど……」

納得したものの、あまり気分のいい話ではなかった。浅見はどうも、この手の話は苦手なほうである。

「それで、その土建業者がステバカの土を使って、どうなったんですか？」

話の先を催促した。

「市村家では、参り墓同様、ステバカのほうも大切にしていたから、そういう、死者を冒瀆《ぼうとく》するような行為を許すわけにいかなかったんでしょう。当然、その業者にクレームをつけたんです。原状に戻せとね。ところが相手はけんもほろろの応対で、ただの土を掘っただけで、墓を掘ったわけではないと突っぱねた。もっとも、原状に戻せと言ったって、どだい無理な話であることも事実です。しかし市村家は怒った。じいさんはもちろんですが、耕作さんも一緒になって呪いを始めたって言ってました。そうして二十一日目に事故が起きた」

「鳴門の渦潮《うずしお》に呑み込まれたのですね」

「そういうことです」

「しかし、それは偶発的な事故だったのでしょう？」

「まあ、そうとも言えますけどね。少なくとも市村さん親子は呪いの成果だと信じているのです。いや、市村さんをよく知る人たちなら、大抵《たいてい》はそう信じたんじゃないですか。僕なんかは、どっちかというと、そういうのは信じないほうだけど、市村さんと会って話を聞いてるうちに、何となく、そんなこともあり得たのかなあと思えてきました」

「やれやれ……」

浅見はため息をついた。

「浮世離れした話はこのくらいにして、肝心の政治家やゼネコンがらみの話をしてください」

「そうですね。けど、その話は直接、市村さん本人から聞いてもらったほうがいいんですけどねえ」

「市村氏はどこにいるんですか?」

「ですから神戸です。親父さんのところを飛び出して、神戸で独り暮らしをしてます」

「仕事は何をしているんですか?」

「いわゆる易者ですね。しかし、実際は裏でイタコや拝み屋みたいなこともやっているんじゃないかと推測してます。映画の『ゴースト/ニューヨークの幻』で、ふとっちょのおばさんが口寄せの巫女《みこ》さんみたいなことをやっていたでしょう。ああいう感じですよ。神戸の店っていうか、オフィスっていうのか、そこへ行ってみると分かりますが、異様な雰囲気です。どうですか、行ってみませんか」

「そうですね……」

浅見は気持ちが複雑に揺れた。市村なる男に会ってみたい気もするが、反面、得体の知れぬ相手を想像すると、気が重い。

時計を確かめると、まだ昼までは少し間がある。神戸で昼食を摂《と》るのもいいかもしれない。それじゃ、と車をUターンさせた。途中で藤田は市村に電話を入れている。

「先約を断って、待っててくれるそうです」

意気揚々と言った。

浅見は神戸の地理に関しては、あまり通暁《つうぎょう》しているわけではない。藤田の指示どおり、カーナビに目的地をセットした。元町《もとまち》駅の北東、神戸女子《こうべじょし》大学の近くだ。

この辺《あた》りは神戸の中心街だから、よく整備もされ、きれいなビルが多いのだが、裏手の路地に入ると、意外なほどどくすんだような建物もある。訪ねたビルも、オフィス用なのか住居用なのか、判然としないような、怪しげな五階建ての建物だった。コンクリート打ちっぱなしはいいとして、いまどきの建築にしては窓が極端に小さい。

駐車場の余地はなく、近くの有料駐車場に車を駐《と》めた。道路から建物に入るには、一見、ただの壁かと見紛《みまご》うような無機質で高いコンクリートの塀に、細長い入口をくり抜いただけの門をくぐって行く。

門の中は、やや広い廊下程度の空き地である。下はコンクリートで固められていて、建物と一体のような印象だ。右手に建物、左には隣のビルの壁面が迫っているから、猛烈な圧迫感と閉塞感に襲われる。

市村の「オフィス兼住居」は、建物の一階にあった。廊下の突き当たりに鉄のドアがあり、インターホンはおろか、呼び鈴もない。藤田がノックすると、覗《のぞ》き穴からこっちを窺う気配がして、ゆっくりとドアが開いた。

市村耕作は、相島や三浦と同じ年代と聞いていたが、それよりはかなり老成した印象を受ける。顔の皺《しわ》がやけに多いのだ。それに、髪の毛が白く、手入れも悪い。

建物の外も日差しがなく薄暗いが、部屋の中はさらに暗く、まるで夜だ。目が慣れるまで時間がかかった。ドアを入ったところは、病院で言えば待合室といったところか。粗末なベンチが二脚、置いてある。

「市村耕作さんです。こちら浅見さん」

藤田が紹介して、市村は「どうもどうも」と笑顔を見せた。笑うといっそう皺が増えて、好々爺《こうこうや》のように愛想がよくなる。風変わりだが、悪い人間ではなさそうだ。しかし、この人物が形代を針で突き刺して人を呪うのだから、その落差のほうが恐ろしい。

「浅見さんのご活躍は、いろいろな本で拝見してます。よう来てくださった。どうぞ入ってください」

奥のドアを開けて、中に招じ入れられた。窓はなく、控えの間よりさらに暗い。藤田が言ったように、映画「ゴースト／ニューヨークの幻」の霊媒師の部屋を彷彿《ほうふつ》させる。わざとそうしているのか、それとも切れたまま放置しているのか、小さなシャンデリアの五つある電球の四つまでが消えている。正面の壁に注連縄《しめなわ》が張られ、祭壇が飾られている。祭神はやはり牛頭天王のようだ。

丸いテーブルの上には、青い花瓶にサカキの枝が活けてある。市村は正面の椅子《いす》に坐《すわ》った。向かい合う位置に椅子が三脚並ぶ。依頼者はそこに腰掛けて、市村と向かい合うのだろう。その依頼者用の椅子に、浅見と藤田は並んで坐った。市村の顔は、サカキの葉を透《す》かして見ることになる。

さすがに、それでは具合が悪いと思ったのか、市村はサカキの花瓶を横に除《の》けた。

「大方のことは藤田さんから聞かはったと思いますけど」

市村は藤田に目を向けて、確かめた。

「いや、少し話しましたが、詳しいことは市村さんから直接、聞いてもらったほうがいいと思って、まだ話してません」

「そうですか、そしたら、何からお話ししたらよろしいかな」

表情は温和なままだが、まともに向けられた目は、相手の心理の奥底までを見通すように鋭《するど》い。当人は意識もしていないのかもしれないが、「客」を畏怖《いふ》させるには十分だろう。それに慣れるまで、浅見はしばらく口を閉ざした。それから、切り込むように言った。

「中田悠理さんをご存じですね？」

「えっ……」

市村は驚いた。

「それはまた、どういうことでっか？　浅見さんは何で中田さんのことを知ってはるんでっか？」

市村は辛《かろ》うじて態勢を整え、訊き返した。浅見が「じつは」と、秋葉原での「奇禍《きか》」の経緯を話すとさらに驚いている。

「中田さんは亡くなる寸前、つまりダイイングメッセージで『モスケ』と言ったのです。その後、いろいろ調べて、市村さんのことを尋ね当てたというわけです」

「そうやったんでっか……確かに、わしのことを言うたんや、思います。ここ何年もやめとるけど、わしはモスケを踊るし、わしの親父もモスケを踊っとりました。けど、中田さんは何で『モスケ』と言うたんかな？　それも今際《いまわ》のきわに」

「亡くなる瞬間、中田さんにはいろいろ伝えたいことがあったのでしょう。しかし、薄れゆく意識の中で、時間がないことを直観的に悟った。すべてはモスケから聞いてくれ——という思いが、彼女にそう言わせたのだと思います。それでお訊きしたいのですが、中田さんとはどういう知り合いですか？」

「中田さんは三浦が……三浦君に紹介されて来たんです。三浦君のことは知ってはりますな。洲本高校でわしより二級下でした。国交省に勤めとったが、元々はわしと同じ、拝み屋の家の出やったんです。拝み屋としてはわしより才能があった男やけど、いまはその霊力を封じてしもうた言うて……ま、その話はいいとして、一カ月ばかり前のことやった。

彼女が突然、わしの家を訪ねて見えた。志筑の荒神社の近くにわしの家があって、いまでも親父はそこに住んどるのですが」

「あ、そのことは知っています。じつは荒神社を訪ねた時に、市村さんのお宅にもお邪魔したのです。そしたらその……」

「ははは、親父は会わんかったでしょう。何ぞご無礼があったんとちがいますか」

「いや、無礼は突然お訪ねしたほうにありますから」

「そうや、中田悠理さんも突然やって来はった。その時はまだ、わしがあの家におったから、親父のように素っ気なく追い返したりはせんかったですけどね。しかしもちろん初対面で、何の前触れもなかったもんで、びっくりしました。その翌日には、わしはあの家を出て神戸に移り住んだよって、きわどいところやった。彼女とはそういう巡り合わせになっとったんかもしれん。神意のしからしむるとこやね」

市村は軽く頭を下げ、「神意」に敬意を表した。浅見は市村ほどには神懸《かみが》かり的なことは考えないが、しかし秋葉原での「出会い」も、市村の言う巡り合わせであることは確かだ。おまけに、巡り巡って浅見を淡路島に引き寄せた、三浦延之の事件とも繋がることになった。これも神意といえば神意か。そうしてみると、この世の中のことはすべて、神の意志によって設計され、実施されているようにも思えてくる。

（なるほど、宗教や信心とは、そんな風に偶然、奇跡的な出来事に遭遇することから生まれ、定着しているわけか——）

妙に納得できた。

「それで、中田さんが市村さんを訪ねた目的は何だったのですか？」

「中田さんは悩んどったんです。石上神社のタブーを冒《おか》したいうことをです。それはどういうことか言うと……」

「あ、そのことは中田さんのご両親から聞きました。女人禁制と言われている鳥居をくぐったのですね」

「そうです。その禁忌を冒したために、中田さんは身辺に異常なことが起きるようになった言うてました。初めのうちは、会社でシカトされるようになったとか、無言電話がかかる程度のことやったんだが、だんだんエスカレートしてきた。突然、ファンヒーターが故障する。朝起きたら、顔がパンパンに腫《は》れていた。全身に真っ赤な発疹《ほっしん》があらわれた。壁から怪しげな声が聞こえてくる……とにかく、周り中から悪意が注がれてくるような気がする、言うのです」

「それは、一種のノイローゼじゃないのでしょうか」

「そう、病院に相談すると、どの医者もそんな風に診断して、中には精神科に入院したほうがいいと勧められたこともあったそうです。そうして悩んだあげく、三浦君に相談して、一時はよくなったのやけど、最近、再び状況が悪くなってきたいうんです。今度は三浦君にも手に余るようになった。そんでもって、わしを頼って来たいうわけです。それをわしは解決してあげた」

「ほうっ……どうやったのですか？」

「それはあんた、教えられませんがな。いわば企業秘密いうもんです」

市村は笑いもせずに言った。これ以上はこの件について、話す気はないという、少し不愉快そうな顔に見えた。

「分かりました。それでは、話題を三浦さんのことに移して、三浦延之さんからお聞きになった話のことを聞かせてください」

浅見は言った。

「わしが三浦君から話を聞いたいう、そのことは話したんかね」

藤田を詰《なじ》るように言った。

「いや、僕は話してません」

藤田は慌てた。

「僕が話す前に、浅見さんのほうから、そうではないかと言われたんですよ」

「ふーん、やっぱ浅見さんは、わしの見込んだとおり、優秀なお人やねえ」

市村は満足げに背を反《そ》らして、しげしげと浅見を眺めた。

「そんなことはありません」

浅見は照れて、手を横に振った。

「それより、三浦さんが話した疑惑とは、やはり国土交通省に絡むものなのでしょうか？」

「ふーん、そのことも知ってはったか。さすがやねえ。そう、まさにおっしゃるとおり、神戸淡路鳴門自動車道の件ですわ」

市村はまた満足げに、大きく頷いた。

「ただし、問題は神戸淡路鳴門自動車道だけやないで。ゼネコンが公共事業を受注するのと、見返りの献金は日常的に行なわれとる。その最も顕著《けんちょ》な事実として、神戸淡路鳴門自動車道疑惑いうのがあるっちゅうことです。端的に言うと、政治資金規正法にまつわる疑《ぎ》獄《ごく》事件やね」

「資金の出所はＳＳＰですか」

「そうです」

前触れもなく「ＳＳＰ」の名前が飛び出したのだが、市村は免疫《めんえき》ができたのか、もはや、さほど驚かなくなっている。

「神戸淡路鳴門自動車道の工事に関して、ＳＳＰが事業主体を落札した直後の時点で、巨額の政治資金が動いた疑惑があるというのです。そっちのほうは国税当局と東京地検の特捜が捜査を進めておるみたいやけど、政治家のガードがきつくて、なかなか成果が挙がらへん。しかし、べつのルートで不正な献金が行なわれているいう疑惑は、それを立件するに足る資料がある。三浦君はそれを持って現われたんです。これがそれやけど」

市村はテーブルの下から、マジシャンのような手つきで書類袋を取り出して、中身をテーブルの上に広げた。

Ａ４判の用紙に人名と数字を並べたリストである。一枚に数十人分。それが数十枚、バインダーでとめてある。

「これは何ですか？」

「ＳＳＰのマル秘資料をコピーして持ち出した、給与明細みたいなもんや言うてました。本来の給与に一定額を上乗せして支給していることを記録した、一種の裏帳簿やね」

「なるほど、これで中田悠理さんの役割が読めました」

同時に、彼女に対する殺意の動機が理解できた。三浦と中田の関係は憶測するしかないが、客観的に言えば、三浦が中田を使嗾《しそう》して、データを盗み出させたということになる。

りそうだ。

だとすると、告発者の正当性が損なわれ、捜査当局が立件するのを躊躇《ちゅうちょ》する可能性もあ

それはともかくとして、リストを見ると、上乗せの金額は一万円から最高三十万円まである。役員、管理職、平社員のそれぞれのクラスに応じた配分をしているようだ。平均すれば五、六万円。仮に社員五百人分をトータルすると三千万円近くになる。それも、この資料は単年度分にすぎない。毎期ごと、あるいは半期ごとにこの方式を続けているとしたら、膨大な数字になるだろう。

「ずいぶん気前のいい会社ですね。こんなにボーナスを出しているのですか」

「ただのボーナスとちがいますがな。社員は全員、上乗せ分を政治献金に使うよう、命令されておるのです。つまり迂回《うかい》献金ですな。個人名で献金されとるけど、実態は企業献金いうわけや」

「驚きましたねえ。会社ぐるみというのはよく聞きますが、社員全員が参加しているのは珍しいのではないでしょうか。しかし、支給されたからといって、必ずしも献金する必要はないわけでしょう。自分の小遣いにしてしまいそうなものですが」

「いや、そやからこうして裏帳簿を備えとるんやろね。献金先の帳簿と照合すれば、誰が違反したか、一目瞭然やないですか」

「なるほど。企業側と政治家とが、そこまでいわば肝胆相照《かんたんあいて》らす仲だとは、大したものですねえ」

浅見は皮肉な意味で感心したが、市村は真顔で「褒めたらあかんでしょう」と、不快そうにジロリと浅見を睨んだ。あまりジョークの通じる相手ではなさそうだ。

「わしらの感覚から言えば、この資料だけでも十分、不正を告発できるんやないかと思うんやが、三浦君はこれでは足らんかもしれんと言うとった。下手をすると、告発が不発に終わってしまうかもしれん。それが自《みずか》ら告発できん理由でもあったみたいやね。それと、政治献金が直接、政治家に渡ったかどうかが分からんいうことや。政治献金されとれば、資金管理団体の帳簿を閲覧すればええんやけど、政治家の手許に入る前に、もう一つ迂回しとった可能性がある。陽修会を経由したんやないかいうんや」

「ヨウシュウカイというと、何ですか？」

浅見は訊いた。藤田も怪訝《けげん》そうな顔をしている。

「何や、二人とも知らんのですか。太陽の陽に修めると書くんやけど。いわゆる太陽の道を信じる新興宗教です」

「そうですか、やっぱりそういう宗教団体があるんですね。太陽の道は知ってます。石上神社も太陽の道の上に存在すると聞きました」

「そうです。宗教法人への寄付については、国税当局も手を出しにくい。つまり、一種のマネーロンダリングやね」

「なるほど、あり得ることですね」

浅見は言った。

「そうすると、三浦さんと中田さんがいのちを賭《と》してまで行なった告発は、烏有《うゆう》に帰してしまうということですか」

「そこやがね」

市村は軽くテーブルを叩《たた》いて、テーブルの下からもう一つ、名簿のリストよりさらに分厚い書類を取り出した。

「これは神戸淡路鳴門自動車道の建設工事そのものにからむ、不正疑惑の資料です。わしは専門的な詳しいことはよお分からんのですが、簡単に言うと、自動車道の高架部分に使用されたコンクリートに、審査基準に満たない粗悪品を使っとるいうことです。その結果、骨格の鉄材を腐食させる可能性もあり、道路の耐用年数が大幅に短縮される。場合によっては、思いがけない大事故に繋がりかねないのやそうです。それと、さらに問題なのは、コンクリートを流し込む際に使用される型枠材が不良品で、本来ならば、コンクリートと一体化しなければならないものが、簡単に剝離《はくり》してしまい、コンクリート本体の劣化を早めることになる。これは、施工業者が国交省の指導のもと作成した、設計全般に関係する材料の強度試験等の結果をまとめたもんやそうや。三浦君はそのデータの欠陥に気づいて、調査すべきやないかと上司に提言したんやけど、善処する言うばかりで、そのうちに異動してまうし、その次の上司は、頭から相手にしてくれんかったそうです。これをなんぼ見たかて、わしにはさっぱり理解できんけど、浅見さんやったら読めますやろ」

「とんでもない。僕も理数系は子供の頃から苦手でした。まして専門的なデータなど、見ても分かりっこありませんよ」

浅見は正直に、能力の及ばないことを告白した。実際、パラパラとめくったページは、どこも数字と計算式が溢《あふ》れていて、見ただけで頭が痛くなりそうだ。

「藤田さんはどうなんですか？」

「いや、僕だってさっぱりですよ。しかし、見る人が見ると、データと現実の瑕疵《かし》とのずれは、一目瞭然、分かるのでしょうね」

「たぶん、そうやろね。この資料を突きつければ、当局も無視するわけにはいかず、行動を起こすやろから、前の名簿についても精査するにちがいないと、三浦君は言うてました。しかし、その時点では、身辺に危険な気配があったんやろね。これを預かっといてくれ言うて、ここに置いて行った。結局、それが彼と会《お》うた最後になってしもたんです」

三人はしばらく黙って、三浦の「遺品」となった資料に見入った。

「この粗悪品を使った高架橋の一つが、あの三浦さんを転落させた場所だったのではありませんか？」

浅見が言った。

「ああ、そうかもしれん。もしそうやとすると、三浦君の執念が、犯人にその場所を選ばせたのかもしれんね」

「確かに……」

浅見もそんな気がしたところだった。犯人側は別の場所を想定していたはずだが、その時の条件で、そこを選ばざるをえなかったというのは、何か尋常ではない、三浦延之の怨《おん》念《ねん》が働いたため——というのは、妙に説得力がある。

「だとすると、あの高架橋のどこかに、欠陥品を使った証拠が露呈《ろてい》しているのかもしれませんね」

「そうですな……」

三人は期せずして立ち上がった。

4

二時過ぎに、浅見と藤田と市村の三人は、岩屋の事件現場に到着した。少し時間がかかったのは、神戸のラーメン屋で遅い昼食を摂ったためだ。

川沿いの道を行って、橋を渡り、突き当たりの道を右折、火葬場とは反対方向に車を進める。細長い駐車スペースを奥へ向かうと、目の前に自動車道の高架橋がのしかかるように接近してきた。鳴門方面から来た自動車道が、高架橋を渡りきったところの真下が「現場」であった。

車を出たとたん、市村は「おおっ、寒い」と肩をすくめた。浅見も藤田も寒さなど感じなかったから驚いた。

「どうしました。熱でもあるんですか?」

浅見が訊いた。

「いや、そんなんやなくて、何や知らんけど、寒けが襲ってきたんです」

寒けの原因は市村だけには分かっているらしい。死んだ三浦の妄執《もうしゅう》か怨念でも漂っているのだろうか。しかし、あとの説明は省《はぶ》いて、市村は高架橋を見上げ、三浦がそこから転落したとおぼしき辺りに視線を向けた。肉眼では定かではないが、市村は双眼鏡を用意していた。

「どこやろか。わしには分からんです」

市村は諦めて、双眼鏡を浅見に渡した。浅見がレンズを覗いたが、素人目《しろうとめ》にはそれらしい欠陥は見て取れない。もっとも、素人が見て分かるような剝落《はくらく》があれば、メンテナンス業者がとっくに気づいて、補修作業を行なっているにちがいない。この辺りは、ふだんはほとんど人通りもなく、車の交通量も少ないところだが、万一、下を通る人や車がいる時に落下すれば、重大事故に繫がることは間違いないのだ。

それにしても、もし不正データに基づく欠陥工事が行なわれているとすると、問題はこの場所だけで起きる現象ではない可能性があるということだ。神戸淡路鳴門自動車道のすべての高架橋が同じ工法で建設されているとしたら、危険性は少なくとも十数箇所に及ぶことになるだろう。危険なだけでなく、本来ならコンクリートで保護されているはずの鉄骨の腐食が進み、より重大な事故が発生する危険性さえある。いずれにしても、大規模な補修工事の必要に迫られることは確かだ。

「まだ危険な状態にはなっていないのでしょうか。それとも、欠陥に気づいていないのでしょうかねえ？」

浅見は素朴な疑問を言った。

「気づいてないんでしょうね。気づけば、さすがに何らかの手当てはするんじゃないですか。本質的にそんな不備があるとは考えていないのでしょう。それより、そういう欠陥工事を認可した当初の段階のほうに問題がありますよ。国交省の三浦さんが資料を見て、工法と建材と、その両方に欠陥があると指摘しているのですから、資料の作成に関わった人間がそこに気づかないはずはないです」

さすがに藤田は、ジャーナリストらしい分析をしている。なんだか急に、この男が頼もしく思えてきた。

「気づいとっても、誰も触りたくないんとちゃいますかね。触った者がババを引くみたいなことになるし。そやから、三浦君から報告を受けた上司も、頰《ほ》っ被《かぶ》りし続けて、すべて先送りにしとるんやろ」

市村が穿《うが》った見方をした。

「だとすると、そういう、伏魔殿《ふくまでん》のような役所の中にあって、三浦さんは欠陥データをオープンにしようとして、抹殺されたということですか」

浅見が言った。

欠陥を生じさせた原因とは、むろん国交省の発注担当者と業者の癒着だ。パネルを使うに当たっては、強度試験など、相応の検査過程を経《へ》ているのに、チェックが機能しなかった。それは発注者側のチェックが甘かったというより、業者側の言いなりに通過させてしまったということだろう。その間の事情を三浦はキャッチした。単なるミスでは済まされない、恣意《しい》的な裏工作のあったことをだ。その疑惑が暴露されると、官僚の怠慢《たいまん》どころか、陰で動いた金のあることや、下手をすると政界にも波紋が広がりかねない由々《ゆゆ》しき一大事に発展する。だから犯人側は、どうしても三浦を消さなければならなかったにちがいない。

「何があったんやろね？」

「検査に手心を加えるようにという働きかけがあれば、当然、担当者に金品が贈られていたでしょう。その橋渡しに政治家が介在したとすれば、やはり賄賂《わいろ》性の強い『献金』が渡されたに決まってます。もしかすると、神戸淡路鳴門自動車道や明石海峡大橋全体の建設工事。それに、阪神淡路大震災の復旧工事関係の入札にも疑惑が拡大することだって考えられます。三浦さんの『捜査』はその核心部分まで及んでしまったのかもしれません。そうだとすると、もはや不良品のパネルを使ったことや、ＳＳＰの不正献金などという瑣末《さまつ》な問題ではなくなって、政治家やその政治家の属する政党の根幹まで揺るがすところまで、事態は深刻になってしまう。だからこそ、三浦さんが動く気配を見せたとたん、果断の措置をもって抹殺したのでしょう」

「もしそういうことだとすると、ここから先は、やっぱり警察に任せるしか仕方ないんじゃないですかね」

藤田は早くも尻込《しりご》みをする気配だ。

「いや」と市村が首を振った。

「警察みたいなもん、あてにならんのちゃいますか。三浦君もそう言うとった。彼はよっぽど警察が嫌いやったんやろな。警察はあてにならんどころか、さっきも言うたけど、反対に、窃盗や恐喝目的か、疑いの目で見られかねへんと心配しとった」

「何でそんなに、警察を毛嫌いしたんですかね?」

藤田は首をひねった。

「たぶん、警察にひどい目に遭った体験があるのでしょう。それがトラウマになっているのかもしれない」

浅見が言った。三浦がかつて、成ケ島に死体が漂着していることを「予言」して、それをきっかけに、三浦だけでなく、一家ごと警察に疑われたという、その経験から出ている警察不信にちがいない。

「身内である国交省でさえ、三浦さんの上司が、三浦さんの提示した疑惑を握《にぎ》り潰《つぶ》していたふしもあります。まして警察をあてにできないという思い込みが、いっそう深まったとも考えられます」

「確かにそのとおりやろね」

　市村が頷いた。

「警察に持ち込んでも、どうせ上のほうで握り潰すことになるんやないかと思いますよ。現実に、その後、三浦君の遺志を継いで、わしが警視庁宛に告発文を送ったのに、何の反応もあらへんからね」

「えっ、藤田さんの話だと、警視庁の特捜本部が動きだしそうだということでしたが。そうでしたよね、藤田さん」

「いや、僕は当然動きだすだろうと思って、そう言ったんです。あの時の話では、市村さんもそう言ってましたよね？」

「ああ、あん時は、ですね」

　市村は苦々しげに顔を歪《ゆが》めた。

「わしも、特捜がすぐに行動を起こすもんやと信じとった。けど、それらしい動きは何もないですやろ。この現場にはもちろん、淡路島に特捜の人間が入った気配はまったく感じられへん」

「そういう『気配』があるかどうか、どうやって察知するものですか?」

「そんなもん、島の人間やったら、居ながらにして分かりますよ。観光のお客さんとは臭いが違うねんから」

ことなげに言うのに、浅見は「はあ、そういうものですか」と感心した。

「ところで、市村さんの告発ですが、匿名《とくめい》で送ったのでしょうね」

「もちろんですよ。それも、こっちの素性を知られんように、わざわざ大阪まで出掛けて行って投函《とうかん》しました」

「匿名だとすると、警察も頭から信じていいものかどうか、悩んでいる可能性がありますね。その手のタレコミに単なるいたずらが多いことも事実ですから」

「そやかて、あの資料の一部をコピーして、添付してやったんでっせ」

「かりに信用したとしても、警察の動きは遅いのです。資料の解析に時間がかかっているのかもしれません」

浅見は無意識に、警察擁護《ようご》に回っていることに気づいて、後ろめたいものを感じた。

「それに、たとえ動きだしているとしても、外部からは窺い知ることはできませんよ。実際はすでに内偵が始まっている可能性もあります」

「いや、それはないな」

市村は断定的に言った。

「さっき、臭いがする言うたでしょう。もしそうであって、淡路島に余所者《よそもの》の捜査員が足を踏み入れていれば、わしらが気づかんはずがないんです。浅見さんが来はったことも、わしばかりでなく、島のあちこちの連中が勘づいとりますよ」

市村のいう「連中」とは、彼と同業の人間のことなのだろうか。島の至る所から、興味と詮索の視線がむけられていると想像すると、いささか気色悪い。

「どうしても警察が反応しないようなら、直接警察に乗り込んで、こっちの素性も明らかにして話さないと、まともに相手にされないでしょう。市村さんにはそれができない事情があるそうですから、われわれが代行するほかはありませんね」

「そう、そやから藤田さんに話して、浅見さんに伝えよう思ったんや。それを浅見さんにぜひお願いしたいんやけど」

ようやく結論に達したとばかりに、市村は頭を下げた。

「われわれというと、この僕も含まれるんですか？」

藤田が心配そうに言った。

「新聞社の人間という僕の立場からして、自ら告発者になるのは具合が悪いと思うのですが。情報の出所も追及されるでしょうし。かといって、神戸新報が独自に告発キャンペーンを展開できるほどの確信は、いまのところはまだないわけでして……」

「なるほど、それもそうですね。分かりました。当面は僕一人で動くことにします。その代わり、藤田さんには逐次《ちくじ》、情報の供給をお願いしますよ」

浅見が言うと、藤田は正直に愁眉《しゅうび》を開いた顔になった。

「となると、とりあえず、淡路署の佐俣さんに相談してみるのでしょうね」

他人事となると、にわかに元気づく。

「いや、佐俣さんでは埒《らち》が明かないと思います。佐俣さんがいかに優秀だとしても、身分は一介の部長刑事にすぎません。殺人事件などの強力犯《ごうりきはん》の捜査ならともかく、こういう問題を扱うのに適しているかどうかとなると疑問ですね。そういう意味で、市村さんが警視庁にタレ込んだのは正しかったと思います」

浅見は言いながら、陽一郎が、暗に特捜の動きを肯定していたことを思っていた。疑獄事件に関しては、浅見が動かなくても、兄が手を打ってくれて特捜がきちんと対応するだろう。しかし、そのことをこの二人に明かすわけにはいかない。

「いまはまだ動きが見えないとしても、特捜が放っておくことはないと思います。その方面についてはわれわれは無力ですが、ただし、現実に起きていることは殺人事件です。しかもここの事件と、東京・秋葉原の事件とのからみを想定して捜査しなければならないでしょう。幸い、僕はその両方の捜査員とコンタクトが取れる立場ですから、そこで何らかの力を発揮できると思います。ただ、一つだけ腑《ふ》に落ちないことがあるのです」

「はあ、何がですか？」

藤田が訊いた。

「三浦さんにはいわゆる拝み屋として、いわば洞察力のような資質があったはずですよね。たとえ霊力を封じたとしても、自分に危険が迫るのを察知して、テキの手から逃れることができなかったものでしょうか？」

「ああ、それやったら、確かに三浦君は危険を察知してはりましたよ」

市村が言った。

「そやからわしのところに資料を預けて行かはった。何や知らんけど、ヤバいことが起きそうな気配を感じる言うてはったし。よっぽど警戒してはったことは確かやね。それでも殺されてしもうたいうことは、テキにはそれを上回る意志の力みたいなもんがあったんとちゃいますか。なんぼ用心しとっても、がんじがらめになってしまうような力が働いたんやと思います」

「それは何なのですか？　いわゆる超常現象的な力ということですか？」

浅見は訊いた。

「そうやね。そうでもなければ、身辺を警戒しているおとなが、法治国家の日本で、人知れず命を奪われるような不可思議な出来事が起こるはずはないんとちゃいますか」

市村はそう言うが、必ずしも日本の法秩序が万全というわけではないことは、最近の世相を見れば明らかだ。島根県で女子大生がバラバラにされた事件など、悪魔の所業としか思えない犯行である。それに、犯人はどのような人物で、どのような手法を用いたにしても、最終的に三浦の生命を奪ったのは、魔力でも超能力でもなく、生身の人間による、ごくプリミティブな「手仕事」だったはずだ。三浦の息の根を止め、神戸淡路鳴門自動車道の上から遺体を投げ捨てた者が、この世の中のどこかにいるのだ。

しかし浅見はあえて市村の「正論」を否定することはしなかった。

「というと、やはり拝み屋みたいな人物の意志が働いたということですか?」

「拝み屋かどうかはともかく……いや、拝み屋やとすると、一人や二人ではなく、集合体みたいなマスの力が働いたんやろね。そうやないと、三浦君ともあろう人がみすみすやられることはなかったやろね」

こういうオカルトっぽい話は苦手だが、浅見はその時、中田悠理のことを思った。彼女が白昼、衆人環視の中で死んでいった「不可思議」も、市村の話のような超常現象的な力によるものだとすれば、妙に納得したくなる。危ないことではある。

「そんな力があるとすると、われわれには防ぎようがないですねえ」

藤田は素朴に脅《おび》えている。「ジャーナリストの一員が、そんなことを信じてどうするんだ——」と、どやしつけてやりたかった。

第七章　背後に蠢《うごめ》く者

1

藤田を神戸新報淡路支局まで送ってから、浅見は市村を乗せて神戸まで行くことになった。市村はバスの便があると言って遠慮したが、そういうわけにはいかない。

それと、浅見にはもう一つ、市村に確かめたいことがあった。そのためには藤田がいないほうがいいという意味もある。洲本インターから神戸淡路鳴門自動車道に入ると、早速切り出した。

「改めてお訊きしたいのですが、中田悠理さんと三浦さんがどういう関係だったのかについては、もちろんお聞きになっているのでしょうね?」

「ああ、聞いてますよ。三浦君は国交省。中田さんはSSPいう、建設会社に勤めてはった。知り合《お》うたのは偶然、居酒屋みたいなところで出会うたのが始まりやそうやけど、意気投合して付き合うとるうちに、まあ、言うたら密かに愛し合う関係になったんやね。ズバリ言うて不倫です。褒められたことやないけど、二人はあまり深刻には考えておらんかった」

「では、三浦さんは市村さんにそのことまで打ち明けたのですか？」

「打ち明けてくれました。というのも、わしに重大な頼みをせななならんいうことがあったので、隠しごとをしとるわけにはいかんかったのでしょうな。そういう関係があった上で、例の給与明細の名簿とデータ改竄《かいざん》の資料を、中田さんに頼んで、SSPから持ち出させたいうわけですわ。最初は、中田さんが石上神社のタブーを冒したのを気にしとるいう話をしたところから始まったことやそうです。そこから陽修会と黒光会《こっこうかい》——浅見さんは知ってはるか知らんが、黒光会いうのは黒崎代議士の資金管理団体やけど」

「知ってます」

「そことSSPとの関係が分かった。あ、黒崎代議士の話は藤田さんには黙っといてください。彼はええ男やが、あくまでもマスコミの人間ですから、先走ったことをやりかねへん」

「分かりました」

浅見は苦笑しながら頷いた。

「三浦君はその時点で、すでにSSPの不正に気づいとったんやね。SSPが陽修会を通じて黒崎代議士に迂回献金しとるいう事実は摑んでおった。そのことをリークしたのは、SSPと競合するゼネコンの人間やったそうです。その人物いうのが、三浦君の予言やら占いやらを信じて、何かというと、三浦君に相談を持ちかけとったんやそうですよ」

「三浦さんにはそういう能力が備わっていたのですか?」

「ああ、その程度のことやったら、備わっとったでしょう。彼も元を質《ただ》せば拝み屋なんやから。それで三浦君はやる気を起こした言うてました。わしの家もそうやけど、淡路島の拝み屋がやっていけんようになったんは、陽修会がのさばってきおったのが原因です。太陽の道いう信仰が急速に広まってきた。陰と陽ということから言えば、拝み屋は陰や。それに対して太陽の道は文字どおり陽やね。それまでは牛頭天王や荒神さんみたいな、呪いの宗教が力を持っておって、拝み屋の拠《よ》り所となっとったのを、陽修会が進出してきおって、伊勢久留麻神社やら石上神社が脚光を浴びるようになってしもうた。言うなれば、拝み屋が駆逐《くちく》されたいうことやね」

市村は自嘲《じちょう》して、頰を歪めた。

「やる気を起こしたとは言うても、陽修会は巨大化して、三浦君一人の能力では手に余る相手やからね。わしに頼み込みに来たのは、まだしも現役でいるわしなら——いう買い被りもあったのとちがいますかな。大げさに言えば、一種の宗教戦争みたいなもんやね」

「だとしたら、中田さんの身辺に起きた怪しい出来事は、そのことが原因なのではありませんか?」

「そうやろね。そのほとんどは、人為的《じんい》なものやった思いますよ。現に、通勤の行き帰りなんかに、誰かに見られているような気がするし、ストーカーみたいに、尾行《つけ》てくる足音がしたり、夜中に無言電話がかかってきたり、会社の人たちの全員が、悪意のある視線をこっちに注いでいるようにも思えたいうことやが、これは明らかに人間による攻撃やね。しかし、必ずしも人間の仕業《しわざ》とのみは言えんのですよ。浅見さんには理解できひんかもしれんけど、たとえば、地震でもないのに、突然、写真立てが倒れたりするようなことがあったんやそうです」

「へえーっ、まるでポルターガイストみたいですね」

浅見は冗談を言ったつもりはないのだが、市村にはそう受け取られたようだ。

「浅見さん、真面目に聞いてもらわんと困りますやんか」

「あ、僕は真面目ですよ。そういう超常現象的に物が動くことを、欧米ではポルターガイストというのではありませんか」

「まあ、それはそうですけど。しかしそんな軽々しいもんとは違います。あれはただ騒々しいばかしやけど、日本の場合には陰湿な怨念がこもるケースが多い」

「というと、やはり石上神社の祟《たた》りですか」

「いや、神様はそんな些細《ささい》なことには、祟ったりはせんのです。そやなくて、恐ろしいのはそれを信じる人の存在ですわ。おのれの信じるもの、拠って立つものを蔑《ないがし》ろにされたり、侵害されたりするのを排除するために、全身全霊を傾けて復讐を行なう意思が、凝《こ》り固まるいうのが恐ろしい。いや、これは自戒をこめて言うてんのやで」

市村はそう断りを言った。彼自身、あるいは彼の父親もまた、復讐心で凝り固まる、一種の「才能」を持っていることを弁《わきま》えた上での発言なのだろう。かつて、市村家の「ステバカ」を冒瀆されたのを怨《うら》んで、土建業者を呪った結果、まるでそれが通じたかのように土建業者が不慮の死を遂げた事実は、呪った側にとっても、思いもよらぬ、後味の悪い出来事だったにちがいない。

とはいえ、浅見には中田悠理が訴えたような、ポルターガイストもどきのことが起きたとは信じがたかった。写真立てが倒れたのは何かの弾《はず》みだったのかもしれない。ストーカーの恐怖も、石上神社を冒瀆した後ろめたさから来る、被害妄想とも考えられる。

しかし、市村の思い込みを全面否定することなど、できそうになかった。

「ということは、単なる贈収賄《ぞうしゅうわい》、あるいは不正献金といった犯罪を隠蔽《いんぺい》しようという動機から来る殺意ばかりではなく、何か宗教上の動機に基づく殺意が働いたと考えていいのですか？」

「そうやね。中田さんが感じたのは、そういうたぐいの殺意やと思いますよ。そやから、石上神社さんの祟りやないかなどという、ふつうなら正気とは思えへんような恐怖を抱いたんやろね」

「そう考える理由というか、根拠のようなものは何かあるのですか？」

「ある、いうことですな。じつは、ＳＳＰは社を挙げて陽修会の信者いうか、支援団体でしてね」

「その陽修会というのは、そんなに力のある宗教なのですか？」

「ありますよ。もっとも、力をつけたのは、最近のことやけどね。陽修会の教祖で新宮《しんぐう》いう人がその教義を発見してから、急速に広まった。石上神社のタブーは昔からあったごく土俗《どぞく》的な信仰やけど、陽修会の厳格な戒律によって、ほんまに冒すべからざる神聖さが強まったんです」

「しかし、そういう神聖さにしても、それを守ろうとするのは、恣意的で人為的な力じゃないですか」

「そのとおりやね。けど、それを神意やと思い込む人間がおる以上、冒瀆に対する神罰《しんばつ》は下されなあかんことになるのです」

市村も言ったように、必ずしも邪教でなくても、自らが信奉する神や教義を貶《おとし》められた時、その信者や、時には宗教団体自体が報復を行なう例は、これまでも少なくない。殺人や戦争にまで発展することもある。中田悠理がその犠牲者だとは考えたくもないが、可能性がまったくないとも言えないのだろう。

「なるほど……」

「それで、市村さんは中田さんの訴えに、どのように対処したのですか？」

いちど質問して、拒否されたことだが、いまは藤田がいないから、市村の対応も変わるだろうと思った。その予測は当たって、市村は抵抗なく口を開いた。

「まあ、これは一種のカウンセリングやからね、平常心を取り戻すよう施術しました。まず、神様への冒瀆は、心の底から詫《わ》びる気持ちさえあれば、許してもらえると言うた。けど、ほんまのところを言えば、それでは問題は解決せんわ。浅見さんの言うとおり、人為的な力が働いておるんやからね。結論として、むやみに出歩かんと、控えめな生活をするのがよろしい言うて帰ってもらったんです。その次の日に、わしは神戸に移り住み、事務所を構えたんやけど、それから間もなく三浦君が来て、何やら危険が迫っとるような予感がする言うて、例の書類を預けて行った。三浦君の話を聞いて、わしも得体の知れぬ恐怖を感じました。そうして、恐れたとおり、あの岩屋での事件が起こってしもうたのです」

市村の恐怖が伝播《でんぱ》したように、狭い車内に寒々しい空気が漂った。超常現象さえ起こしかねない「拝み屋」の市村が恐れるのだから、確かにただごとではないのだろう。

「それで、藤田さんを通じて、僕を呼び寄せたというわけですか」

「そうです。それ以外、方法はない思いましてな。浅見さんにはご迷惑なことや思いますけど、藤田さんに相談したら、二つ返事で引き受けてくれた。浅見さんはこういう話は、絶対に断ることのできない性格やから、任しておけ言うてました」

叔父、甥そろって調子のいい藤田には、怒る気にもなれない。それに彼の言うとおり、たぶんこの話をまともに聞かされていても、浅見が断ることはなかっただろう。まさにそういう性格だからこそ、現にいま、こういう状況に陥っている。

三浦延之と中田悠理を殺害した本来の動機は、三浦の告発を抹殺することにあったとして、犯人たちの背後には、陽修会なる狂信的な団体が存在するらしい。少なくとも市村はそう信じ、そのことを恐れている。三浦や悠理の、ふつうではない死にざまも、その連中にしてみれば、さして不思議でもない、当然の制裁のつもりだったのかもしれない。

淡路インターから岩屋の事件現場までは、ほんの十分ほどである。高架橋を通過する瞬間、犯人たちが深夜、ここを走り、路肩に車を停めて三浦を放り投げた、その時のおぞましい情景が思い浮かんだ。

「どういう連中にしたって」

と浅見は呟《つぶや》くように言った。

「許せませんね」

会うことのなかった三浦の無念は推測するしかないが、秋葉原で、腕の中に倒れ込んだ中田悠理の感触は、たぶん永久に忘れることはないにちがいない。

「は？　はあ……」

市村は浅見の「決意」をどういう風に受け止めればいいのか、戸惑った様子だ。

「けど浅見さん、この厄介《やっかい》な事件を、どないして解決するつもりですか？　さっきも言うたが、わしの勘から言うと、相手は、ふつうの感性や感情を持ち合わせた人間たちと違いまっせ」

「それだからむしろ、犯人を特定しやすいのではありませんか。ふつう感覚の常識人だったら目につきにくいですが、変わり者は目立ちますから」

「ああ、そうやねえ。わしの親父とか、わしも、なんぼ隠れてもバレバレやね」

市村はようやく苦い笑顔を見せた。

明石大橋にかかって、視界がいっぺんに開けた。道は一直線だから、左右に視線を配るゆとりもあって、明石海峡の景観を楽しむことができる。

その時、浅見はふと思いついた。

「さっき、市村さんは、中田悠理さんが話したこととして、周り中から、彼女に悪意のある視線を注いでいるような気がしたと言いましたね？」

「ああ、言いましたけど、それが何か？」

「そのことですが、それを聞いた時には、ストーカーの恐怖を語る一つの例としてそう言ったのだと思ったのですが、そうではなく、ＳＳＰという会社の人たちが、実際に悪意のこもった視線を浴びせていたという風に、考えることもできるのではありませんか？」

「それはまあ、そうとも言えますけどな。というと、中田悠理さんは会社中の嫌われ者やったということですか」

「全員がそうだったというのは、オーバーな言い方だとは思いますが、少なくとも、それまで彼女と親しかった上司や同僚たちから、掌《てのひら》を返したような、冷たい仕打ちを受けた可能性があります。会社の上層部の至上命令として、中田悠理をボイコットするようにという お達しが出ていたとか」

「なるほど……けど、そうやとすると、どういうことになりますのや？」

「その時点で中田さんがデータを盗み出したということを、会社側が察知していたのではないでしょうか。もしそうだとすると、三浦さんだけでなく、中田さんまで消さなければならなかったのは当然です」

話しながら、浅見の思いつきは確信に昇華していった。がぜん、事件ストーリーの視界が開けてきたような気がするのだ。

2

市村は寄って行くように勧めたが、浅見は市村を降ろすと、そのまま車を走らせた。陽一郎と連絡を取りたかった。道端に車を停め、ケータイを使う。

刑事局長は「私だ」と、ぶっきらぼうな口調で電話に出た。何か意のままにならないことでもあって、不機嫌を抱えているような気配である。

「いま、大丈夫ですか」

「長くなるのか」

「十分ぐらい」

「じゃあ、後にしよう。五分後に会議が始まる。七時なら空けておく」

「了解」

電話を切って、浅見は時計を見た。淡路島に戻って、藤田に会って——となると、煩《わずら》わしい。今夜は神戸で宿を取ることにした。なるべく安そうなビジネスホテルを探してチェックイン。部屋に入ると、とりあえずベッドに引っ繰り返った。動き回っている時はさほどでもないが、一人きりに解放されると、とたんに疲労感に襲われる。

いつの間にかウトウトとして、松雪真弓の夢を見た。ホテルかデパートか、それともどこかの会社か、とにかくエレベーターに乗り合わせていて、これから村祭りに行くという話をしている。ところが、エレベーターが目的階に着かない。「モスケに会わなければいけない」と焦るのだが、そのうちに暗い廃墟《はいきょ》のようなフロアに着く。ここが出口だと言う真弓に、そんなはずはないと言うのだが、ドンドン行ってしまう。「待ちなさい！」と叫んだところで、目が覚めた。

松雪真弓に特別な感情を抱いているつもりはないので、浅見はなぜそんな夢を見たのか、戸惑った。それとも、潜在意識の底に彼女への想いが芽生《めば》えてでもいるのだろうか。

「やれやれ……」

そう呟いて、雑念を払いのけた。

藤田に電話して、神戸に泊まることを告《つ》げると、「まさか、そのまま東京へ引き揚げるんじゃないでしょうね」と、心細げだ。

「そのつもりはありませんよ」

そう答えながら、そういう選択肢もあり得るかな——と思った。

シャワーを浴びてから、ホテルを出た。夕暮れの街を、勤め帰りの人々が行き交《か》う。若いカップルが目の前を楽しげに通り過ぎた。女性のほうが、死んだ中田悠理と同じような年恰好で、服装も似ている。中田悠理もまた青春真っ只中で、こういう日々を送っていたのだろうと思うと、それを断ち切った犯人に、あらためて憎《にく》しみを感じる。

三浦延之が殺されたのは、悠理がＯＧ会の時に石上神社で女人禁制のタブーを破ってから、わずか一カ月あまりのことである。市村の話によると、三浦と悠理は愛し合う関係にあったという。「不倫」という言葉で片づけてしまっていいものかどうかは詳《つまび》らかにされていないが、いずれにしても、世間にはおおっぴらにできないような関係だったことは確かだ。三浦と市村に共通する、「警察アレルギー」的なものではないにせよ、世間を憚《はばか》るような「事情」を、悠理もまた抱えていたということになる。そうでなければ、三浦が殺された時点で、躊躇なく、警察なり知人なりに、事件捜査に役立つような情報を提供していたにちがいない。

悠理が三浦に市村を紹介されたということから推測すれば、二人は迫りつつある不測の事態の脅威を共有していたと考えられる。

三浦の死を目の当たりにして、その脅威が現実になったのだが、それ以上に、悠理はあらためて、タブーを冒した軽率を思い知ったのではないか。その時の、彼女の恐怖は想像するに難くない。

しかし、悠理を殺したのは神意や祟りなどではない。生身の人間の仕業である。ただ、彼らの犯行が単なる自己保全や憎悪《ぞうお》によるものではなく、ある種の狂信的な動機を帯びているという感触には実感が伴う。三浦や市村といった「拝み屋」が介在していることからくる妄想とばかりは言えない。現実に陽修会という新興宗教の存在を無視できない状況になっているのだ。

暮れなずむ神戸の街を眺めながら、浅見はその一見、平和そうに見える風景の中に、悪意や殺意までがひそんでいることを思い、いまや自分もその対象になりつつあるのではないか――という恐怖を感じた。

軽く食事をしてホテルに戻り、七時ちょうどに陽一郎に電話を入れた。

「はい、私だ」

相変わらず、無愛想な応対だ。

「その後、東京のほうの捜査はどんな具合ですか？」

「芳《かんば》しくない。内偵は進めているのだが、事実関係を証明するブツが出てこない」

不機嫌の原因はそれらしい。

「三浦延之と、中田悠理の会社『システム総合プロダクツ——略称SSP』とは、きみの言ったとおり、やはり関係があった。神戸淡路鳴門自動車道建設の、共同事業体の中に、SSPが参加している。実際の事業には神戸支社が当たったようだが、契約関係については東京の本社ですべて決定している。国交省側では、三浦は計画段階には加わってなく、事業推進の監督官的な役割を担《にな》っていた。監督と言っても、現場での作業段階に入ってしまえば、通常は業者任せが慣例で、役所の人間はときどき視察しては、適当に判子だけ捺《お》していればいい。ところが、三浦はそうしなかった。現場にちょくちょく顔を出して、細部にわたり状況をチェックしていたらしい。三浦は淡路島出身だというから、それなりに愛郷心があったのかもしれない。そこまでは分かっている。その間に三浦が何か不正に気づいた可能性がないとは言えない。ただし、国交省と業者との癒着があった事実、あるいはそこにセンセイが関与していたかどうかの裏付けはとれていない」

「センセイというのは、黒崎代議士のことですか？」

「ん？　なんだ知っているのか。そう、保守党で淡路島を選挙区とするのは黒崎正光《まさみつ》氏。いわゆる道路族で、総裁候補に何度もなった大物だ。それはともかく、神戸淡路鳴門自動車道が完成してからすでに十年は経過している。すでに時効を経過したものも多いのだが、ここに来て三浦が動いたという、その具体的な理由がまったく浮かんでこない」

その理由は、陽修会への怨念が働いている可能性のあることを、市村から聞いた。しかし、浅見はそれには触れず、スタンダードな答え方をした。

「それはたぶん、三浦氏が自動車道建設工事の瑕疵《かし》に気づいたためじゃないですか」

「しかし、いまのところその事実があるのかどうか、それが摑めていないのだ。それともきみのほうに何か、それを疑う根拠でもあるのかね」

「分かりません。じつは、淡路島の岩屋というところの高架橋を見に行ったのですが、三浦氏がリークした不正工事が行なわれたことを示すような、たとえばコンクリート製外皮の剝離が始まっている様子は発見できませんでした。素人目では分からない、内部構造の問題かなと思うのですが」

「そうか、そんなことまでやってるのか。ご苦労なことだな」

陽一郎は軽く笑った。

「警視庁にデータを送って告発しているはずですよね。そのデータを分析したら、不正が明らかになるんじゃないですか」

「むろん、その作業は進めているが、まだ結論は出ていないということだ。仮に不正があったとして、現実に欠陥が生じているのか、それに、建設開始の時点で、はたしてその欠陥を予測できたかどうかは不明だな」

陽一郎は冷たく聞こえる口調で言った。

「さっき、三浦氏は事業計画の段階では参画していなかったと言いましたね。ところが、計画段階で精査していれば、当然、瑕疵を発見されなければならないデータが、計画書に記載されていたのです。その時点でそれに気づかなかったのは過失か、あるいは故意のものだったのかは分かりませんが、おそらく三浦氏は、現場の状況とデータを照らし合わせて、そのことに気づいたのでしょう」

「待て。それは告発のデータが正しいという前提に立ってのことだろう。一応、データの信憑性を検証する必要があることを見過ごしてはいけないと私は言っているのだ」

「あっ……」

浅見は虚《きよ》を衝《つ》かれたような気がした。これまでずっと、三浦を「善玉」と信じて、データの改竄を疑う発想はまったくなかった。さすが刑事局長――と感心する。

「データの信憑性については疑わしい点もあるという前提をつけて、警視総監から私のほうに直接、極秘裡に委託があった。それをきっかけに手をつけることになったのだが、データがほんの部分にすぎないので、作業が難航している。送られてきたデータが完璧ではないということだ。きみが把握しているデータなるものはどういうものだい?」

「僕が見てもちんぷんかんぷんでしたが、自動車道の高架橋などに使用されたコンクリート製品に、審査基準に満たない粗悪品が使われているというものです。それを証明するらしいデータ表のコピーも入ってます。そのデータに欺瞞《ぎまん》があるのかどうか、数字と数式ばかりで、僕には到底《とうてい》、解読できませんが、見る人が見れば、意図的に行なわれたかどうかはともかく、不正データであることに気づくはずのものなのでしょう。三浦氏はそこに気づいたということですね。そして殺される直前、自分の身に万一のことがあった場合を想定して、それを神戸市在住の市村という人物に預けているのです。むろん、ＳＳＰにとっては極秘のデータです」

「なるほど、警視庁に告発したのがその市村で、データを持ち出したのが、ＳＳＰの役員秘書をしていた中田悠理というわけか」

「その可能性が濃厚です。だからこそ中田さんはＳＳＰの報復を恐れた。中田さんは三浦氏に紹介されて市村氏を訪ね、身の危険を感じていると訴え、それに対処する方法を訊いていますからね」

「ん？　ちょっと待て。きみの話はかなりややこしいぞ。時系列的に筋道を立てて説明してくれないか」

「了解」

浅見は一呼吸置いてから、市村に聞いたことをまとめて話した。陽一郎は「ふんふん」

と、合いの手を入れながら聞いている。

「中田悠理さんが感じた身の危険についてですが、どうやら社内か、あるいは犯人グループに、三浦氏との関係を疑われていたふしがあります。実際、三浦氏に社内のデータを流出させたことは間違いないでしょう。その件に関しては、兄さんのほうで確認してください」

「いいだろう。ところで、その市村というのは何者だい?」

「三浦氏は淡路島の洲本高校に一年足らず在学しているのですが、その時の上級生だったという関係です。市村氏もまた、かつての三浦家と同じ拝み屋を営《いとな》んでいます」

「また拝み屋か……それにしても、拝み屋というのが信じられるものなら、三浦はそれなりに予知能力もあって、危険を察知していたんじゃないのかね。それなのになぜ、警察に通報して保護を求めなかったのかな?」

「兄さんは気を悪くするかもしれないけど、端的に言って警察不信でしょうね。一種のトラウマのようなものです」

死体が漂着したことを予言して、犯人扱いされたという、三浦の高校時代のエピソードを話した。

「だったら、市村はどうなんだ?」

「市村氏もおおっぴらに警察に出向きたくないタイプの人間なんでしょう。彼には父親と一緒に、ある人物を呪い殺したという過去があります」

土建業者が、市村家の「ステバカ」の土を採取したことを怒って、市村親子は呪詛の行を営んで、その結果、土建業者が自殺同然に鳴門の渦潮に呑まれて死んだ。その話には、陽一郎は「ふふん」と鼻先で笑った。

「くだらんな。妄想もいいところだろう」

「常識的にはそうだけど、現実に呪われたほうは死んでいますからね。それに、彼らのような職業は、そもそも、警察とはなじまないんじゃないですか」

「まあ、それはそうだが。しかし、市村だって、三浦に機密を託されたのだから、身の安全は保証のかぎりじゃないだろう」

「そうです。そこで僕を引っ張りだしたというわけですよ」

神戸新報の藤田を動かして、刑事局長の弟をおびき寄せた、ことの次第を説明した。

「なんだ、それじゃきみは、体《てい》のいいメッセンジャーボーイじゃないか。しかも、ただ働きの探偵までやらされている。サービス精神もほどほどにしろよ」

「僕はサービス精神だけで動いているわけじゃないですよ」

浅見は少し憤然とした口調になった。

「口はばったいようだけど、これでも社会正義のために資するつもりでいるんです」

「分かってる、そうムキになるな。しかし、無鉄砲はまずい。少なくとも人が二人、殺されているのだからな。相手はまともじゃないぞ。いいかげんで手を引いたほうがいい」

「ええ、僕もそうしたいと思っています。ただ……」

浅見は言いよどんだ。

「ただ、何だ？」

「この事件には、単なる利害関係とは別に、何か得体の知れない動機がひそんでいるような気がしてならないのです」

「得体の知れぬ動機とは、たとえば政治家や官僚の意思とか、そういうものか？」

「いえ、それももちろんあるとは思うけど、そういう目に見えるというか、常識で推測可能なものとは別の、何か……たとえば、それはたぶん宗教的な動機、です」

「何だそれは。きみも拝み屋に毒されたんじゃないのか？」

陽一郎は笑いを含んだ声で言った。

「そうかもしれませんがね」

浅見は逆らわない。理論派の兄には通じない荒唐無稽《こうとうむけい》な話だし、それ以前に彼自身、自分のそういう奇妙な憶測に戸惑っている。

「とにかく、いい加減のところで手を引いて、帰って来い。そっちには明日にでも私のスタッフを送り込むことにする。どこかで落ち合って、申し送りをしてくれたまえ。いまいるのはどこだ?」

「神戸のNホテルです」

「それじゃ、そこへ行くように言う。午前十時にロビーで待っていてくれ。メンバーは竹《たけ》内《うち》と小松《こまつ》。きみも顔見知りの人間だ」

二人とも、かつて広島県と山口県を舞台にした大きな疑獄事件がらみの殺人事件があった時、その捜査に共同で当たった警察庁の職員だ（『箱庭』参照）。兄が推《お》すなら優秀な人材なのだろう。

電話を切って、浅見はこの事件にひとつのピリオドを打つ時が来たのを感じた。もはや素人の手に負える段階を超えたのだ。

しかし、その一方で、何か得体の知れぬ誘惑にも似た謎《なぞ》が、どうしても頭の中から消えない。その正体を見極めないうちは、淡路島を去ることができないような気がするのだ。

3

翌日、浅見がホテルのロビーに行くと、十時きっかりに、竹内美津子《みつこ》と小松貞治《ていじ》が正面玄関からやって来た。どこか、ホテルの外で待機していて、時報とともに出現したようなタイミングだ。律儀《りちぎ》なものである。

警察官の位で言うと、竹内は警視、小松は警部なのだそうだ。竹内は浅見と大して年齢は変わらない。小松はそれよりかなり若そうだから、二人ともエリートに属すると言っていいのだろう。服装など外見は、銀行員か商社マンといった雰囲気だが、笑顔になることが少ないのと、眼光が鋭い点が、ただのサラリーマンとは異なる。くだらないジョークは通じないだろうな――と思わせる。

ラウンジの片隅で、浅見は二人にこれまでの経緯を話した。一時間近い「解説」になったが、竹内も小松も、共にメモを取らず、頭の中に全部収めている。これなら打ち合わせの内容が盗まれたり漏洩《ろうえい》したりする恐れはない。

「では、私のほうから、東京での捜査の状況をお話しします」

竹内は言った。まだ内偵の段階で、非公式な捜査だが、周辺での聞き込みなどから、それなりの成果はあがっているようだ。ＳＳＰと陽修会や黒光会の関係などについては、よく調べている。しかし、逆に浅見の側から彼らに教えるようなことも少なくなかった。

三浦延之と中田悠理の関係については、浅見は市村の話から、たまたま飲み屋で知り合った同士が、淡路島出身ということで、意気投合したのが、そもそもの馴《な》れ初《そ》めで、いうところの「情を交わした」男女関係であることを知っている。しかし、警察の内偵では、会社の同僚などがそのことを知っていたという情報は得られていなかったようだ。

三浦が市村に預けた給与明細に関する資料は、中田悠理がＳＳＰから持ち出したことは確かだと思われるのだが、三浦がどうやって、その資料の存在を知り得たのか、悠理がどうやって、持ち出すことができたのか。目下《もっか》のところ、ＳＳＰの社内事情が不明瞭なこともあって、その辺りの経緯が、どうもはっきりしない。当の悠理も三浦も死んだいまとなっては、推測するより方法がないのかもしれない。

いずれにしても、おそらく、給与明細の存在を知った三浦が、彼女を使嗾して持ち出させたものと考えられる。といっても、悠理はコンピュータからダウンロードしたり、データをコピーしたのではなく、書類として持ち出している。しかも原本ではなくコピーしたものだ。ＳＳＰのセキュリティがどうなっているのか知らないが、人目をかいくぐって盗み出すには、かなり苦労もしただろうし、時間も掛かったにちがいない。

検査データを改竄したという、もう一つの告発内容については、入手先がSSPかどうかは不明だ。ともあれ、そのデータを元に三浦が上司に不正の事実を示し、告発するよう進言したのは当然あり得る。いや、ひょっとすると、三浦の側で、上司に握り潰されることを警戒して、積極的に動くことはしなかったとも考えられる。

工事方法に欠陥があるのかないのか、陽一郎が言うとおり、確定しているわけではないが、もし欠陥ありとすれば、そのことを承知の上で、事業を進めたのは、ＳＳＰの東京本社が単独で行なったことか、それとも神戸支社も参画していたのか、関連企業ほか、関わった人間はどの範囲まで広がるのか。いろいろな状況が想定される。

「それらの点についての調査は、私たちにお任せいただくようにというのが、局長のご意向でした」

竹内はクギを刺すように言った。

「浅見さんはしかるべき段階で撤収していただきます」

「しかるべき段階と言いますと？」

「そこまでは局長は説明しておりませんでしたから、浅見さんのご判断でということなのでしょう」

竹内は意味ありげな微笑を浮かべている。どうせ本人がその気にならなければ、何を言っても無駄だろう——という、陽一郎の声が聞こえるようだ。

「じつは……」と、浅見は少し躊躇しながら言った。

「これまでの話に出ていないことを、お話ししておいたほうがいいと思うのですが」

「はあ、ぜひ聞かせてください」

竹内は浅見の躊躇の意味に、興味を抱いた様子だ。

「兄には少し、匂わせておいたのですが、まだ何もお聞きになっていませんか」

「ええ、局長からは何も」

「やはりそうですか。兄にはあまり詳しくは話していないのです。兄は非合理的なことや非理性的なことは、頭から信じない性格ですからね」

「と、おっしゃると、浅見さんのお話というのは、そのたぐいのものなのですか？」

「まあ、そうです。お二人も真面目な方のようだから、一笑《いっしょう》に付《ふ》してしまうかもしれませんが、一応、聞いていただけますか」

「もちろん聞かせてください。もともと、そういうのは嫌いではありませんので。小松も同様だと思いますよ。ねえ」

傍《かたわ》らの小松に同意を求めると、小松は黙って、しかしはっきりと頷いて見せた。小松は寡黙《かもく》な性格らしい。浅見と竹内の会話に割り込むことはまったくなかった。

浅見は、死んだ三浦と、三浦からデータを託された市村が、ともに「拝み屋」と呼ばれる職業の出であることを話した。市村に至っては、現にその能力を売り物にして、呪術師のような事務所を構えている。

「事件の背景には何か、そういうものの存在が関わっているような気がするのです。殺された中田悠理さんも、神社を冒瀆したことで、祟りのあることをひどく恐れていたという事実があります。怨恨とか利害関係とかいう、単純な動機だけでは説明できない何かが、背後で動いているのではないかという……」

この話になると、浅見はどうもうまく解説できない。自身、心のどこかで（ばかげている――）という、忸怩《じくじ》たるものを感じているせいかもしれない。

「つまり、浅見さんは事件の背景に、何かオカルト的な力か、あるいは狂信的な人間が存在するとおっしゃりたいわけですね」

竹内は明快に決めつけた。

「まあ、そういうことです。くだらない妄想だと思うでしょう？」

「とんでもない。私はあり得ることだと思います。オウム真理教の事件の記憶は、まだ生々しいものがありますし」

「そうですか。信じてくれますか」

「ええ、少なくとも、浅見さんがその恐れがあるとお考えなのは、私は理解できます。しかし、局長があえて何も指示しなかったということも無視できません。とりあえず、事実関係に説明のつく範囲内で捜査を進めろという意向だと思います。したがいまして、そっちのほうの疑惑に関しては、申し訳ありませんが、浅見さんに調査をお願いすることになります。つきましては、浅見さんには捜査協力費として、実費を若干、上回る程度、相応の費用をお支払いすることになります。ただし、これは非公式なものですから、資金の出所は明らかにしません。浅見さんもそのおつもりでいてください」

局長の指示はなかった——と言いながら、あらかじめ想定していたかのように、竹内は言った。兄が何を考えているのか、さっぱり分からない。とはいえ、どういう経緯であろうと、出所がどこであろうと、浅見にとっては歓迎すべき話ではあった。神戸新報や「旅と歴史」のヒモがついているよりは、よほどすっきりしている。

浅見の最大の欠点は、懐《ふところ》具合が慢性的に寂《さび》しいことだが、これで後顧《こうこ》の憂《うれ》いは消えた。竹内の口ぶりから察するに、明日にでも浅見の銀行口座になにがしかの「資金」が振り込まれるにちがいない。

近くのレストランで安い昼のコース料理を食べながら、少しくだけた会話を交わした。竹内も小松もまだ独身で、とくに竹内のほうは、どうやら結婚する気はないらしい。その話題をふったら、かえって、「浅見さんはどうなんですか?」と訊問《じんもん》された。

「その気はないわけではありませんが、状況が結婚を許さないですね」

「状況とは、経済的なという意味ですか」

「まあそうです。いまだに独立できず、実家に居候《いそうろう》をしているようなありさまでは、嫁《よめ》さんの来手がありませんよ。だいいち、とてものこと女房子供を養う自信がないです」

「そんなことはないでしょう。浅見さんより働きのある女性は沢山いますよ」

「それは分かってるんですけどね」

浅見が付き合っている雑誌社にも、女性編集者は何人もいる。独身もいれば既婚者もいる。浅見などよりはるかに高給だ。養うどころか、こっちが養ってもらうことになりかねない。それもいいかな——とは思うのだが、そんな相手に恵まれるチャンスは、なかなか訪れないものだ。

そんなことを思いながら、ふと松雪真弓の顔が脳裏《のうり》に浮かんだ。藤田は彼女と結婚したがっているが、はたしてどういう収まりになるのだろう。真弓の実家の土蔵の中で、彼女と異常接近といってもよさそうな状態になった時のことを思い出す。真弓のそこはかとない好意も感じたのである。

(チャンスはないこともないんだが——)

しかし浅見の場合、いつも物事はうまくいかないようにできている。いま一歩の踏み込みが足りないのだ。今度だって、いくらその気になったとしても、藤田を裏切るわけにはいかない。

ともあれ、竹内の話を聞いたせいか、それとも資金のメドが立ったせいか、気分は久しぶりに晴れ渡った。竹内と小松が引き揚げた後、浅見は勇躍して淡路島へ向かった。次のターゲットは淡テレの相島だ。

淡テレは事務職の人間以外は、ほとんど出払っていた。相島が独りぽつねんと、デスクで何か調べ物をしている。浅見の顔を見て、少し驚いた顔になって、デスクの上の書類を引き出しに片づけた。

「東京へ帰られたのかと思ってました」

「ええ、半分はそのつもりでしたが、神戸へ行ってから思い直しました」

応接セットで向かい合いに坐ると早速、浅見は「ところで」と切り出した。

「市村さんから、神戸淡路鳴門自動車道建設に関する不愉快な話を聞いたのですが、相島さんもじつは、その話をご存じだったそうですね」

「ああ、お聞きになりましたか」

相島はばつが悪そうに笑ったが、申し訳ない——とは思っていないらしい。

「確かに、耕作から相談を受けたことは事実ですよ。しかし、私は聞かなかったことにしてくれ、言うたんです。そやから、浅見さんにも黙っとった」

「なぜですか」

「聞いても、何もできへんからね。ジャーナリストの端くれといっても、こんなちっぽけな会社では話にならへん。耕作は『淡路島を守る会』として、どうにかしたらいいんやないかと言うてましたが、それも筋違いでしょう。それと浅見さん、この件にはあまり関わらないほうがいいんです。なぜか言うとですね……」

「はあ……」

相島が言おうとしていることは、何となく想像がついたが、どのような言い方をするのか、話の続きを待った。

相島は考えがまとまったのか、口を開きかけた。だが、浅見の背後に視線を送った瞬間、その口が閉ざされた。浅見が反射的に振り返ると、松雪真弓と山元制作部長がやって来るところだった。二人とも重そうな機材ケースを手にしている。浅見を見て、二人は同時に「あっ」という顔をした。真弓はただ笑顔を見せただけだが、山元は無遠慮に「やあ、戻られたんですね」と言った。

「その後、どないです？　事件捜査のほうは進んどりますか？」

「いや、ボチボチですね」

浅見は関西風の答え方をした。それから改めて相島に向き直った。

しかし相島は一変して、穏やかな表情に戻って、「浅見さんは、いつまでおられますか?」と訊いた。他人のいるところでは具合の悪い話ではあるけれど、聞きようによっては、早く淡路島を去ったほうがいい——と聞こえる。

「もちろん、事件が解決するまで、淡路島を離れられませんよ」

浅見は反発するように、いくぶん強い口調で言った。その時には真弓も山元も通り過ぎて、編集室のほうに消えた後だったが、彼らにも聞かせたい気分だ。

「ほうっ」と、相島は呆れたような顔で浅見を見つめた。

「それはやめたほうがよろしい」

「どうしてですか?　事件は解決しないとお思いですか?」

「それは分からんけど……いや、たぶん解決はせんでしょうね」

「へえーっ、驚きましたねえ。相島さんの口から、そんな悲観的な言葉が出るとは思いませんでした。それじゃ、三浦延之さんや中田悠理さんは犬死にだったということですか。そんな理不尽が罷り通っていいのですか」

「そんなことは思いませんが、現実として、事件の解決は難しいと言うているのです。理詰めで捜査を進めても、的外れな結果に終わるからです」

「だったら、理詰めでない方法で捜査すればいいのではありませんか」

「理詰めでない方法とは?」

「テキが神懸かり的なら、こっちも神懸かってぶつかるまでです」

「ほうっ……」

相島はまた、まじまじと浅見を見た。浅見はその目を見返した。たがいの心理を探り合うような時間が経過した。

「浅見さんは、テキが何者か、知らへんから、そんなことを言われるけど」

相島は視線を逸《そ》らすと、鼻の頭に皺を寄せて、苦しそうに言った。

「ある意味、浅見さんが言った神懸かり的いうのは正しい。今度の事件の背後には、常人には理解できない、けったいな連中がおると思わないかんのです」

「それは陽修会のことを指しているのでしょうか?」

「えっ、浅見さんは陽修会を知ってはるのですか?」

相島は周囲に気を配り、声をひそめた。

「ええ、太陽の道のことは松雪さんに教わりましたし、太陽の道を教義とする陽修会のことは市村さんから聞きました」

「なるほど。それやったら、陽修会の中にはけったいな……というか、過激な信者がおるいうことも聞いたでしょう。そのけったいな連中は、日頃はごくふつうの社会人として生活しとって、時に思いがけないことをしでかす。耕作から聞いたか知れんが、じつを言えば、三浦君を殺したのもそういう連中やったと思います」

「市村さんは秋葉原で中田悠理さんを殺したのも、彼らの一員ではないかと推測していました」

「うーん……それも否定せんですね。そういう危険性があるよって、忠告するのです。彼らには、本来の目的のほかに、冒瀆者には祟りがあることを実証する意図が働いたと考えられます。そのことは免罪符としても作用します。つまり、連中にとっては殺人も聖戦なのですよ」

聞いていて、浅見は意志が弱まるどころか、怒りがますます募《つの》ってくるのを感じた。

4

「相島さんの忠告に逆らうようですが、僕はこの事件から手を引きません」

浅見は宣言口調で言った。

「テキが得体の知れない連中であればあるほど、警察の手に負えない事件の可能性が膨《ふく》らむわけですから、それに対応するには、僕のようなアウトローが必要なのです。いまの相島さんの話を聞いて、一つの方向性がはっきり見えてきました」

「どうしても、やりますか……」

相島は気掛かりそうな目で、浅見を見つめて、ため息をついた。

「浅見さんがそこまで言うんやったら、淡路島の人間である私も知らん顔をするわけにはいきませんなあ。うちの淡テレは、本来は事件性のあるニュースネタには、なるべく関係しない姿勢を保っておかなあかんのですが、そうも言うてはおれんでしょう。できるだけの協力をさせてもらいますよ」

「えっ、ほんとですか。それはありがたいですねえ。いやあ、感激です」

思いがけない申し出に、浅見は欣喜雀躍《きんきじやくやく》する思いだ。

「そんなに喜んでいただくと、かえって困ってしまいますよ。そもそも、協力言うても、何をすればよいのか、何ができるのか、見当もつきません。だいたい、淡路島の人間はおっとりしとりますからね。差し当たり、われわれは何をしたらよろしいですか?」

「その淡路島の人の感性が、僕にとっては大きな武器になると思うのです」

「はあ、淡路島の人間の感性ですか……そう言われても、さっぱり分かりませんが、どういったものですかなあ。そんなものがありますかねえ？」

相島はキョトンとした目をしている。

「いや、ありますとも。温暖な気候と、島特有の風土のせいか、たしかに表面的にはおっとりとしているように見えて、しかし、その内面には激しい、挑戦的な意思が眠っているのだと思います。その意思が迸《ほとばし》ると、異常な能力を発揮するのではありませんか。このあいだ亡くなった作詞家の阿久悠さんの、とても常人とは思えないような才能は、その典型的な顕《あらわ》れだと思います」

「なるほど……そう言われると、何やら嬉《うれ》しい気もしますが。しかし、さて具体的に何ができるかとなると、難しい」

「僕が最も悩んでいるのは、淡路島の民俗というか、とくに信仰に関する考え方が、よく理解できない点です。拝み屋の存在なんて、まったく知りませんでしたからね。もし、この事件が非科学的な動機を背景にしたものであるとすると、どういう切り口から入って行けばいいのか、戸惑うばかりです。かと言って、市村さんのような拝み屋本人を、丸々、あてにするのもまた、方向を見誤る危険性がありそうですし」

「それやったら」と、相島はふと思いついたように言った。

「うちの松雪を使うたらよろしいんとちゃいますか」

「えっ、松雪さんを?」

浅見は驚いた。

「あいつは一見、ぼーっとしたような顔をしとりますが、なかなかのサムライです。淡路島の習俗やら祭りやらにも、けっこう詳しいですし、便利やないかと思います」

「たしかに、太陽の道の話では、蘊蓄《うんちく》を聞かされました。その方面の知識はかなり豊富みたいですね」

「そればかりやないんです。松雪には、本人も気づいておらん、並外れた才能が存在すると、私は思ってます」

「才能というと、文学的才能とか、芸術的才能とかですか?」

「いや、それはどうか知らんですが、そうやなくて、一種のシャーマン的な能力、言うたらええのかな」

「まさか……本当ですか?」

これにはさすがに、いささか眉唾もの——という反応を示してしまった。

「いきなりそう言うても、信じられんと思います。私も、初めて彼女がうちの試験を受けに来た時は、どうしようもない、平凡な女や思いました。ところが、ペーパーテストの結果はまあまあやったのですが、面接で話を聞いとるうちに、あ、これはこいつで決まりやな——と思うたんです。なんでそう思ったのか、後で考えてみるとさっぱり分からん。とにかくその時は、第六感みたいなもんで、松雪を採用したのです。実際、使うてみると、じつに使いやすい。というか、ツーと言えばカーいうような、反応の速さがあるのです。それと、これは巡り合わせと言うてしまえばそれまでやけど、物事の要所要所に、松雪が居合わせるみたいなことがありましてね。たとえば、今回の岩屋の事件現場に、彼女が最初に遭遇したことかて、不思議と言えば不思議なことや思いませんか。浅見さんが見えた時に、松雪がおったことも、中田悠理さんと同窓やったことなんかも、偶然とはいえ、出来すぎの感じがするじゃないですか」

相島は喋りだしたら止まらない勢いで、熱っぽく、一気に語った。いつか機会があったら、誰かにその思いをぶちまけたいと待っていたかのようだ。浅見も面食らったが、当の本人も少し喋りすぎたことに気づいたのか、照れたような笑いを浮かべて、黙った。

しかし、そう聞いてみると、浅見にも思い当たることはある。真弓がモスケのことを夢の中で思いついた——などというのも、何やら魔訶《まか》不思議な話だ。

松雪家での、一家眷属《けんぞく》挙げての、真っ昼間の宴にしたって、その時は、淡路島ではこういう慣習なのかと、あまり疑いもしなかったが、いまにして思うと、この世のものではない、奇妙な雰囲気ではあった。

「というと、松雪さんには拝み屋、ではないにしても、何か常人にはない能力が備わっているのですか」

「私にはよう分からんですけどね。少なくとも、怪しげな連中に立ち向かうパートナーとなると、当淡テレの中で、浅見さんの相談相手にふさわしいのは、松雪ぐらいしかおらへんのやないかと思います。とにかく、一度、話を聞いてみたらどうですか」

「そうですね、もしそういうことになれば、僕としては大変ありがたいですが、しかし、松雪さんにどの程度、物理的な協力をお願いできるものですか?」

「まあ、手の空いている時は問題ないし、それ以外でも、ほかの者でカバーできる場合には、自由に使うて構いません。もっとも、松雪本人がオーケーしないことには、話になりませんけどね。その点は心配せんでもいいでしょう。あいつは浅見さんの手伝いやったら、無理してでもお付き合いしますよ」

相島は意味ありげにニヤリと笑った。

タイミングよく、山元と真弓が編集室から戻って来た。浅見の前で相島に仕事の報告をしている。毎月一度放送する「市民の皆さまへ」という広報番組の中の、市長の演説を収録してきたのだそうだ。

「いま、編集にかかってますが、うちの市長はよう喋りますね。どこかの国の総理より、はるかに演説が上手や」

　山元はなかば呆れぎみに感心している。

「浅見さん、淡路島の取材やったら、市長に頼んで便宜《べんぎ》を図ってもろたらよろしい。なんやったら、僕から言うてみましょうか。多少の無理なら聞いてもらえますよって」

　そう言ってくれた。

「はあ、ありがとうございます。その必要に迫られたら、ぜひお願いしますが、いまのところは市民への取材だけで何とか間に合いそうです」

　真弓に「お疲れさん」と声をかけ、山元が出て行くのを見送ってから相島が言った。

「真弓な、浅見さんが話したいことがあるそうや。できるだけ相談に乗ってくれ。業務に多少の支障をきたしても、協力してや」

「はあ、何ですか？」

「詳しいことは浅見さんに聞いてくれ。そしたら、後はよろしく頼みます」

　部屋に二人だけが残された。

「あれから、どうなったんですか？」

　真弓のほうから訊いた。浅見はその後の経緯をかいつまんで話した。ホテルニューアワジで、相島と藤田と会食してから以後、現在に至るまでのもろもろは、真弓を驚かせるに十分すぎた。

とくに神戸で市村耕作と会ったくだりを聞いた時は、眉をひそめ不気味さに耐えているような表情を見せた。

「背後に陽修会か、その一部の過激な連中が関わっている気配があるのです。SSPとその連中とが裏で繫がって、二つの殺人事件を起こしたと思っていいでしょう。相手が宗教関係となると、警察もなかなか手を出しにくいけれど、実際に犯行に加わったのは、あくまでも人間です。いまのところ警察は内偵以外、表立った捜査は展開していないらしいが、僕はその、実際に動いた連中を追及するつもりです」

「でも、その犯人とかグループとかが何者なのか、どうやって特定するんですか？」

「ターゲットは『太陽の道』の信奉者《しんぽう》——つまり陽修会の信者だと思っています。中田悠理さんが禁忌《きんき》を冒した石上神社に始まって、犯人には太陽の道にこだわる習性がある。三浦さんが捨てられた岩屋の事件現場もそれに近い。そういうこだわりがなければ、苦労してその場所を選ぶ必要などまったくないのです。犯人としては、祭祀《さいし》を行なうような意思をもって、太陽の道のライン上に三浦さんの遺体を投棄したのだと思います。中田さんを殺害した目的に至っては、本来の目的以外に、自分たちの聖域を穢《けが》されたことへの懲罰《ちょうばつ》の意図もあったのでしょう」

「ひどい……」

「そう、まったくひどい、許し難い話です。しかし、そう決めつけるには、何とも根拠が薄弱で、おそらく警察の捜査にはなじまないでしょうね。だから、それを僕たちがやらなければならない」

「はあ……え？　僕たちって、私もっていう意味ですか？」

「そうです。相島さんが了解してくれましたよ。松雪さんが全面的に協力してくれるということです。あの人は松雪さんの才能を高く評価してますね」

「才能なんて、ありませんよ。第一、私にどんな協力ができるって言うんですか？」

「できるどころか、すでに協力してくれているじゃないですか。曲がりなりにも、ここまで事件ストーリーが見えてきたのは、松雪さんの存在があったればこそです。とりわけ太陽の道を示唆《しさ》してくれたのが大きい。事件解明のキーワードは、間違いなくそれです。モスケの謎も松雪さんが教えてくれた。その調子で、今後もヒントを与えてください」

「呆れた、呆れた……」

真弓は放心したように口を丸く開けて、それから真顔に戻って、言った。

「まるでことが決まったみたいな言い方ですけど、私なんか、本当に役に立ちませんよ。太陽の道にしたって、ただ、淡路島のちっぽけなお社《やしろ》が、大和の箸墓や、伊勢の斎宮と繋がっていることに、興味を抱いたにすぎないのですから」

ごくさり気なく言った言葉が、浅見の脳細胞を刺激した。

「もしかすると、それじゃないかな？」

「えっ？　それって、何のことですか？」

「いま松雪さんが言った、大和の箸墓や伊勢の斎宮ですよ。太陽の道信仰の聖地が、東西に延びる線上にあるのなら、それを奉じる信者や団体の拠点、陽修会もその線上に存在するんじゃないですかね」

「ああ、そういうこと……それより、淡路島にもそういう陽修会の信者や支部みたいなのが存在するってことですよね」

「たぶん。しかしその人たちが今回の事件に関与しているかどうかは分かりませんよ。信者のすべてが狂信的であるとは限りませんからね」

「それはそうだけど……でも、いるかもしれないわけでしょう」

「その可能性は否定できない。市村さんも言っていたけれど、日頃はごくふつうの顔で生活していて、時に、暴発するように過激な行動に走る——そういう人は現実にいますからね」

テレビなどで報道される、殺人事件の加害者についてのインタビューに対して、「日頃はとてもおとなしい人」「明るい人」で、凶暴な事件を起こすようには思えない——と語られることが少なくない。

「人の価値観は多様で、たいていの場合は他人の持っている価値観を認めあうことで、社会が成立しています。しかし、中には、自分を中心にしか考えられない人もいて、その領域を侵《おか》されると、絶対に許せない心理の深みにはまってしまうことがあるのでしょう。それは信仰であったり、経済的な利害だったりするし、その両方が絡んだりすれば最悪の事態に暴走する可能性がある。SSPと太陽の道信仰とが結びついているなら、そういうことが起きても不思議ではない」

「そう、なんですか……浅見さんて、すごいことを考えるんですねえ」

「松雪さんだって、同じことを考えているんじゃないですか？」

「えっ、私ですか？　私なんか、いま浅見さんに言われて、あ、そうなのか——って思っただけですよ」

「でも、とにかく、否定はしない」

「ええ、まあ」

「だったら同志です。中田悠理さんや三浦延之さんの弔《とむら》い合戦を、共に戦う戦友です」

「戦友だなんて……」

首を振りながら、真弓はなぜか顔を赤らめた。彼女の瞳が揺れるのを見て、浅見は心臓がドキリとするのを感じた。

「明日、伊勢へ行きます。一緒に行ってくれますね」

「伊勢ですか？　伊勢に陽修会があるんですか？」

「それは分かりませんが、とりあえず太陽の道の東端は三重県明和《めいわ》町の斎宮にあって、北緯三十四度三十二分ラインがそこから西へ延びているのだから、まず伊勢からスタートしなければならないでしょう。それにはあなたの方向感覚が頼りです」

「私にナビゲーターが務まるんですか？」

「そう信じて行くしかありません」

浅見はこれ以上はない、真剣な眼差《まなざ》しで、真弓の目をじっと見つめた。真弓はそれに応えて、ゆっくりと頷いた。

（下巻につづく）

本作品は、「週刊文春」（文藝春秋）にて平成二十年十月三十日号から平成二十一年十二月十日号まで連載され、平成二十二年三月に文藝春秋より単行本として、平成二十四年十一月文春文庫より刊行されました。
本作品はフィクションであり、実在の団体、企業、人物、事件などとはいっさい関係がありません。なお、風景や建造物など、現地の状況と異なる点があることをご了承ください。

——編集部

一〇〇字書評

切り取り線

購買動機（新聞、雑誌名を記入するか、あるいは○をつけてください）

□（　　　　　　　　　　）の広告を見て
□（　　　　　　　　　　）の書評を見て
□ 知人のすすめで　　□ タイトルに惹かれて
□ カバーが良かったから　　□ 内容が面白そうだから
□ 好きな作家だから　　□ 好きな分野の本だから

・最近、最も感銘を受けた作品名をお書き下さい

・あなたのお好きな作家名をお書き下さい

・その他、ご要望がありましたらお書き下さい

住所	〒				
氏名		職業		年齢	
Eメール	※携帯には配信できません	新刊情報等のメール配信を 希望する・しない			

この本の感想を、編集部までお寄せいただけたらありがたく存じます。今後の企画の参考にさせていただきます。Eメールでも結構です。

いただいた「一〇〇字書評」は、新聞・雑誌等に紹介させていただくことがあります。その場合はお礼として特製図書カードを差し上げます。

前ページの原稿用紙に書評をお書きの上、切り取り、左記までお送り下さい。宛先の住所は不要です。

なお、ご記入いただいたお名前、ご住所等は、書評紹介の事前了解、謝礼のお届けのためだけに利用し、そのほかの目的のために利用することはありません。

〒一〇一-八七〇一
祥伝社文庫編集長　坂口芳和
電話　〇三（三二六五）二〇八〇

祥伝社ホームページの「ブックレビュー」からも、書き込めます。
http://www.shodensha.co.jp/bookreview/

祥伝社文庫

神苦楽島《かぐらじま》（上）

平成30年4月20日　初版第1刷発行

著　者　内田康夫《うちだやすお》

発行者　辻　浩明

発行所　祥伝社《しょうでんしゃ》
東京都千代田区神田神保町3-3
〒101-8701
電話　03（3265）2081（販売部）
電話　03（3265）2080（編集部）
電話　03（3265）3622（業務部）
http://www.shodensha.co.jp/

印刷所　萩原印刷
製本所　積信堂
カバーフォーマットデザイン　芥 陽子

ISBN978-4-396-34403-0 C0193

〈祥伝社文庫　今月の新刊〉

内田康夫
神苦楽島《かぐらじま》（上・下）
路上で若い女性が浅見光彦の腕の中に倒れ込んだ。それは凄惨な事件の始まりだった！

五十嵐貴久
炎の塔
超高層タワーで未曾有の大火災が発生。消防士・神谷夏美は残された人々を救えるのか⁉

梶永正史
ノー・コンシェンス　要人警護員・山辺努
凄絶な銃撃戦、衝撃のカーチェイス。元自衛官のボディーガードが悪に立ち向かう！

鳴神響一
謎ニモマケズ　名探偵・宮沢賢治
宮沢賢治がトロッコを駆り、銃弾の下をかい潜る。手に汗握る大正浪漫活劇、開幕！

森村誠一
終列車
松本行きの最終列車に乗り合わせた二組の男女の背後で蠢く殺意とは？

小杉健治
幻夜行　風烈廻り与力・青柳剣一郎
旅籠に入った者に次々と訪れる死。殺された女中の霊の仕業か？　剣一郎、怨霊と対峙す！

長谷川卓
黒太刀　北町奉行所捕物控
人の恨みを晴らす、義の殺人剣・黒太刀。臨時廻り同心・鷲津軍兵衛に迫り来る！

芝村涼也
魔兆　討魔戦記
討ち取りそこねた鬼は、さらなる力を秘めていた！　異能と異形が激突する江戸怪奇譚。

風野真知雄
縁結びこそ我が使命　占い同心　鬼堂民斎
救えるか、天変地異から江戸の街を！　隠密同心にして易者の鬼堂民斎が鬼占いで大奮闘！

佐々木裕一
剣豪奉行　池田筑後
この金獅子が許さねぇ！　上様より拝領の宝刀で悪を斬る。南町奉行の痛快お裁き帖。